蒲松龄传

墨染幽冥照尘寰

刘敬堂 史在新 著

中国文史出版社

图书在版编目（ＣＩＰ）数据

蒲松龄传 / 刘敬堂 , 史在新著 .-- 北京：中国文史出版社 , 2023.10
（历史文化名人传记小说丛书）
ISBN 978-7-5205-4435-1

Ⅰ.①蒲… Ⅱ.①刘… ②史… Ⅲ.①传记小说—
中国—当代 Ⅳ.① I247.5

中国国家版本馆 CIP 数据核字（2023）第 213221 号

责任编辑： 徐玉霞

出版发行：中国文史出版社

社　　址：北京市海淀区西八里庄路 69 号院　　　邮　　编：100142

电　　话：010-81136606 81136602 81136603（发行部）

传　　真：010-81136655

印　　装：廊坊市海涛印刷有限公司

经　　销：全国新华书店

开　　本：16 开

印　　张：18.5

字　　数：300 千字

版　　次：2025 年 8 月第 1 版

印　　次：2025 年 8 月第 1 次印刷

定　　价：66.00 元

前 言

柳泉遐思

1

站在柳泉之畔，我遐思井喷。

我出生在崂山脚下的李村河边，少年时期就听说过崂山道士，以及李白在崂山遇到八百多岁的神仙安期生，还吃过比甜瓜还大的枣子。苏东坡也说过，崂山有很多神仙，但也只能听到他们的说话声，却看不见他们的样子……我也曾登上过崂山，夜宿下清宫中的客舍，寻找过幻化成人形的白牡丹和红山茶；还登上过崂山的巨峰顶，欣赏过海上日出的壮观……

我的二舅是残障人士，也是业余说书人。每到晚饭后，他便坐在灯下，向邻居们讲述罗通扫北、薛仁贵征东、隋唐演义，以及崂山一带奇人趣事的传说，也讲一些狐仙花妖以及善恶有报的故事……在那个年代，我就听说过蒲松龄的大名，但总觉得离他十分遥远。

2

到了青年时期，我才渐渐走近这位短篇小说之王和他的《聊斋志异》。我从军时先在一艘扫雷舰上当过水兵和文书，又在青岛基地宣

传部担任过文艺助理员。1961 年，我在北海舰队文化部工作时，机关
的一位老作家给了我一册《不怕鬼的故事》。他还告诉我，1961 年，
著名诗人何其芳接到了毛泽东主席亲自交代的一项任务，即出版一册
《不怕鬼的故事》。出书的时候，可将序文在《红旗》和《人民日报》
上登载。

自此，我便对蒲松龄和他的《聊斋志异》产生了浓厚的兴趣。

3

无独有偶，我在工业战线上工作多年之后，被调到了文艺部门，
一干就是十年，直至退休。虽然有了写蒲松龄的环境和时间，却仍然
不敢贸然下笔。

办了退休手续后，因青岛离蒲松龄的老家山东省淄博市淄川区洪
山镇蒲家庄不远，加上淄博有我的亲戚，所以多次路过淄博，瞻仰过
他的故居，还在柳泉品过茶。蒲松龄研究会的朋友们为我提供了有关
资料二十余种。于是，在朋友们的大力支持下，我断断续续地写了三年，
但因种种原因，曾三易其稿。最后一稿，是手写的，先将初稿写在纸
上，因字迹潦草，加之简繁体混合使用，又视力下降，须借用放大镜，
劳累不堪，差点半途而废。幸亏有友人史先生参与合著，增加了内容，
反复校正，才终于完成了送审稿。

4

初稿虽然完成，不过我心中有一个至今未能解开的谜团。蒲松龄
在四十岁之后，将他收集到的故事进行修改、整理，编辑成若干册，

在社会上已广为流传。他呕心沥血写成的《聊斋志异》，经过人们的传抄、刻行、注释、辑佚、整编后，版本众多，还有日、朝、越、英、俄、意、捷克、罗马尼亚、波兰等众多译文也先后出版。根据《聊斋志异》拍摄的影视作品有近百部，可见其作品影响之大，流传之广。

不过他也给后人留下了一个解不开的谜团：他在临终前，曾嘱咐长子蒲箬将《聊斋志异》刻版传世。还将一个装有文稿的包袱交给他，并叮嘱谁也不许看包袱里的文稿。在其死后要放在他的头下枕着，装进棺材，蒲箬照办了。这些不许人看的文稿，已成了一个永远都解不开的谜团。也许，这就是这位老先生的高明之处吧。

5

蒲松龄参加科举考试时，曾连获县、府、省童子试的第一名，但始终未踏上仕途。他去江南为县令当幕宾时，虽只有一年时间，却写下了大量的短篇小说和诗词。以春秋笔法鞭挞官场上的假恶丑，讴歌人世间的真善美，这是他的智慧，也是他的良心。

我在江南整整生活了六十个春秋，那片热土哺育了我，父老乡亲帮助了我，我却少有建树和回报，心中深感愧疚！借拙作问世之际，向如诗似画的江南，向鄂州的父老乡亲表达我最诚挚的谢意。我站在柳泉之畔，高山仰止，向这位伟大作家顶礼膜拜！

是为序。

刘敬堂 写于青岛

目录

第一章

朦胧中，一位左胸贴着铜钱大膏药的僧人走进房去；刚出生的小松龄，胸前也有一块青色胎记。

1

明崇祯十三年（1640）四月十二日，天色刚刚放亮，蒲家庄一户人家的大门"吱呀"一声打开了，一个十四五岁的后生从院子里走出来，转头对身后的董氏和田嫂说道："婶婶，娘，我很快就能赶到济南，见到我的蒲叔！"

董氏听了，点了点头，连忙将装着煎饼和大葱的褡裢递给了他，又叮咛了几句："路上千万要小心啊！"

后生说道："这条道，我跟着蒲叔去济南送货，已走过两趟了，婶婶放心好了！"说完，就沿着淄川的官道，朝济南方向走去。

董氏和田嫂站在门口，目不转睛地望着少年的背影，一直望到看不见影子了，她们才转身回到家中。此时，东边天上已有了一抹红云。

那个少年叫田秋，是蒲家庄少有的外姓人。八年前，山东一带先是干旱，开春以来就没下过一滴雨！播下的谷子因干旱都成了枯草！

之后又发生了蝗灾，一群群的蝗虫像一片片的乌云，遮天蔽日！它们一落地，就是密密麻麻的一层！人们用烟熏，用扫帚扑打，都无济于事！它们吃光了每一片叶子之后，又"嗡"的一声飞走了！

这一年，许多村庄颗粒无收，人们只得搀着老人，背着孩子，成群结队地外出逃荒。有的人走着走着，身子一歪，就倒在了路边！人们挖个土坑就将他安葬了，别说是坟堆，连个坟头都没有！

听人说，有的人靠树叶充饥，树叶吃光了，就剥下树皮吃，树皮剥光了，竟然挖开新坟，吃死人的肉！

《淄川县志》上记载了这种人间悲剧："大饥，人相食。"也就是饿极了的人，扒开新坟，煮食死人的肉！

蒲松龄后来在所写的《聊斋志异·刘姓》中也提到过此事："初，崇祯十三年，岁凶，人相食。"

也就在这一年，从外地来逃荒的一家三口，路过蒲家庄时，走着走着，丈夫眼前一黑，便倒在了路边，再也没有起来。妻子和孩子跪在地上，每人头上插了一根草——妻子想把自己和孩子卖了，换口棺木安葬丈夫。

逃荒的人都自身难保，只能抹着眼泪走了；村庄里的人也都饥肠辘辘，爱莫能助！蒲槃得知之后，便领着蒲姓的族人，安葬了逝者，又将母子二人临时安置在菜园子的土屋里，还送去了二升高粱米。

有了安身之所之后，这田氏母子二人相依为命，终于熬过了大灾之年！田氏知恩图报，她看到蒲槃长年在外经商，就经常替他看管菜园子，也时常帮董氏做些杂事。前天，她看到董氏临产，就建议派人去济南送信，让蒲槃尽快回家。但一时又找不到合适的人，因为儿子田秋曾跟随蒲槃去济南送过货，于是她才打发田秋前去济南送信。

2

贩卖货物的商人，叫行商，有固定地点的叫坐商，蒲槃就是行商。他经营的货物大都是各地的土特产，如潍县产的鞭炮，烟台产的海带和干鱼，青州产的杏仁，威海晒的海盐，也有江南的桐油和农家纺织的粗布。到了腊月，也进一些书写对联的红纸和杨柳青年画。他为人厚道，讲信用，办事认真，又乐于助人，赢得了同行的敬重。

为了进一批瓷盘、瓷碟、蜡烛等货物方便存货，他在趵突泉边租下了一座闲置的三合院，作为堆放货物的货栈，还请原来的房主肖伯做了他的记账先生。

有一年冬月的一天，已是后半晌了，他觉得肚子饿了，便去东街买了两个烧饼回来充饥，刚回到门口，见一个三十岁出头的汉子蹲在墙根下，浑身瑟瑟发抖。

蒲槃低下头问道："您在这里……"

汉子说："天太冷了，我在这里避避风。"

"在大街上避风，不是越避越冷吗？"

汉子没有回答，只是目光直直地望着他手里的烧饼。

蒲槃一看就明白了，连忙说道："这里风大，到我屋里坐坐吧！"

汉子听了，顺从地站起来，随他进了货栈。

蒲槃让肖伯为他倒了一杯热水，又将两个烧饼递给了他，他接过后，便狼吞虎咽地吃了起来。

他吃完了烧饼，又喝了一碗热水，身子不再发抖了，说话也利索起来，说道："不瞒大哥，我已经有两天没吃饭了！在济南，我人生地不熟，要不是遇见了大哥您，我恐怕……"说到这里，他眼圈已经红了。

蒲絷听了，连忙说道："出门在外，谁都会遇到难处，您放心好了，只要我有吃的，就不会让您饿肚子！"

他听了，竟像个孩子一样抹起了眼泪，他边哭边说出了自己的遭遇。

他姓邓，叫邓丹青，家在宁波城东的邓港村，开了一家祭品店，经销当地产的香纸、蜡烛和祭拜礼佛的供品。

宁波人的头脑灵活，会做生意，当地有句口头禅，叫作"山东不信神，饿死宁波人"。就是说，宁波的这一类产品，大都运往了山东的城乡销售，盈利颇丰。

邓丹青听了，也动了心，便用多年的积蓄购进了一批香纸等祭品，乘船经海上运到了胶州湾，再由陆路运到了济南，寄存在秦昌客栈的后院里。

谁知他在腊八节的前一天，去千佛山联系商家时，因水土不服，又受了风寒，便病倒在客栈里，连续数日高烧不退。虽请郎中把过脉，还服了十多服草药，但仍时热时冷，浑身乏力。

过了正月十五的元宵节后，他感到病情稍有好转，出门推销积压在客栈的货物时，因为节令已过，没有哪家店铺肯进他的货。这时，他的盘缠已经花光，客栈又多次催交欠下的店钱，并限他三天时间缴清租金，若逾期不缴，不但要把货物扫地出门，还要将他告上官府！

他求天，天不应，求地，地不语！只好拖着虚弱的身子，四处奔波，寻找买家。谁知刚刚走在这里，感到眼前冒出金花，便"扑通"一声跌倒在地上了……

蒲槃听了后，爽快地说道："你把秦昌客栈的存货，都搬到这里来吧！"

邓丹青听了，有些不解，问道："您的货物放在哪里？"

蒲槃笑了："放在院子里呀！"见他有些不解，又说，"你的货物不能因下雨受潮，而我的那些瓷器，不但不怕受潮，若遇到下雨，还能帮我洗刷干净呢！"

邓丹青听了，也会心地笑了起来。

说干就干，蒲槃雇来两个小工，自己和肖伯也挽起了袖子，天黑之前就将邓丹青的货物全部搬进了蒲槃的货栈！

当天晚上，二人坐在灯下，蒲槃问他："你下一步有什么打算？"

邓丹青听了，半天无语。

蒲槃已从他的眼神里，察觉到了他的心思。此刻，他正惦记着宁波老家的双亲，也想念妻子和刚会走路的儿子，蒲槃便说道："你离家已有半年多了，还是尽快回家看看吧！存放在货栈里的货物，若有买家，我就帮你出手，若卖不了，就存放在这里，一件也少不了！"

邓丹青听了，连声说道："蒲大哥说的，也正是我心里想的。"说着，"扑通"一声跪下了。

蒲槃连忙将他拉起来，还详细问了去宁波的路程。二人一直说到半夜，才各自睡下了。

第二天一早，蒲槃便出了门，直至晌午才匆匆回到货栈，他告诉邓丹青，有辆马车要去胶州送货，他已与车主谈妥了，邓丹青可搭他的车去胶州，再乘海船回宁波。明天一早就从济南出发。

邓丹青听了，他的焦急和忧愁终于一扫而光，换成了舒心的笑容。

第二天一早，那辆马车已停在了货栈的门口，临启程前，蒲槃将一个蓝色的包袱递给了邓丹青。车夫的鞭子在半空甩了个响鞭，马车就上路了。

路上，邓丹青打开包袱一看，里边不但有十多个烧饼，一个木匣里还有一些碎银！他知道，这是蒲大哥为他准备的干粮和盘缠！

他顿时感到心里翻腾起来，自己与蒲槃萍水相逢，他不但出手相助，为自己解了燃眉之急，还连回家路上的干粮和盘缠都想到了……想到这里，他的心头一热，眼泪在眼眶里打了个转，便无声地滚了出来。

邓丹青在济南的亲身经历，很快便成了宁波商人圈子里的话题，不知道什么人又传回了济南，于是，这位蒲掌柜在济南商圈里就出名了。

3

就在这一年的三月，蒲槃从曲阜的酒坊运来了四大缸高粱酒，这是他为杏花大酒楼的大掌柜朱三贵进的货。

朱老板年龄不大，却能说会道，经营有方，在济南城里名气颇大。据说，杏花大酒楼的大厨，是从天津、杭州、北京、成都，分别用重金聘来的，大酒楼里除了鲁菜以外，还有苏菜、京菜、湘菜、川菜，不仅如此，他还打算办一桌有一百零八道菜的满汉全席！只是因食材难以凑齐，只做出了五十四道菜，被人称为满汉半席。虽说是满汉半席，却也让杏花大酒楼声名大噪。

杏花大酒楼的屋檐下还有一块匾额，上面刻着"太白遗风"四个泥金大字，晚上，在四盏大灯笼的照耀下，熠熠生辉！

蒲槃为了不耽误时间，领着车夫直接将四大缸酒拉到了杏花大酒楼的后院里。

听说预订的高粱酒到货了，朱三贵连忙迎出酒楼，笑着说道："我的存酒已经见底了，蒲掌柜呀，不，还是叫蒲大哥亲热些，我眼看着就要歇业了，你这可是雪中送炭呀！"说完，连连作揖。他又转身让账房先生喊来伙计，将四口酒缸抬下马车，一字摆在了院子里。

他让账房先生撕下酒缸上的封条，揭开酒缸的盖子，缸里顿时飘出了一股浓郁的酒香。

蒲槃用酒提子从缸中提了一提酒，倒在酒盅里，分别让朱老板和账房先生品尝过，二人都连声说道："好酒，好酒，这才是正宗的高粱酒呢！"

蒲槃正准备撕下第二口酒缸的封条时，朱三贵连连摆手，说道："别开缸了，开缸容易漏了酒气！我还信不过你蒲大哥吗？"说完，他让账房先生写了一份收据，亲手递给了蒲槃，说道，"亲兄弟，明算账嘛！一码归一码。老规矩，三个月结账！"

蒲槃点了点头，将收据交给肖伯，二人便离开了杏花大酒楼。

蒲槃知道，朱三贵做的是无本生意，他先收下货主的货物，卖完了再付钱，只赚不赔！

不过，他万万没有想到，就是这四缸高粱酒，不但让他赔了个精光，还差点儿惹上一场官司！

4

蒲家庄离济南有二百多里路，田秋整整走了两天一夜。饿了，吃董婶备下的煎饼和大葱；渴了，就在小河沟里捧些水喝。他舍不得花褡裤里的盘缠，晚上就睡在大户人家的门洞屋檐下，天一亮又起来赶路，晓行夜宿，终于在第三天的午后，赶到了济南府。

说来也巧，蒲槃从外边刚刚回到货栈，忽然听到有人喊了一声："蒲叔！"

他回头一看，连忙说道："是田秋呀，你怎么来了？"

田秋连忙从怀里掏出信来，说道："俺替婶婶送信来了。"说完，双手将信递给了蒲槃。

蒲槃匆匆看完了信，笑着对田秋说："你一定饿了，我让肖伯给你煮碗面条，先垫垫肚子，晚上给你接风洗尘！"说完，让田秋在屋里歇息一会儿，自己便去了灶房。

不一会儿，他端着一碗热气腾腾的面条回来了，碗里还有两个荷包蛋！田秋吃完以后，也许是太累了，竟趴在炕上"呼呼"地睡着了。

第二天一早，他被一阵马嘶声惊醒了！原来，他的蒲叔从车马店租了两匹马，二人要骑马回蒲家庄。

在朦胧的晨雾中，二人出了济南城的东门，便一前一后地向淄川奔去，当太阳当顶时，二人已到了周村，他们要在周村吃午饭。

在中国的大地上，村庄就像满天的繁星，数也数不过来，但没有哪个村子能与周村相比！有些走南闯北的人曾经说过：天下最大的县，是万县；最大的镇，是景德镇；最大的庄，是石家庄；最大的村，就是周村！

周村，是北方的丝绸之乡，这里盛产绸缎，也是著名的旱码头，是北方丝绸之路的源头。

周村是"天下第一村"的来历，不仅在民间口耳相传，还得到过帝王的认可！据地方志记载，大清的乾隆皇帝出巡周村时，认为周村人杰地灵，物产丰盛，便亲笔题写了"天下第一村"五个大字！

都说真龙天子是金口玉言，他的亲笔题字更胜过他的口谕。自此之后，周村"天下第一村"的美誉，就传遍了大江南北！

田秋去济南路过周村时，一股香味扑鼻而来。原来，一家烧饼店里的烧饼正在出炉！这种烧饼形似满月，轻薄如纸，上面撒满了芝麻粒，既脆又香，若掉在地上，就会摔成碎片。

田秋闻着烧饼的香味，听着店家的喊叫声："周村烧饼，天下第一，一文钱三个！"便伸手摸了摸褡裢里的铜钱，想买个尝尝，刚摸出一文钱，又将铜钱放进了褡裢。

不一会儿，蒲槃从街上的杂货店买了些阿胶、红糖回来了，他在饭铺点了两盘水饺，还特意为田秋要了几个周村烧饼。田秋吃完了水饺，又吃了一个烧饼，将多余的烧饼小心翼翼地放进了褡裢中，想带回去让他娘也尝尝周村烧饼。

饭后，二人又骑马上路了。

5

太阳下山时，正在院子里晾晒衣物的田嫂，一面向屋里跑，一面大声喊着："回来了，蒲老爷回来了！"

董氏听了，连忙挪动着笨重的身子，来到了门口，向官道上张望着。不一会儿，一阵"嗒嗒"的马蹄声由远而近，她终于看到了自己日夜盼望着的身影。

晚饭后，蒲槃坐在东套间里看书，田嫂打发田秋去井台挑水，装满了水缸后，又让他抱来一堆柴草，还为蒲槃送去了热茶，才让他回家歇息去了。

按董氏自己的计算，预产期应当在今晚或者明天。由于田嫂一直守候在身边，她感到心里很踏实，因为她生第一胎时，就是田嫂为她接生的。

田嫂至今不忘蒲槃当年的救命之恩，她把董氏当成了自己的亲妹妹，一刻也不离开董氏的身边。

掌灯以后，蒲槃便借着案桌上的烛光，细心读着一本《晏子春秋》。这是祖上传下来的一册旧书，他已读过数遍了。

晏婴身材矮小，不如常人，但却是一位伟岸的丈夫！他曾辅佐了三位齐国的国君。虽然身居高位，却节衣缩食，爱民如子。在他的治理下，齐国成了天下的诸侯之雄，他为齐国立下了汗马功劳。

司马迁曾编著过《十二本纪》《三十世家》《七十二列传》等书籍，凡汉武帝之前的明君圣主，先烈前贤，如夏禹、商汤、周文王、周武王、孔子、老子、孟子、荀子、姜尚、管仲、荆轲、屈原等，但最令他敬佩的，就是晏婴！他曾写道："假令晏子而在，余虽为执鞭，所忻慕焉。"也就是说，假若晏婴健在，他心甘情愿当为其驾车的车夫。

随着烛光的跳动，蒲槃的眼皮也渐渐地沉重了起来。也许他赶了一天的路，身子过于疲惫了，头一低，便伏在案桌上睡着了。

恍惚中，他仿佛看到一位身穿袈裟、袒露着左肩的黄脸瘦弱僧人，手里还托着一个饭钵，径直走进了院子。他没看清僧人的面目，却看到他的两乳之间，贴着铜钱大小的一贴膏药！他以为是位来化缘的僧人，正想问他，僧人却头也不回，径直进了待产的西套间内！

蒲槃十分惊愕，一个出来化缘的僧人，怎么不经允许就进入妇人的产房？他正想喊田嫂时，忽然被一阵"哇哇"的哭声惊醒了。

他连忙站起来，心里有些恍惚。就在此时，田嫂笑着来到东套间，大声喊着："报喜报喜，给蒲老爷报喜，送子娘娘又为蒲家送来了一位小公子！"

蒲槃听了，一直悬着的心，终于放下了！他想去西套间看看，田嫂说："您先歇着吧，西套间里有我呢！"说完，大声向灶房喊道，"田秋，快把热水盆端进来！"

田秋应了一声，一阵热气腾腾的白雾漫出了灶房。

蒲槃的睡意一扫而光，他急着要为自己的这个儿子起个名字，便点燃了一支蜡烛，从笔架上取下笔来，默默思索着。

他已过世的原配妻子孙氏，生前并未给他留下子嗣，年过四十时，他过继了弟弟蒲枳的一个男孩，后来又娶了董氏，董氏已为他生了一子，第二胎又生了一个男丁！还有，他的一位偏房李氏，也先为他养育了一子，取名兆专，看来，蒲家的这一支香火不断，人丁兴旺。

按照淄川《蒲氏世谱》记载，始祖是蒲璋，蒲璋传到十一世，是龄字辈，长子名柏龄，便为刚刚诞生的这个男婴取名松龄，寓意他们长大成人之后，能像松柏一样四季常青，于是，便提笔在纸上工工整整地写下了"松龄"两个楷字。

不一会儿，田嫂将包在襁褓中的小松龄抱到了东套间，蒲槃连忙接过抱在怀里，当他轻轻掀开襁褓时，心中突然一惊，原来，在小松龄的胸前，有一块铜钱大的胎记！他连忙问道："那位僧人还在西套间里吗？"

田嫂有些茫然："僧人，什么僧人？"

蒲槃："就是刚才进了西套间的僧人。"

田嫂斩钉截铁地说道："除了我，谁都没去过西套间呀！你是不是看花眼了？"

蒲槃也糊涂了，喃喃说道，我好像做了一个梦。

田嫂："老爷劳累了一天，您还是歇着吧！"说完，便抱着小松龄回到了西套间。

田嫂走了之后，蒲槃再也没有睡意了，自己明明看到那个僧人从自己眼前径直进了西套间，田嫂怎么说没看到呢？还有一件令他百思不得其解的怪事：那僧人胸前有铜钱大的一贴膏药，而小松龄胸前也有块青色的胎记！莫非僧人是前来投胎的？难道小松龄将会清贫一生？想到这点，蒲槃心里便生出了一种莫名的焦虑。

他躺在炕上，一夜都不曾合眼。

6

随着大公鸡的第一声啼鸣，全村各家各户的公鸡打鸣声此起彼落，蒲家庄又迎来了一个新的黎明。

按照淄川一带的风俗，哪家添了孩子，都要带上煮熟并染成红色的鸡蛋，去向亲朋好友和左邻右舍报喜。

蒲槃一大早就出了蒲家庄，去岳父岳母家报过喜之后，又打发侄儿们和田秋，向蒲家庄的各家各户去报喜。有些人家也提着老母鸡、红枣等补养物品前来贺喜，忙了个不亦乐乎。

接着，又忙着为小松龄的"七朝""十朝""百岁"忙活了一阵子。

蒲槃在家里住了三个多月，感到吃的饭菜可口，睡得也香甜，家中有说有笑，十分温馨。出了家门，与父老乡亲们拉家常，谈收成，直来直去，无拘无束，十分舒心。他想在家里多住些日子，但自己的生意也不能丢下不管呀，尤其是杏花大酒楼的那四缸高粱酒，早已超过三个月，应该去结账了。想到这里，他和董氏商量过后，打算尽快返回济南。

他是个心细的人，临走前，又从淄川城里买回来粟米和麦面，分成了几份，除留给董氏家用外，还让田秋背回了他的家中一份。

第二天清晨，他就启程了。临走前，他又抱起还在熟睡中的小松龄，在院子里转了几圈，才恋恋不舍地上路了。

在回济南的路上，他一直惦记着他的小松龄，也忘不了他在梦中遇到的那个僧人，他打算回到济南后的第一件事，就去千佛山进香许愿，祈求菩萨保佑这个刚刚降生的孩子。

7

董氏是位典型的贤妻良母。也许受了齐鲁文化的浸润，她少女时就知书达理，温良谦让成了她生活中的信条，也受到了蒲家庄父老乡亲们的赞许。

蒲槃在外经商，她不但照料年幼的孩子，料理家务，协调妻妾关系，在农忙时节，还要干些农活儿。秋收后，打谷场上经常能看到她忙碌的身影。在料理家务的同时，她还时时惦记着在外经商的丈夫。刚过了端午节，她就为蒲槃缝好了春秋的夹衣、单衣；过了中秋节，她又亲自摘棉织布，缝制成又厚又暖的冬衣，托人捎给丈夫。她不知道吃了多少苦，受了多少累，从不埋怨一句。

前天，不知为什么，半夜里小松龄忽然啼哭不止，她把脸贴在他的额头上一试，才知道又发烧了。便连忙把他抱在怀里，又将手帕在凉水中打湿，拧干后贴在小松龄的额头上，过了半个时辰，手帕热了，打湿后再给他铺贴上，整整一夜都没合眼，连续过了三天。

她多么想有个贴心人搭个手帮帮她呀！但田秋因下河摸鱼，受了凉，也病倒了，田嫂回家照料儿子去了。她多么想给蒲槃捎个信儿，让他回到自己身边，替自己抱抱小松龄，再去请个郎中给他把把脉，开个药方子，去淄川城抓点药。又一想，丈夫在外经商也不容易呀。

就在此时，她忽然听到了叩门之声，开门一看，丈夫正站在自己眼前。她眼里的泪水便"唰"地流下来了。

第二章

他从湖中捞出一个小包袱，摇身一变，竟成了杏花大酒店的大掌柜。

1

蒲檠，字敏吾，自小苦读四书五经，为的是考取功名，以光宗耀祖。谁知他的命运多舛，虽然参加过科考，却总是名落孙山，又加上战乱不断，科考中断，于是，他毅然弃文从商。由于他为人笃厚，诚信待人，在生意场上赢得了人们的敬重，也积攒了一些家产。

他在经商之余，仍喜爱读书，像陶渊明的《归去来兮辞》、韩愈的《师说》、苏东坡的《念奴娇·赤壁怀古》和范仲淹的《岳阳楼记》等，他不知道读了多少遍，却常读常新。他还多次抄写《道德经》和佛教的《心经》《金刚经》等经书，用以自娱自乐，也可调剂身心的疲劳。

他仗义疏财，时常接济有难之人。有一年，淄川一带遭遇大旱，邻村有户人家因家大口阔，米缸见了底，全家已揭不开锅了，便向他借了二斗高粱，说秋收后一定来还。谁知下半年旱情未减，无法还粮，恳求来年再还。蒲檠知道后，不但不要借去的高粱，还打发人又送来了二斗高粱和一布袋粟米。那户人家感动得泪流满面，逢人就说，他遇见了人间的活菩萨。

蒲槃还将自己的二十多亩土地捐给了寺院，作为庙产，每年将打下来的粮食，用以救助那些逃荒讨饭的灾民。

在民间，人们对县、府、道的官吏，称为大人、老爷，对那些虽有真才实学，又不想为官而隐居民间的有识之士，尊为处士，在父老乡亲们的心目中，他就是一位受人敬重的处士，于是，蒲处士之名便在民间不胫而走了。

当他走到济南城的东门时，忽然想起了杏花大酒楼的那四缸高粱酒！已经过了三个多月，应该去结账了。因为在生意场上，最怕的就是言而无信！

2

蒲槃回到货栈的第一件事，就是将存放的纸张、笔墨和枸杞、桂圆、核桃等干货进行晾晒，尤其那些腌制的墨鱼、海带等海产品，雨季更容易受潮发霉，一定要晒干晾透，才好存放。

第二件事，就是到杏花大酒楼去结账，他问肖伯：杏花大酒楼的账结了没有？

肖伯听了，摇了摇头，说他已去过三次了，第一次去结账，酒楼的二掌柜说，朱老板去了沧州还没回来，让他再等几天；第二次再去，朱老板是回来了，不过正在楼上宴请济南府的父母官，不便打扰；第三次，终于见到了朱老板，朱老板告诉他，那缸已经开了封的高粱酒，客人们都说味道醇正，酒香劲烈，胜过了杜康。一缸酒很快就卖光了。不过其余的三缸酒，却一滴也没卖，连酒缸都被人砸破了。

肖伯问："酒缸被砸破了，为什么？"

朱老板低声告诉他说："我要当面告诉蒲处士。"

肖伯听了，只好回来了。

蒲檠听了，一头的雾水，他也想去杏花大酒楼讨个说法。

提起杏花大酒楼，就不能绕开这位朱老板。

不过，这件朱老板——朱三贵的来历却鲜为人知。

3

俗话说：马无夜草不肥，人无横财不富。

在洪湖的一个湖汊子里，一只小船停靠在岸边，石大龙正在船上修补渔网，他的儿子石贵正在湖里抓鳖。别看他只有十二三岁，却是远近闻名的抓鳖能手！他先在岸上观察湖面上的动静，若看到有水泡冒出，便一个猛子扎进湖里，不一会儿，就抓着一只鳖冒出了湖面。

他还有个抓鳖的独门绝技：能用双手的十个指头夹住八只鳖的脖子，回到岸上。

不过，今日运气不好，他连一只鳖都没捉到！

就在这时，突然听到一阵"嗒嗒"的马蹄声，由远而近地传了过来。不一会儿，见一中年汉子骑着一匹黑马飞奔而来，到了渔船旁边，他勒住马头，对石大龙说道："请帮我把这个包袱暂存几日！"说完，将斜背着的包袱扔到了船头，便朝一座小山飞奔而去了！

石贵很机警，连忙将包袱沉到了湖里。

不一会儿，又听到了一阵急促的马蹄声，三个骑马的汉子，身后背着弓，手里提着刀，也在小渔船旁边停了下来。

其中一个汉子大声问道："喂！看到一个骑马的人了吗？"

还没等石大龙回答，石贵连忙指了指远处，说道："看到过，那人朝小山跑去了！"

三人听了，拍马向前追去。

两天后，听过路的行人说，小山坡上死了个人，浑身是血，旁边还有一匹死马，身上中了三箭！

当天夜里，小渔船又划到了湖汊旁边，石贵悄悄潜进湖里，摸上了那个包袱，又借着月色回到了家中。

父子二人打开包袱一看，一下子惊呆了！原来包袱里装着四个五十两的银锭和一个二十两的金饼，还有一些耳环、手镯、戒指之类的金货！

后来，又听城里人说，这是一伙打家劫舍的歹徒。他们绑架了钱庄的老板，老板的家人交上赎金以后，那个看守老板的歹徒便撕了票。他想吃独食，便带着赎金远走高飞了。结果被同伙追上，在小山上将他剁成了肉酱……

4

襄阳城外新搬来一户人家，在南门外盖了三间新屋，还置买了一些田地。户主石大龙，既不下湖打鱼，也不耕种田地，他将田地租给了佃户，靠着收租子就不愁吃喝了。

不过，有件心事一直困扰着他，他的儿子石贵，虽然断断续续地读了几年书，但他性情顽劣，在学馆里不是爬树掏鸟窝，就是下河摸鱼捞虾，还偷了同学的铜墨盒去换了糖吃。又因为他常常欺负同学，学生的家长到学馆告状，老师实在气不过了，便把他赶出了学馆。石大龙只好托人求情，又换了个新的学馆。一直过了二十岁，连个秀才都没考上。

为了拴住他的心，石大龙为他相了一门亲，谁知新媳妇余氏娶过门后，他又玩出了新的花样。不是在青楼里听歌观舞，就是在城里拈花惹草，还结识了一群狐朋狗友，成夜打牌斗酒。赌博输了钱，债主找上门来，他便偷出妻子娘家陪送的首饰抵债。

有一天，因他身无分文，进不了赌场，刚好看到前街的徐员外带着家人外出赴宴，便悄悄翻墙进了徐员外家中。正当他四处翻找钱财时，冷不防徐员外又带着客人和家人回来了！他一时无处藏身，抬头一看，看到了大厅中的屋梁，便踩着墙边的凳子爬了上去，身子紧紧地贴着屋梁，连大气都不敢喘一下。

原来，徐员外在赴宴的路上，遇到了前来拜访的好友、当地的县尉，于是，一群人便说说笑笑地返回来了。主客坐下之后，便一面品茶一面闲聊起来，还不时地发出阵阵笑声。

石贵一动不动地趴在屋梁上。仆人将酒菜摆上了八仙桌，正准备举杯时，屋梁上的石贵感到身子已经僵硬。时值午时，太阳正毒，屋瓦被晒得滚烫，他已浑身汗透，头上的汗水流到了眼里、鼻尖上，他既不敢擦，也不敢动，任由汗珠往下滴，不想竟然滴进了员外的酒杯里，员外大声喊了一声："谁在上边？"

石贵知道躲不过去了，刚要说话，几名仆人踩着凳子像擒了一条癞皮狗，一用力，便把他拉下来了，他落地时，恰好撞在了桌子角上，头顶蹭去了一块头皮，鲜血直流。

受了惊吓的徐员外，朝石贵端详了一会儿，笑着向身边县尉说道："这位梁上君子，扫了你我的雅兴，该当如何处置？"

县尉气得脸都白了！他朝随行的衙役使了个眼色，喊了一声："把这个贼人拖出去！"

几个人便把他拖到院子里，接着就传来一阵鬼哭狼嚎的惨叫声！

打了不罚，罚了不打。石贵虽然是私闯民宅，图谋不轨，但徐员外家中并未损失一丝一毫。小偷虽有行窃的意图，却无偷盗的事实。再加上石大龙舍得大把地砸银子，里外托人，上下疏通，半个月后，石贵便从大牢里出来了。

襄阳城是待不下去了，得另起炉灶。石贵曾听人说过，古代的文人也可通过游学求得功名，如李白，因为他没有参加科考的资格，走的就是游学的这条路。他当年出四川，经洞庭到武昌，转金陵，去扬州，逛苏州，还获得了前朝宰相千金的芳心，成了他家的上门女婿，从此便一路顺风，又去了长安，结识了大唐的玉真公主，成了"酒中八仙"，最后还得到了玄宗皇帝的赏识，进了翰林院。他为大唐的第一美姬写了三首《清平乐》词，被尊为诗仙，流芳千年。

石贵也想外出游学。但外出游学谈何容易！石家已坐吃山空。石大龙只好狠着心卖了八亩地，换成了钱庄的银票，石贵便兴冲冲地上路了。

5

是狗就忘不了吃屎！他一路上游山玩水，吃喝嫖赌，很快，身上的盘缠已经所剩不多了。

有一天，石贵在秦淮河的酒楼上，遇到了一位朱公子，他说是老朱家的宗室，叫朱二贵，不论到了哪里，都会有人迎送宴请，连当地的县太爷都巴结他。石贵听了，心中一动，便和他结拜成了干兄弟。

为了表示诚意，他也改姓朱，因朱二贵大他一岁，自己便更名为朱三贵。二人投缘，相见恨晚。

晚上，二人在青楼里喝多了酒，一直睡到第二天日上三竿，朱三贵去找朱二贵时，却发现他已不知所终，和朱二贵一起消失的还有他装在书袋里的盘缠！

他既找不到朱二贵，又不敢报官，只好自认倒霉，便又上路了。

不过，他也尝到了改姓后的好处：他路过凤翔时，在一家饭馆里吃饭，老板听说他是老朱家的后人时，不但不收他的饭钱，还央求他常去光顾！

当他到了济南之后，才发现已囊中空空，若不是遇上了泉城酒楼的女东家，恐怕早已饿毙街头，喂了野狗！

肖伯是土生土长的济南人，他对济南城的风土人情和官场商场的恩恩怨怨，虽不能说了如指掌，却也知道个八九不离十。

吃了晚饭之后，他和蒲槃坐在院子里，边喝着茶水，边聊起了杏花大酒楼的变迁和朱三贵的发迹。就是这家酒楼，终于让蒲处士看透了生意场上的险恶。

6

在大明湖的岸畔，有座泉城酒楼，传说是前朝一位告老还乡的尚书修建的。开张不久，正遇上战乱，再加灾荒不断，商贾逃亡，市场萧条，不久，酒楼就歇业了。

西郊江家村的江达恩，看中那座四周风景如画，却已闲置多年的泉城酒楼，就想据为己有，便向济南府告了一状，理由是：酒楼下面是他家的祖坟，他还让人从旁边挖出了断成两段的墓碑，上面刻着"曾祖江公大武有之墓"，认为"先有茔地，后有酒楼"，要求拆楼还坟！若不拆楼，则赔偿白银一千八百八十两！

老尚书已病故多年，子孙们都是平民百姓，虽然打输了官司，却又不想拆楼，江达恩便指使村里的一群小混混，三天两头地手持大刀、棍棒前去闹事。

后来，经府衙钱师爷出面调解：酒楼可以不拆，江家须出四百两银子，买下酒楼。

老尚书的后人知道自己斗不过这条地头蛇，只好收下银子，流着眼泪搬走了。

谁知他们走到泰山脚下时，突然从树林里窜出几个强盗，不但抢走了他们身上的银子，还将他们灭了口！

江达恩是当地的一霸，他曾在县衙当过捕头，还在秦琼镖行当过二掌柜，因与人打斗中伤了左腿，后来回到了江家村。他家中不但有看家护院的家丁，还有一帮三教九流的拜把兄弟，在当地一呼百应，黑白通吃，百姓们背后偷偷叫他"江丧门"。

江达恩将泉城酒楼修缮一新，开张那一天，可谓高朋满座，不但请来了济南城的名流，济南府大大小小的官员，也都前来贺喜。连风月楼的"济南一枝花"柳若仙，也来送礼庆贺。

谁知乐极生悲！江达恩手里端着一只羊脂玉的酒杯，登楼为贵宾们敬酒时，因楼梯上的一块木板脱落，他一脚踩空，便从楼梯上坠到了楼下。当人们去扶他时，见他七孔流血，已经断气了！

一场喜事，转眼变成了丧事。

7

江达恩死了之后，坊间有个传说：阴间的老尚书向阎王爷告了一状，阎王便命小鬼将江达恩从阳间勾到了阴间，打进了十八层地狱！

由于江达恩生前没有男丁，只有一个闺女，叫江芙蓉，她便继承了他的万贯家产和这座泉城酒楼。用今天的话来说，就是一位十足的富二代。

这位江芙蓉与她父亲相比，可谓青出于蓝而胜于蓝。有人称她是"三九佳人"，因为她今年已有二十七岁了，虽然姿色平平，却长得虎背熊腰，体重有一百八十余斤，她嫁不出去的原因，是她的性子暴戾——一头真正的河东母狮！

有一天，一个在酒楼卖唱的歌女，因为盯着她的身子多看了一眼，她飞起一脚，竟踢断了歌女的小腿！

还有一天，她嫌厨师炒的羊肉咸了一点，便举起粉拳，一拳打掉了厨师的四颗门牙！

这样的"佳人"，哪个男人敢娶？

江达恩死了之后，原来的拜把兄弟们不见面了，官府的关系也断了线，酒楼门前车马稀，虽然天天开门，生意却不温不火，账房先生告诉她，酒楼已开始亏损了！

就在她一筹莫展之际，一个中年男子走进了酒楼，终于改变了江芙蓉和泉城酒楼的命运。

这天的午后，客人们都陆陆续续地结账走了，伙计们正在扫地、抹桌子，江芙蓉坐在她的闺房里，拿着铜镜正在细心地描画着双眉。

这时，一位男子一拐一拐地走进了酒楼，他随手将包袱扔在椅子上，问道："伙计，有饭吃吗？"

伙计笑着说："请问公子，想吃什么？"又指了指墙上的菜谱说道，"这里的葱爆海参，是济南城的名菜，还有，红烧羊羔、黄河鲤鱼……"

客人连连摆手，说道："我只想吃一碗面条，能吃饱肚子就可以，吃饱了，我还要赶路呢！"

伙计说："听口音，公子不是济南人，不知公子从何处来？又要去哪里？"

男子说："在下从江南来，要去京师游学，因为急着赶路，脚上磨出了水泡。"

江芙蓉在房内听了，顿时心中一动。因为她想起了一件往事——

小时候，奶妈曾向她讲了一个故事：

一个村姑做了一个梦，梦见一只跛了脚的凤凰，落在自家的门前。

第二天，一个进京赶考的书生，坐在她家门前歇脚，原来他的脚底磨出一串血泡，村姑便用绣花针帮他挑破血泡，还给他抹上了一些锅底灰，他谢过村姑后，就又上路了。

一个月后，忽然有一乘小轿停在了她家门前。原来，那个书生已考中了头名状元。他不忘村姑的相助之恩，派来小轿接她去了京城……

说来也巧，昨晚江芙蓉也做了一梦：梦见一只猫头鹰掉在了石坑里，被一块石头压住了一只爪！她搬开了石头，那只猫头鹰便飞走了！

这是碰巧，还是天意？

她向伙计吩咐了几句，便上楼去了。

男子吃完饭，正准备付饭钱，伙计笑着对他说："我们东家吩咐过了，不收公子的饭钱，请公子上楼品茶。"说完，便领着他登上了二楼。

男子刚刚掀开门帘，见一位女子端坐在里边。正想退出来时，听女子说道："公子请坐。"说完，还为他斟上了一杯热茶。

二人一边品茶，一边闲聊起来。

"公子贵姓大名呀？"

他本想说自己的真实姓名，但话到嘴边，又改了口："免贵姓朱，名三贵，是老朱家的族人！"

二人从茶谈到酒，又由酒谈到了诗。朱三贵擅长言谈，谈着谈着，他吟哦了白居易的一首《忆江南》，还哼了一段湖南花鼓戏《韩湘子化斋》。

这时，伙计端来一盆热水，水面上还漂着一些姜片和艾草。江芙蓉告诉他说，用姜水和艾草泡脚，一可解乏，二可活络筋脉。

到了晚饭时间，伙计已将酒菜送进了雅室。朱三贵告诉她说，自己自幼读书，为的是博取功名，光宗耀祖，不想父母早逝，自己孤身一人，只好外出游学，吃尽了辛苦。说到这里，声音已有些哽咽，双眼也红了。

江芙蓉听了，也用手帕擦起了眼角。她问道："公子打算去哪里？"

朱三贵说："游学路上，也没个固定地方，走到哪里算哪里吧！"他转了话题，问道，"泉城酒楼的生意兴隆吗？"

江芙蓉听了，叹了口气，说道："生意不旺，惨淡经营吧！"

朱三贵忽然心血来潮，说道："若酒楼改个名字，再加个大字，定会大旺大火起来！"

江芙蓉连忙问道："怎么个改法？"

朱三贵说："'泉城'两个字，满大街都是！什么泉城烧饼店、泉城包子店、泉城酱菜铺，没有百家，也有八十家！若改名杏花大酒楼，既好听，又有诗情画意，一定能顾客盈门！"说完，还吟哦起了杜牧的《清明》：

> 清明时节雨纷纷，
> 路上行人欲断魂。
> 借问酒家何处有？
> 牧童遥指杏花村。

江芙蓉听了，感到眼前一亮。

朱三贵接着说道："提起杏花村，客人们就会想起唐朝的杜牧，进来就能喝到名酒杏花村！在'三面湖水一面柳'的杏花大酒楼，品尝一杯杏花村，该有——"

江芙蓉连声说道："好！好！就按朱公子说的，明天就改店名！"说完，二人举起了酒杯。

酒逢知己千杯少，朱三贵的口才和肚子里的歪才，彻底征服了这位河东的母狮。

此时，暮色四合，天上的一轮明月，倒映在大明湖中，时大时小，时扁时圆；岸上的万家灯火，忽明忽暗，美轮美奂。

连饮了数杯之后，二人眼前都有些蒙眬，干柴遇到了烈火，一阵湖风吹来，把烛光吹熄了……

半个月后，二人结为秦晋之好的消息，传遍了半个济南城。

一个月后，朱三贵就成了杏花大酒楼的大掌柜，江芙蓉不再为酒店的生意操心了，过起了富太太的日子。

8

江芙蓉没有看错人，朱三贵成为杏花大酒楼的大掌柜之后，他的才干和胆识，终于有了用武之地。

他最早谋划的一件大事，就是对杏花大酒楼从里到外进行一次装修。旧的老门，换成了新的朱漆大门，楼上的包厢，都拉上了白绸窗帘，"杏花大酒楼"五个镏金大字，显得既气派又高贵，楼名加了一个"大"字，更彰显了酒楼的富丽堂皇。

第二件大事，就是在酒楼门前移栽了六棵老杏树，寓意酒楼的生意"六六大顺"。更令人称奇的是，他在扩展酒楼的院子时，竟然挖出了一个碗口粗的泉眼！济南被人称为泉城，除了趵突泉等七十二名泉之外，还有八百多个不知名的泉眼，在自家院子中挖出的泉眼，除可供酒楼用水之外，也象征着财源滚滚而来。

紧接着，他亲自登门拜访了济南府衙的官吏，又把江达恩手下的旧部收拢过来，成了自己的拜把兄弟。

他听人说，当年的乾隆皇帝出巡曲阜时，曾在那里吃过一次孔府家宴，他从此专从曲阜进酒，更花重金从曲阜挖来一位大厨，让济南的客人们也能品尝到御膳的滋味。

杏花大酒楼重新开张的消息传开之后，酒楼客人爆满。想办婚庆酒席的巨贾富豪，须提前七天预订，并预交订金。

杏花大酒楼的名声从城里传到城外，向南传到了湖广、金陵、苏州；向北传到了燕京、塘沽。一时风光无限。

9

第二天上午，蒲槃和肖伯便去了杏花大酒楼。

刚到门口，大掌柜朱三贵便笑着迎了出来，他双手抱拳，连声说道："恭喜蒲兄，喜得贵子！"说着便把二人领到了楼上，又吩咐人送来早点，说道，"蒲兄是为那四缸高粱酒来的吧？您来得正好，若是不来，我还要去登门拜访呢！"说到这里，又叹了口气，"我可是哑巴吃黄连，有苦说不出呀！"

蒲槃忙问道："朱掌柜有何难处，不妨说出来听听。"

朱三贵一脸的苦相，倒出了他的苦水：

蒲槃送来的第一缸酒，很快就见了缸底。客人们说，这才是真正的杏花村，胜过了杜康！

当伙计们打开第二缸时，却发现酒中有一种酸味，第三缸、第四缸都有酸味！

老客户汪二狗还将此事告到了济南府，说此酒掺了不洁之水，喝了后引起了腹泻，害得他差点儿丢了命！要求官府验证，并赔偿求医服药的银两！

北关的杜大还带着几个人来酒楼闹事，用铁锹打碎了酒缸，发酸的酒流了一地，地上只剩下了一堆碎缸片……

朱三贵为了息事宁人，不吃官司，也为了杏花大酒楼的名声，只好用银子开路，上下打点，托人求情，才把此事摆平了。

说到这里，他也为蒲槃愤愤不平起来："处士为人厚道，知书达理，绝不会酒中掺水，以假乱真！不过，那家酒坊，还有，在运酒路上……人心隔肚皮，会不会有人动了手脚？"

说到这里，他的话锋一转，说道："不过，此事也怪你我，为什么当时不把其余三缸高粱酒都揭开盖子尝尝呢？这叫大意失荆州啊！"

肖伯向他使了个眼色。蒲槃心里明白，肖伯是让他少说话，看看朱三贵狗嘴里能吐出什么样的象牙！

朱三贵叹了口气，又说："君子好交，小人难防呀！你我都吃了一亏，长了一智，要好好记住这个教训！"

蒲槃一直默默听着，不说一句。

朱三贵吩咐伙计，让厨房炒几样时令小菜，他要和处士喝上几杯。

蒲槃连忙说道："在下还有些生意上的事要回去打理，就不打扰朱大掌柜了。"说完，就和肖伯站了起来。

朱三贵："好，好，改日再叙吧！明天，我就让账房去您的货栈结账。"说完，又陪着二人下了楼，一直送出酒楼的大门。

在回货栈的路上，一直不说话的肖伯，突然冒出了一句："可恶！他说的都是假话！"

蒲槃知道他说的是朱三贵，便笑着问道："哪些是假的？"

肖伯："说三缸高粱酒有酸味，是假的！说喝了缸里的酒闹肚子，是假的！说有人将酒楼告到了府衙，是假的！说杜大带人去闹事，将三口酒缸砸破了，更是假的！连朱三贵这个人，恐怕也不是真的！"

蒲槃听了，有些不解。

肖伯："此事说来话长，以后再跟您说吧！"

次日，杏花大酒楼的账房先生带着账簿来结账了。他扒拉着算盘，一笔一笔地算着账：杏花大酒楼的损失，打官司花费四十七两；四缸酒每缸六十两，共二百四十两；加上三个打破的酒缸，共三两，合计二百九十两，由杏花大酒楼承担！

一缸高粱烧酒六十两，归蒲处士收入。

说完，将包在布袋里的六十两银子，双手捧给蒲槃："请蒲处士验收。"

蒲槃将布袋递给了肖伯，便把账房先生送出了货栈。

肖伯望着桌子上的银子，他心痛那三缸高粱烧酒的损失，恨恨地说道："一个黑心烂肠子的伪君子！"

不过，蒲槃怎么也想不明白，明明送去的是真的高粱烧酒，怎么会变成了假酒呢？

一天，心情郁闷的蒲槃，望着南边的千佛山，忽然想起了陶渊明，他不为五斗米折腰，毅然摘下了头上的乌纱，去了终南山，过着"采菊东篱下，悠然见南山"的日子，是何等的自在！自己为何不能弃商归田，回淄川去过耕读的日子？

第二天，他对肖伯说，货栈里还有些存货，让他经营，若有生意，能做的就做，不能做的，也不勉强。交代完之后的第二天，他便离开了济南，回了蒲家庄。

第三章

孝妇河里流淌着感人的故事；柳泉的树洞里藏着一只小狐狸。

1

明崇祯十七年（1644），小松龄刚刚四岁时，在外经商的蒲槃，终于从济南回到了蒲家庄。

在小松龄出生之前，他以经商为主，长年在外奔波。小松龄出生之后，他在经商之余，也常常回到庄里，帮着董氏处理一些春播秋收的庄稼活儿，算是半商半农，现在常年住在蒲家庄里，过起了半读半耕的日子。

他能毅然决然地从商场全身而退，也与他的一次章丘之行有关。

济南自古便有"泉城"之称，而章丘的明水，也有众多的泉水。《齐州二堂记》记载："历山诸泉，皆岱阴伏流所发，西则趵突为魁，东到百脉为冠。"

其实，明水的泉水并不亚于济南，这里的泉眼粗若大桶，泉涌如喷；小的细若针眼，水涌无声。还有众多未露出地面的泉眼，被人称为"不露"之泉。在众多的泉水之中，名气最大的就是百脉泉了。

在百脉泉旁边，有一片青翠的竹林，竹林旁边有一座院落，院中有几间粉墙黛瓦的房舍。泉边的一位老者告诉他：这就是宋代女词人李清照当年住过的院落。

他回到济南的货栈后，便找出了《漱玉集》，在灯下细细地读着。当他读到女词人在逃难的路上，路过严滩时，看到东汉高人严光当年隐居的钓鱼台，众多船只正趁着夜色航行在富春江上。这激发了女词人的灵感，她写下了那首脍炙人口的诗篇：

巨舰只缘因利往，扁舟亦是为利来。
来往有愧先生德，特地通宵过钓台！

读到这里，他感触万千，于是放下手中的书，仰头久久地望着满天的星斗，终于做出一个抉择：弃商归田！

他也将自己的想法告诉了肖伯，肖伯边听边点头，说道："蒲处士饱读诗书，却无缘功名；弃文经商，又常被市侩奸商捉弄！俗话说得好，'千买卖，万买卖，不如回家搬土块！'处士回到家里，既耕又读，还可教养晚辈，何乐而不为呢！"

肖伯忽然想起了一件事，说道："处士还记得杏花大酒楼的那三缸高粱酒吗？"

蒲槃听了，笑道："吃一堑，长一智，过去的事，就不再提了。"

肖伯："受了朱三贵的捉弄，我总是咽不下这口恶气！"

蒲槃刚想劝他，听他愤愤说道："我觉得他身上有一股怪味！"

蒲槃："怪味？什么怪味？"

肖伯："不像是人的味道！"

当天晚上，肖伯特意备了几碟下酒的小菜，为蒲槃饯行。二人似有说不完的话，待大街传来三更的更声，二人才各自睡下了。

第二天一早，蒲槃便上路了，肖伯牵着马的缰绳，一直将他送出了济南城的东门，二人才恋恋不舍地挥手告别。

2

蒲松龄出生在战乱年代，正值华夏大地上风起云涌，变幻莫测之际：

明崇祯十四年（1641），农民起义军揭竿而起，在"盼闯王，迎闯王，闯王来了不纳粮"的歌谣声中，李自成率军攻下了洛阳，杀了明宗室的福王！

另一支起义军在张献忠的率领下，攻陷了襄阳，杀了明宗室的襄王；

关外的清主皇太极，暴病而死，他的第九子继承了皇位；

……

李自成攻进北京前，崇祯皇帝放走了三个儿子之后，亲手杀死了自己的妃嫔和公主！便随太监王承恩潜出皇宫，惶惶如丧家之犬，在煤山（景山）上的那棵歪脖树上自缢了！

这一年，李自成登上了九尊之位，改朝换代为大顺皇帝，在位四十二天后，便被清军赶出了北京！

这一年，张献忠率领的另一支农民起义军，在四川成都称帝，建立了大西政权；

也就在这一年，清军的铁骑踏进了北京，九岁的福临即位，定鼎燕京，纪元顺治；

……

蒲松龄的幼年和童年，处在明末清初交替之际，其间发生的众多事件，究其原因，既有偶然，也有必然。

滚滚前行的历史车轮，碾过那段岁月之后，会留下清晰的轮痕。但在甲申这一年的轮痕，却是破碎的、片段的、重复的、时深时浅的。

3

蒲槃回到蒲家庄之后，每天过着日出而作，日落而息的耕读生活，不再为生意而四处奔波，也无须提防商场中的那些尔虞我诈，感到身心有了一种前所未有的解脱。不过，让他毅然弃商归田的，还有另外一个原因：自己虽然苦读几十年，满腹经纶，几次参加科考，却总是与功名无缘！而那些曾经羡慕自己才华的同窗好友，却已先后中举入仕，自己至今仍是一介布衣！

今年他已过了不惑之年，便将求功名入仕途的宏愿，都寄托在几个儿子的身上了，尤其是小松龄，他自幼聪慧，是个可造之才，但他瘦弱多病。蒲槃更忘不了在他降生之际，自己梦到的那位黄脸、胸前贴着铜钱大膏药的化缘僧人，难道自己的小松龄就是这位僧人托生而来的？不，不，小松龄成人之后，必能脱颖而出，为蒲氏家族光宗耀祖！

就在这时，忽然听见门外喊了一声："爹，我在河里捞了一条鱼！"随着喊声，小松龄双手端着一个瓦罐跑了进来。又将罐中的小鱼倒进了院子中的大水缸里。

蒲槃过去看了一眼，水缸里是一条三寸多长的黑鱼，也就是条豺鱼，问道："你在哪里捞的？"

小松龄抹了抹脸上的汗珠，兴奋地说道："在孝妇河里捞的！"

蒲槃点了点头。

小松龄望着水缸里的黑鱼，说道："这黑鱼不如鲤鱼、鲫鱼好看。"

蒲槃："你别看它黑不溜秋的不好看，它却是一条孝顺鱼呢！"

小松龄："鱼也会孝顺？"

蒲槃笑了笑，说道："等到黑鱼老了以后，眼睛瞎了，看不见水里的食物了，就会饿死！它生出来的那些小黑鱼，就会游进它的嘴里，让它吃进肚子里，老黑鱼就饿不死了！"

小松龄边听边点头。

蒲槃又说："因为它是孝鱼，吃斋的人家，都不吃黑鱼。"

小松龄听了，连忙用水瓢从水缸里捞出了小黑鱼，端着陶罐又向孝妇河跑去了！

蒲槃望着他的身影，微微点了点头。

第二天，蒲槃便领着小松龄来到了孝妇河畔。二人坐在河岸的石头上，看着芦草丛中雪白的芦花，听着树上东一声西一声知了的叫声，十分舒心。

在河水的拐弯处，有一片荷叶，像撑开的绿伞，流动的河水激起的浪花，激到了荷叶上，像一些滚动的珍珠。一只叫红娘子的蜻蜓，落在含苞欲放的花朵上，引起了小松龄的好奇，他蹑手蹑脚地走了过去，刚刚伸出手来，红娘子便飞走了。

这时，他忽然看到一片荷叶下面，有一条张着大嘴的黑鱼！一群只有瓜子大的小黑鱼，围绕在它的身边，一有动静，小黑鱼们便迅速游进它的嘴里，它便闭上了嘴。待动静过了，它又张开嘴，小黑鱼们又从它嘴里游了出来！眼前的情景，正如父亲所说的"黑鱼报恩"。

蒲槃怕他滑进河里，便让他坐在自己身边，向他讲述了这条孝妇河的来历。

4

孝妇河发源于博山，隶属青州府益都县。河水从博山凤凰山的灵泉涌出，一路上汇集了岳阳河、白杨河、范阳河、般阳河，一路向北，流经淄川、周村、张店、桓台，然后汇入了小清河，经广饶流进了北海！它全长只有四百多里，虽然不可与长江、黄河相比，但它在中国的传统文化史上，却留下了浓墨重彩的一笔。

百善孝为先，孝悌是中华民族薪火相传的传统美德，孝文化在齐鲁大地上更是源远流长。

颜文姜是位农家的女儿，多年前已与邻村的一个青年定了亲。因未婚夫突然病重，婆家为了给儿子"冲喜"，便将她娶了过来。谁知她刚走到婆家的门口，丈夫便去世了！

婆家将丧子之痛全都迁怒在颜文姜的身上，对她百般虐待，其中一项折磨，就是让她到几十里开外的村庄去挑水，且中途不许休息！

有一天，她挑着一担水正在赶路，遇见了一位口渴难忍的老者，向她讨水喝，她爽快地答应了。老者喝过水之后，被她的善良所感动，便送给她一根马鞭，还将用法也告诉了她。

她回家后，来到自己的住房，用马鞭朝地上一指，地上忽然涌出了一股清泉！自此之后，她再也不用跑几十里路去挑水了！平时她用一个竹条编的笼子，盖住泉眼，用时就将泉水舀进水桶，不用时便将笼子盖上。

婆婆感到有些奇怪，趁她去地里干活儿的时候，去查看她的住房，看到房子里有个笼子，刚打开笼子，泉眼便涌出了泉水，转眼间就冲毁了住房，冲进了村庄！

为了保护全村人的安危，颜文姜毅然用自己的身子堵住了泉眼……

村民们十分感激她，纷纷筹钱为她立祠供奉。

到了宋神宗年间，颜文姜被敕封为"顺德夫人"，祠堂赐号"灵泉祠"，颜文姜也由民间的神灵被封为国家祭祀的神仙，香火不断。每年的农历六月初一，当地都会举办盛大的文姜庙会。

小松龄听了，默默望着河中的水花，问道："爹，什么时候开庙会呀？"

蒲槃掰着手指头算了算，笑着说道："还有一个月零三天，到了那一天，我们也为顺德夫人敬上三炷香。"

小松龄听了，脸上绽开了天真的笑容。

当年的蒲松龄，做梦都不会想到，自己家乡的孝妇河，今天已成为远近闻名的湿地公园，当年的那座颜文姜祠，已被国务院确立为全国重点文物保护单位。

5

蒲槃是土生土长的淄川人，有空闲时，经常向蒲松龄讲述淄川的历史人物和风土人情。

淄川古称般阳，城东有座黉山，山上有座郑公书院，也就是汉代大儒郑康成教授门徒的地方。他曾在一块岩石上修订过诗书，人称晒书台，台下的青草，叶子修长且有香味，人称书带草！

山上还有一个山洞，有仙女在洞中养蚕，以供织女织锦。有位农家女曾在旁边捡到了一条蚕，回家后才发现，竟是一条金蚕！

山后有座梓潼山，溪水冲刷着山涧青黑相间的石头，范仲淹曾结庐山上，他在青州任官时，还派人来山涧采石，打磨成了"仲淹砚"。

在梓潼山后有一山洞，传说鬼谷子曾隐居洞中，苏秦和张仪都在这里听过他的讲学，他们下山之后，便演绎了一出"合纵连横"的历史大戏！

苏秦死后，葬在淄川城西，不远处便是庞涓墓。庞涓败给孙膑之后自杀，双方士兵争夺他的遗体，齐兵抢去了他的头颅，埋在淄川城西，旁边的村庄就叫"将军头村"。

在淄川城西还有座甲山，山上有座夹谷台，当年的孔子担任鲁国的司寇时，曾陪伴鲁定公来到这里，与齐侯结盟……

淄川古老而文明的大地上，文化底蕴深厚，讲诚信、守道德、劝善惩恶的故事代代相传。蒲松龄就是在这方文化热土上出生并成长起来的。

6

小松龄幼年时身子弱，晚上睡觉时，董氏都让他睡在自己的身旁，一面给他讲着故事，一面拍打着他入睡。待他睡熟了，她再借着灯光，做些针线活儿。

有一天，她在院子里晾晒衣物，小松龄站在一棵香椿树下，量着自己的身高。董氏在树干上给他画了一条线，高兴地说："小松龄又长高了一寸，很快就能长到老实哥哥那么高了！"

小松龄问道："老实哥哥是谁呀?"

董氏一时也说不清楚，含糊地说："就是那个……老实哥哥呀！"

小松龄听了，一下子来了兴趣，央求母亲讲给他听。

于是，董氏便讲了一个老实哥哥的故事：

老实哥哥是淄川的一个后生，有一天傍晚，后生在回家的路上，忽然乌云翻滚，电闪雷鸣，不一会儿就下起了倾盆大雨。为了避雨，他看到路边有个山洞，连忙钻了进去！这个山洞不但小，而且很浅，只能容后生一个人躲雨。

就在这时，有位年轻女子，为了躲雨，也挤进了山洞，紧挨在后生身边。

山洞外暴雨如注，后生整整一夜没说一句话，身子也一动不动，目不斜视，像块石头立在那里！

第二天清晨，雨停了，天也晴了，后生和女子都出了山洞。临别时，女子向后生施了一礼，说道："你真是个老实哥哥呀！"

这件事传开以后，人们敬佩后生的善良和人品，大家凑了钱，在山洞外边修建了一个"老实哥哥庙"，庙里还供奉着老实哥哥的一尊石像！

老实哥哥的故事，在《淄川县志》上也有记载。

小松龄听了老实哥哥的故事，问道："老实哥哥叫什么名字呀？"

董氏摇了摇头，说道："我也是从老辈人那里听来的。"

小松龄听了，就没有再问，只是久久地望着远处的青山。

7

由于连年的战乱，再加之旱、涝、蝗等灾害的折腾，不但各地百业萧条，持续了两千多年的科举考试也中断了，甚至连朝廷的太学也关了大门，官员们的子弟纷纷逃亡了。

草原上起家的游牧民族，占领了京师后，又相继占领了河北、山东、河南及长江两岸的一些地区，但明朝的遗老遗少们，还想图谋再起！再加上清朝缺乏治国理政的经验和能力。作为摄政王的多尔衮，扶持九岁的福临登上皇位之后，统揽了大清的实权，但他也深知要稳固大清的统治，必须在中原站住脚跟，继而吞并整个中国，于是，他为收买人心，宣布清兵入关的目的，是"为尔等复君父之仇所谋"，礼葬崇祯夫妇，下令臣民戴孝三日，并追谥崇祯为"烈皇帝，于思陵"。

由顺治颁旨，凡归顺大清的明朝官吏，皆晋升一级；被明朝革职的官吏及山林之士，亦可录用，以此来收买士大夫。

他命英亲王阿济格率兵，追杀李自成余部，顺治二年（1645），李自成在湖北通山县被杀。

他又派肃亲王豪格率兵追杀张献忠，顺治三年（1646）十一月，张献忠遇难。

派豫亲王多铎进军江南，讨伐南明政权，并向南明的兵部尚书史可法发出降书，然而史可法不被欺骗，坚守孤城十余天！扬州城破，多铎亲自劝降，史可法高呼："城存人存，城亡人亡！"他宁可头断而不屈，慷慨就义！

清兵进城后，大肆屠城，杀害平民百姓数十万人，扬州城里尸骨成山，血流成河！

为巩固大清的政权，他仿照明朝建制，设立了内阁和六部，颁布了科举考试政策，以有利于大清巩固政权。

清朝最早的科举考试，在清兵占领的山东、山西、直隶、陕西、江南等地，举行了第一次考试。

顺治三年（1646），也就是大清朝建立的第三年，第一次会试天下举子。读书人为了求取功名，都争先恐后地参加，山东省录取的进士，就有九十九人之多，占录取总数的四分之一！头名状元就是山东聊城的傅以渐。

蒲槃想让自己的四个儿子都参加科举考试，才能出人头地，有所出息。尤其是他的小松龄，他认定是一块璞玉，只要花上心血雕琢，定能雕成精美之器！

在小松龄十岁之前，他手执戒尺，亲自教小松龄读书、作文，常年不辍。还请来多位文士来家中教授小松龄，到了上学的年龄，便送他去私塾读书。

8

有一天，一位年迈的讨饭妇人，来到蒲松龄的家门口。小松龄见了，连忙进屋拿了一个烧饼，放在她的篮子里。董氏看了看讨饭的妇人，见她满脸的皱纹，嘴唇也凹了下去，便将烧饼拿回灶房，不一会儿，把热气腾腾的烧饼送给她，还端来一碗米粥，让她坐在板凳上慢慢吃。原来，她看到老妇人的牙齿残缺，吃不了硬面烧饼，便给她蒸热了，变软了再吃。

老妇人走后，董氏向小松龄讲了一个乞丐孝子的故事。

淄川有户人家，丈夫不幸去世了，妻子也因病长期卧榻不起，唯一的儿子又跛了一只脚！儿子以讨饭为生，养活自己的母亲，母子二人相依为命。

儿子要到的好饭好菜，自己一口都舍不得吃，拿回家去让母亲吃。他还为自己立下了一个铁规矩，为了不让母亲饿肚子，一定要在晌午回到家中，让母亲吃饭，母亲吃饱以后，他才能吃。

有一天，天快晌午了，他提着讨饭篓子向家里走时，突然下起了大雨，由于路面泥泞，他一下子摔倒了，他只好用嘴咬着篓子的提手，手脚并用地向前爬行。

这时，路边的一座古庙里走出一位道人，让他进庙避雨，他死活不肯，说自己不回家，老娘就会饿肚子。道人便扶他进了古庙，给他捏了捏脚背，揉了揉脚跟，他感到一股热流涌遍了全身！道人让他站起来，说了一句："快跑！别回头！"

他向前跑起来了！跑了一会儿，忽然想到自己是一个跛子，怎么能跑呢？又回头看了看，古庙不见了！道人也不见了！

回到家后，他将自己的经历告诉了母亲，母亲说道："这是上苍保佑孝子啊！"

9

小松龄虽然长得个头不高，身子骨也不强壮，却颇受蒲家庄小伙伴们的拥戴。他下河捞鱼，一群孩子也跟着跳进河里，扎猛子、撩水花、打水仗，都闹得忘记了回家吃饭。

他听说蒲家庄的柳泉有许多百年的老柳树，都有合抱之粗，经常有刺猬、蝎子、蜈蚣等躲在老树的树洞里。

他还听人说，有一天，忽然天上乌云翻滚，雷声震耳，一道耀眼的白光，从半空中闪过，接着是一声响雷，击中了一棵老柳树！一眨眼工夫，云散天晴。人们走近一看，树洞里竟然有一条"五步蛇"，这是一条剧毒之蛇，人若是被它咬伤，走不了五步就会毙命！

恰好这天的午后，柳泉上空的风停了，雨歇了，天也晴了！小松龄想起了毒蛇的传说，便喊着张笃庆和李希梅等一群孩子，来到了柳泉旁边的树林里，果然找到了老柳树的树洞，树洞并没有被烧过的痕迹，但树洞很深，什么也没看到，张笃庆便捡来一根树枝，朝树洞里捅去。

突然，从树洞里蹿出一个毛茸茸的黑影！大家还没回过神来，那影子就已经消失在一片荒草丛中了。不过，小松龄已经看清楚了，那个黑影原是一只小狐狸！

张笃庆和李希梅正想去追，小松龄向他们摇了摇手，说道："别追了！"

大家朝荒草望去，什么也没看到，听大人们说，狐狸是有灵性的。

小松龄回家之后，将他在柳泉的所见所闻告诉了父亲。

蒲槃告诉他，他们的蒲家庄过去叫"满井庄"，因为庄东有一眼泉水井，深有数丈，泉水清澈甘冽，冬暖夏凉，一年四季井水总是向外溢出，流成了一条小溪，所以叫"满井"。康熙四十七年（1708）在那里建了一座龙王庙，庙里除了供奉着龙王之外，还有杨二郎和"七圣"的神像。

"满井"旁边有棵大柳树，有合抱之粗，所以"满井"也称"柳泉"。他们住的村庄，由于庄里多是蒲姓人家，那些乡绅大户，也都姓蒲，于是人们也便把"满井庄"叫成了"蒲家庄"。

自此之后，在柳泉旁边的土丘上，在那些老柳树的树荫下，经常能看到小松龄的身影。

他或坐在树荫下背诵诗词，或在柳泉旁边默默地阅读《古文观止》，一坐就是大半天！长大成人后，仍对这里情有独钟，他这样描绘过柳泉：

山以石胜，高秋蠹蠹，下状兀兀，肥状闷闷，瘦状棱棱，虎若而伏，单若而群，不可品名，不可以策数……

长大后，他便以"柳泉居士"为号。

第四章

寒食祭祖，终于知道了家族的变故；起义失败的于七到底去了何处？

1

蒲家庄虽然蒲姓人家居多，但庄里也有异姓，其中就有姜家和蔺家。

姜家的父辈，在淄博的张店以打铁为生，后来在蒲家庄落户，农忙季节下地干农活，农闲时便搬出火炉，支起铁砧，打些镰刀、铁锹、镢头、锄头、马蹄铁等物件，也干些修理犁头、铡刀等零活；蔺家的祖辈在外县以染布为业，落户蒲家庄后，便改行种起了庄稼。

有一天，小松龄和张笃庆、李希梅等一群孩子来到孝妇河玩水时，见姜福和蔺大尉正在河边钓鱼，他们的竹筐里已钓起了几条鲫鱼。忽然，小松龄看到姜福把鱼竿伸到了芦苇旁边，鱼钩上还穿着一只蚂蚱！水里正有一条半尺长的黑鱼！他的鱼钩在水面上不停地抖动着。眼看黑鱼就要咬钩了，小松龄从地上捡了块核桃大的石头，朝着河水扔去！只听"咚"的一声，那条黑鱼一转头便钻进了芦苇丛中！

姜福气得跺起了脚，气呼呼地说道："你吓跑了我的黑鱼，怎么办？"

一旁的蔺大尉也帮着他说话："要他赔一条黑鱼！"

张笃庆虽然比小松龄小一岁，但他不怕惹祸，他指着姜福说道："你爬过我二姑家的院墙，在柿子树上掏喜鹊窝，弄破两个鸟蛋，为什么不赔？"

蔺大尉个子高，胆子也大，他撸起袖子，摆出一副打架的架势。

小松龄这边也不示弱，他们仗着人多势众，毫不畏惧！正要开打时，田秋挑着一担柴路过这里，他笑着对姜福说道："你们谁敢动他一指头，我就揍他三拳头！"

姜福听了，顿时便泄气了，他一边嘟囔着，一边坐在河边的石头上。

田秋走了以后，姜福仍然嘴硬，自言自语道："俺是姜子牙的后代，不跟蒙古鞑子一般见识！"

他说的姜子牙，就是姜尚，他为周朝立了大功，被封到了齐国，成了齐国的第一位国君。

蔺大尉接着说道："俺是蔺相如的后代，你们没看过《将相和》的大戏吧？"说到这里，他朝小松龄瞟了一眼，嘴里冒出了一句，"我也不与回回人一般见识！"说完，二人便悻悻地走了。

小松龄听了，一脸的茫然。

2

回到家后，小松龄便向父亲说了此事。

蒲槃听了，笑着说道："不但有人说我们是蒙古人，还有人说我们是回族人、女真人、色目人呢！其实，我们的始祖，就是淄川的汉族！"说到这里，他去了书房，取出了纸页已经发黄的《蒲氏世谱》，谱上写着：

一世祖蒲璋

二世祖蒲子忠

三世祖蒲整

四世祖蒲海

五世祖蒲臻

六世祖蒲永祥

七世祖蒲世广

八世祖蒲继芳

九世祖蒲生汭

十世祖蒲槃

因为还未修谱，小松龄和他的三个兄弟，都未续修入谱。后来，在蒲松龄亲自纂修的《蒲氏祖谱》中，称蒲家庄的蒲氏，是"般阳土著"。

淄川的古名，就称般阳。后来，蒲松龄的嫡孙蒲立德，在《重修祖谱序》中记载："我蒲氏之世居淄土，自元始也。"

如此看来，蒲氏是"般阳土著"，是无可非议的。

3

蒲槃为了蒲家庄子弟们的读书求学，和蒲氏的族长、德高望重的长辈商量之后，将祠堂里多余的房舍腾出来，进行了修缮、粉刷，又置办了一些桌子和板凳，便办起了塾馆，塾馆宽敞，可容四十多名学生在里面念书。他又从淄川城里聘来一位方先生，前来执教。

一直在家随父亲读书的蒲松龄，见几个哥哥都进了塾馆念书，心中十分羡慕，他经常跟着哥哥们去塾馆，哥哥们在馆里听讲，他便趴在窗子外边听课，赶都赶不走！放学后，他又跟着哥哥们回家。

方先生见他聪明好学，十分喜爱，不知是不是看在蒲处士的分儿上，竟然破格收了这个年龄最小的学生。

塾馆的院子里有一棵大杏树，树冠有小半亩地大，每年开春，树枝上缀满了花苞，又过几天，花苞开了，树冠上成了一片胭脂，招来蝴蝶，也惹来了蜜蜂，院子里一下子热闹起来了。

蒲松龄从杏树下走过，看到从树根上长出一根嫩枝，长约半尺，枝头竟然也有几个花苞！花苞不大，颜色也不如树冠上的杏花鲜艳，因为它得不到足够的养分，又被树冠压着，见到的阳光也少，他担心小花蕾会枯萎，没想到又过了几天，枝头上的花苞竟然绽开了！

那一天，方先生望着窗外的杏花，忽然诗兴大发，便吟哦出了两句：

> 杏花绽放靠春风，
> 泼洒胭脂染碧空。

吟到这里，忽然停顿了。他捻着自己的胡子，半睁着双眼，正在静静地思索时，忽然听见坐在前排的蒲松龄用童稚的声调吟出了下面的两句：

> 莫嫌枝矮模样丑，
> 来年不输洛阳红。

方先生听了，猛地拍了一下桌子，说道："好，好！好一个来年不输洛阳红！若是则天皇帝听了，也会羞杀！"

"洛阳红"，是洛阳御园的名贵牡丹，花大如盘，娇嫩艳丽，受到了武则天的青睐。

这也许是一种预兆：虽然蒲松龄出身乡野，既无显赫背景，又非高门大户，但他依靠自己的孜孜追求，也能受到世人的垂青。

自此之后，方先生更加喜爱这位年龄最小的学子，认定他有非凡之才，必会青史留名。

4

一年一度的寒食节到了。根据当地的风俗，这一天不能生火做饭，只能吃冷饭、喝冷粥。董氏已提前烙了一大篮子烧饼，煮了一些鸡蛋，还熬了一大锅小米稀饭。

寒食节那一天，一家人早早起了床，洗漱之后，蒲槃便领着儿子们去了淄川城西的蒲家祖坟，他们清除了坟地里的杂草后，在历代先人的茔前摆上供品，烧香焚纸。祭拜之后，坐在茔前的平地上，吃着带来的冷饭和冷菜。蒲松龄啃着冷烧饼，忽然问道："爹，寒食节为什么只能吃冷食？"

蒲槃听了，说道："寒食吃冷食，是后人悼念一位古人。"

蒲松龄："古人？他是谁呀？"

蒲槃："这位古人，就是春秋时期的介子推！"

其实，介子推的故事，蒲松龄的哥哥们都已经听过多遍了，小松龄还是第一次听说。

蒲槃望着茔地里的荒草，缓缓讲了起来：

春秋时期，晋国发生内乱，公子重耳被迫逃亡国外，介子推不畏艰难困苦，跟随着重耳流亡。有一天，重耳因饥饿，身体虚弱，已走不动了！介子推割下自己大腿的肉，熬成肉汤献给重耳充饥！

重耳做了国君后，励精图治，成为一代名君晋文公。他对跟随自己流亡的人士，进行重用和奖赏，却忘了介子推！介子推也不求利禄，背上母亲归隐绵山。

有一天，晋文公发现自己的左右少了介子推，想起自己忘了奖赏这位"割股奉君"的贤臣，非常内疚，便亲自来到他隐居的绵山寻找。但是只见山峦重叠，树木茂密，就是不见介子推的影子。他想，介子推是个孝子，如果放火烧山，他一定会背着母亲出来的。

于是晋文公命令放火烧山，想把介子推母子逼出绵山，结果大火一下子蔓延数十里，连烧三日不熄，但介子推并没有出来。

火熄之后，大家进山察看，才发现介子推和他的老母亲相抱在一起，被烧死在深山之中。

这事传出后，人们十分敬佩和怀念介子推，晋文公下令，在他被烧死的这一天，也就是清明节的前一天，家家户户都不许举火，要吃冷食，以寄托哀思。这一天就成了"寒食节"。

5

讲了介子推的故事以后，蒲槃又讲了他从未向外人讲过的一件往事——当年蒲氏家族的一次变故。

蒲家的先祖，蒲鲁浑和蒲居仁，在元代任过般阳的总管，相当于淄川的县令。谁知突然发生了一次重大变故：蒲氏先祖遭到了灭族之罪！

就在行刑之前，六岁的幼子因寄养在外祖母杨氏家中，才得以幸免。

杨氏为保住蒲家的唯一血脉，让他随母姓杨，他长大成人之后，元朝已经灭亡了，他才恢复了蒲姓，改名蒲璋。

明朝的洪武年间，蒲氏的后辈渐渐兴旺起来。到了万历年间，蒲氏通过读书科考，有人考取了秀才，全庄有六人得到朝廷俸禄，族中还有人中过进士，任过官职。

到了蒲槃这一代，他从小就刻苦努力，博览经史，写得一手好文章。他谦逊谨慎，待人忠厚，淄川城里的一些文士儒生，都十分仰慕他。因战乱不断，生不逢时，便弃儒从商，后又弃商为农。

一阵山风吹过，茔前的那些烧过的黄表纸，成了一只只灰色的蝴蝶，在茔地里飞舞着。

天近午时，蒲槃才带着孩子们离开祖茔，回到了蒲家庄。

6

蒲槃上坟回来，躺在炕上休息，又记起小松龄尚未出生时的一段经历——

有一天，蒲槃到淄川城西赶集籴米。因为妻子临产，可米价太贵，只得在集市上耐心寻找机会，以图点便宜。买好米后，已是太阳落山了，他连忙往回赶，急匆匆抄黉山的小路走着。

夜幕已覆盖到山顶，蒲槃有些心慌。爬上一个山坡后，他影影绰绰地看到有五六个人，在路旁的茔地里摆弄着什么，他恐有不测，连忙藏到一块大石后面。

霎时，有两个人扛着锨、镢，三人腋下挟着一人，匆匆从他眼前气喘吁吁地跑过。他一时纳闷，跑到茔地一看，惊骇得差点儿晕了过去：只见一座新坟已被掘开，棺盖翻躺在地上。天哪！这不是同族远房侄媳的坟吗？前天因产后风刚死去的啊！

蒲槃心惊气喘，浑身乱颤，转身急走时，不知被什么绊了一脚，心中越发惊慌。一口气翻过山后，才忽然想起自己把米袋忘在了大石后面了！他寒毛直竖，头皮发麻，不敢去取，只得先奔向家中，想喊着侄儿蒲兆兴做伴，再壮胆取回来。

蒲槃奔回家中，惊魂未定。因董氏病了，大家都在上房伺候她，不便使唤。他便侧歪在炕上，一闭眼就想起那侄媳妇生前的模样，心中越发凄惨。已是黄泉中人，非但不得安息，反倒再蒙汤煮之祸，猪羊一般地填充饿腹的饥肠！"铠甲生虮虱，万姓以死亡！"天失其常，世情涌动，乃是国运衰微，是社稷倾倒的先兆啊！莫非……

第二天一早，他在兆兴的陪同下，才取回了大石头后边的米袋。

7

蒲槃曾听人说过于七这个名字，但对他反清复明的事迹知之甚微。

于七本名乐吾，山东栖霞人。生于明万历三十五年（1607），初字小喜，后改为孟熹，因在家排行第七，人称于七。

于七生于栖霞的富家，祖父于进表，是山东最大的金矿矿主，也是当地的巨富，但他崇尚武术，在江湖上亦有名气。

父亲于可清，曾任过明朝的防务铺兵，是位武将，武艺高强，绰号"草上飞"。在与入侵的后金军作战时，不幸战死沙场。

于七的外祖父，就是赫赫有名的抗倭名将戚继光。

在明末清初，战火不断，社会动荡，于七和哥哥于六结识了不少武林中人，还常常劫富济贫，不过他们也有自己的规矩：每次打劫之前，于七先去拜访这户人家，并说明来意，若人家愿意拿出家中钱财和粮食，他只要一半，另一半留给人家；若这户人家撒谎或顽拒，他便派人抢走这家所有的家产，但不杀人。久而久之，他们的势力和名声渐渐壮大起来，前来投奔的人也渐渐多起来了，他便联络各县，举起反清复明的大旗，建起了一支起义大军。

第一次战斗，他就率领千余人的一支义军，攻下了海州（今烟台牟平），将死心塌地为清廷卖命的知州，斩首示众，震动了整个山东半岛，也令清廷坐卧不安起来。

因为清军入关不久，清廷的政权尚不稳固，难以征服各地的起义武装，便采取了怀柔政策：招抚于七为栖霞的把总。

于七有了合法身份之后，便四处结交反清人士，不断扩大义军的兵力。待到时机成熟时，再次举行起义！

谁知一件意外发生的小事，让起义的时间提前了！

莱阳每年的四月半都要在宝泉山举办庙会，各地的信男信女便会到山上赶庙会，烧香拜佛，看戏听书，十分热闹。

于七的弟弟于九，也陪着新婚不久的妻子衣氏来赶庙会，谁知被恶霸宋二阎王纠缠上了。宋二阎王死皮赖脸地上前对衣氏套近乎，进行调戏，衣氏并不搭理他，他竟在光天化日之下动手拉扯，于九忍无可忍，飞起一脚，将他踹倒在地，又挥臂给了他一顿拳头！鼻青脸肿的宋二阎王，只好抱头逃窜了！

宋二阎王连夜就去了京师，因为他的父亲在清廷兵部为官。

他诬告于七在家中绣制了龙袍，还修建了皇宫，到处招兵买马，准备推翻清廷，自己登上皇位。

这还了得！清廷立即派出二十万大军，前去镇压，抄了于七的家。

于七知道清廷不会善罢甘休，便下令山东各地的义军同时起义，与清军血战到底！

双方对峙了两年之久，仍未能分出胜负。清廷最后调来了威力最大的红衣大炮，对义军的阵地进行猛烈的轰击，义军死伤无数。

为了保存实力，试图东山再起，于七下令，义军撤出战场，各自为战。

于七成功逃脱了清兵的追杀，但去向却无人知晓。

清廷为了清除隐患，不但抄家，还将于家的五十余人斩杀。于家的族人和亲友一千余人，也被全部杀害。

那些起义的地区，田地荒芜，白骨成堆，可谓："血流如河不见人，百里难闻鸡犬声！"

在于七惨案中，唯一获利的人就是宋二阎王，清廷不但赐给他一顶官帽，还将于七的全部家产都赏给了他。

因为他告密有功！

8

于七与北宋的宋江不同，宋江被朝廷招安后，还和他的兄弟一百零八将，在为朝廷攻打辽国和镇压方腊的战斗中立有功劳，但他在被封官后，却喝了蔡京等奸臣送来的御酒，中毒身亡！

蒲松龄后来写下了一篇题为《野狗》的文章，就是为了纪念于七。

其实，于七并未死，清兵多次对他进行搜捕，皆无所获，不得不以"窜入海"而结案告终。

原来，于七已潜伏到了二百里路之外的海上仙山——崂山了！

有一天，清兵前往崂山华严寺搜查时，慈沾大师对刚刚收留的于七说道："要想活命，就要破相，行吗？"

于七点了点头。

慈沾大师让他紧闭双眼，将一盆刚刚开锅的米汤，猛地泼在了他的脸上，他当即昏死过去！

清兵进寺后，到处寻找于七，他们从大殿到僧舍，搜了一个遍，又来到柴草房搜查时，慈沾大师对他们说，他的徒弟善和，刚刚生了天花，为了防止传染，只能让他睡在柴房里。

清兵不信，掀开其脸上的布巾，看到其脸上满是冒着黄脓的血疱，吓得连忙躲开了。

自此之后，于七便在华严寺拜慈沾为师，法号：善和。

于七出家后，自创了一套螳螂拳传世。

崂山地区变成了中国乃至世界螳螂拳的发祥地。

9

蒲槃一生未能踏上仕途，难尽忠孝之心。在他看来，大明王朝的覆灭，一因奸佞，二因乱民。如果洪承畴不降清，军心就不会乱！吴三桂不叛明，清兵闯不进关来！李自成不造反，国家和百姓不会遭殃！兴国富民，要靠圣明君主和忠臣良将，而农民起义军的将士，都是叛民贼寇，都在祸国殃民！

　　同时，蒲槃又深信"君权神授"，认为明亡清兴是上天的安排。真龙天子业已坐稳金銮殿，顺者昌逆者亡，已成定数。因此，当高苑人谢迁起义反清，破新城，占淄川时，他便纠集乡勇，进行抵抗。

第五章

水深火热的蒲家庄，谁是真凶？

1

野火烧不尽，春风吹又生。于七失败后，余火尚在。山东人谢迁又打起了反清复明的大旗造反了！

这次兵变，不但蒲家庄遭了难，蒲氏家族也深受其害。

谢迁自幼习武，练得一身好武艺，惯好行侠仗义，在高苑一带颇有名气。

高苑离新城不远，那里多是盐碱地，十年九不收，秋收后百姓即举家逃荒，来年春耕前方归。久而久之，养成一种习俗：以讨饭为生。择妻者先问女方会不会讨饭，不会则不娶。养女者先教女子学习讨饭，会讨饭的女子才不愁嫁人。男子多外出打短工，做买卖。有些好吃懒做的人，常常结成团伙，出没于新城富户与官宦人家，打家劫舍，一时闹得人心惶惶。

县城被闹得鸡犬不宁，县令多次差遣衙役明缉暗抓，只是收效甚微，于是，官府只好招安，将谢迁奉为上宾，让他去缉拿盗匪。谢迁受到县衙青睐，又得资供养门徒，心中十分得意。

2

当明廷倾覆后，清军攻陷了新城，县令被杀，谢迁的徒弟也有不少人被害，再加清兵又逼迫百姓们剃发，于是，谢迁便聚集门徒，高举反清义旗，率领着千余人，誓与清廷不共戴天！

清军忙于统一中原的战争，刚刚建立的地方政权，缺乏相应的武装力量。就在此时，谢迁振臂一呼，接连攻破了新城和淄川的县城。

由于连年灾荒，政权更迭，百姓已无力供养来自任何一方的军队。谢迁义军占领了淄川后，因给养困难，既无力他图，又难固守自保，便派兵征收钱粮。穷苦百姓的糠菜生计尚难维持，哪还有钱粮？义军攻击的目标，只能是一些乡绅富户。蒲家庄离淄川城仅有七里路，义军举足便到，纳钱纳粮势所难免。

蒲槃和胞弟蒲枳，将一些铜钱拴在柳泉旁的树上，悬赏乡民：凡能奋勇杀"贼"者，赏钱若干！他导演了一场农民与抗清义军相互残杀的悲剧。

3

开初，谢迁部下几十人进村，被蒲枳率领的乡勇堵杀在街巷中。谢迁得知消息后，即刻派兵前来复仇。

谢迁部队阵列村东，勒令交出杀害义兵的凶手，否则放火烧村。

蒲槃站在村东门楼上，指挥乡民坚守不出。义军举着火把向草房上投扔，几处草房即刻变成了冲天火焰。乡民惶恐，蒲槃只得让蒲枳率领乡勇出战。两相混战，各有死伤。蒲枳奋勇当先，举枪接连戳倒了几人，被义军团团围住，死于乱刀之下。

蒲槃见蒲枳倒下了，便率领乡民手执镢头和铁锨，拼死搏斗，抢回了蒲枳的尸体。他清点了人数，蒲家庄乡民死了十三人，伤了几十人。

按照当地风俗，不是在家中咽气的人，遗体不能进家，谓之"发外丧"。百姓咒骂品行歹毒的人，最重的就是"断子绝孙""不得好死"。其次即是"发外丧"。

弟弟亡命于乱刀之下，又只能发外丧，这使得蒲槃十分为难。

外丧一般都在村外搭起的临时的棚子里举行，因为死人不能见天日。蒲槃担心死难乡民发外丧时，受到义军袭击，只得在村内找了一个闲院，停放十几具尸体。他们死于非命，现做棺木已经来不及了，蒲槃便动员村民献出了几口寿棺，而蒲枳等人的遗体只能停放在门板上。一时间，村中呼儿啼父的号啕声响成了一片。

蒲枳的儿子蒲兆兴，抱着父亲的遗体哭得死去活来。蒲兆兴的母亲身体本来就有病，一得凶讯，立时昏厥过去！

在四面哀号中，蒲槃心如乱麻。打探消息的人又频频报告："贼兵"发誓要血洗蒲家庄！无可奈何，蒲槃只得修书一封，差蒲兆兴火速去青州请求派兵支援。

兆兴出发后，蒲槃日夜操劳，一边安排死者家属统一时间快速发丧，一边组织乡民加强防守。

三日后，蒲槃准备酉时为死难的村民出殡时，不料风急云骤，突然下了一场暴雨。淄川城西门的孝妇河上，一座九孔桥被冲塌；城西的商家庄，顷刻间被洪水卷得精光。城北双沟村受到冰雹袭击，人畜死伤无数，冰雹有如碌碡大，最大的一个大如碾砣，在地上砸出了一个大窟窿。蒲槃组织人连夜掘好的墓穴，都成了泥水塘。

时值农历六月下旬，天气酷热，尸体已腐烂如泥。大雨一停，蒲槃即组织村民快速出殡！棺材漂在水面上，无法掩埋，只得用巨石压住。

4

转眼已到七月，谢迁的义军，在清军的围追堵截下，全部战死在淄川！

只是派去青州搬救兵的蒲兆兴，却杳无音信。蒲枳死后，蒲槃悲愤不已，如今蒲兆兴音信全无，蒲槃心急如焚，接连遣人去青州察访。无奈百般请求，青州府的门卫只是不准入内。后来，因去的次数多了，还以重金打通了关节，方得到真实情况：

那天，蒲兆兴口干舌燥地奔到了青州府门前，说有急事要面禀知府。

门卫见他满身灰尘，两眼冒火，硬是要往里冲，就把他捆绑起来，押到了知府大堂。知府以为他是酒徒刁民，不容分说，先喝令打了二十军棍。蒲兆兴挨了打，越发语无伦次，被知府误会是谢迁的密探，又打了二十军棍，便让兵卒们拖进了牢房，当夜即死在牢房中了。

蒲兆兴母亲听说儿子也死了，登时直挺挺地躺在地上，不省人事！她被人救过来以后，日夜啼哭，声声都是埋怨，说蒲槃不知天高地厚，坑害了她一家父子。

经此一场祸乱，蒲家献出了两条人命。整个家族顿时陷入了一片愁雾之中。蒲槃也卧病在床，终日以泪洗面。

蒲松龄终日跟随着兄长们披麻戴孝，哭灵送殡，当知道叔父杀贼英勇，牺牲壮烈，堂兄死得冤枉时，却不懂这场祸乱的缘由。只是随着生活阅历的不断增长，才明白，父亲正是这场祸乱的导演！

5

事后，虽然淄川县令褒扬蒲槃为"义士"，蒲松龄却并不在自己的著作中予以颂扬。相反地，他倒从司马迁的《陈涉世家》中得到启发，写下了同情栖霞于七抗清壮举的名篇《公孙九娘》，在文中用了两首绝句，表达了他对抗清义军的哀悼之情：

昔日罗裳化作尘，
空将业果恨前身。
十年露冷枫林月，
此夜初逢画阁春。

白杨风雨绕孤坟，
谁想阳台更作云？
忽启镂金箱里看，
血腥犹染旧罗裙。

第六章

孩子王赢得了老道长的桃木剑；晏婴一人征服了楚国的君臣！

1

蒲松龄小时候就非常聪明。

有一年，蒲松龄的爷爷蒲生汭请来了当地有名的风水大师刘先生来选他的新坟地，要为自己修寿坟。

六岁的蒲松龄也跟在他爷爷的身后，陪着刘先生到处察看。当走到柳泉东南土坡上的时候，刘先生说，这地方背靠青山，面对柳泉，是一块风水宝地。如果他能在百年之后葬在这块穴地上，到了第四代，就能出一代文魁。

蒲生汭听说占用这穴地，要到曾孙那一代才能发迹，觉得时间太长了，心中不大满意。

正在这时，忽听蒲松龄说："爷爷，到第四代上怕啥？咱把我老爷爷（曾祖父）的坟迁到这穴地上，到我这一辈，就是第四代了，不就能出一代文魁了吗？"

蒲生汭还没答话，刘先生就指着蒲松龄说道："好了，已经出来了！令孙就是！"

蒲松龄平时总爱缠着大人们，听他们谈天说地，讲狐仙花妖的故事，也入迷地聆听了一些名人演义。人们坐在柳泉边上乘凉时，常常讲些鬼怪精灵的故事，柳泉成了故事会会场，在这里总能看到蒲松龄的身影。

入伏以后，天气炎热，家里像个火炉子，蒲松龄在家中读书，闷热难耐，他便去了柳泉。柳泉的泉水往外涌，溪中的流水淙淙，坐在柳树的阴影下，喝着冰凉的泉水，听着树上"知了，知了"的蝉鸣，听着不知从哪里听来的传说，别有一番情趣。

久而久之，柳泉便成了人们讲故事的场所。他后来写的《聊斋志异》中，有不少是取自柳泉的故事。

在漫长的封建社会里，历代无不沿袭重农抑商的政策。商人的社会地位，如娼妓一样卑贱，人们总把"商"字与"奸"字相联系，谓之"奸商"。陶渊明不为五斗米折腰，弃官归田；诸葛亮出山之前，躬耕陇亩，抱膝长吟，二人皆享誉后世。吕不韦本是富商，名声不好，贬官之后，他隐居种田。蒲槃弃儒从商，本是务实之举，但心中却非常痛苦。一种不务正业的失落感压抑着他。自己既不能光宗耀祖，又不能福孙荫子，羞愧之心难耐，只好把希望寄托在儿子们的身上。

蒲松龄自幼聪慧，凡是父亲教过的书经，他多能背诵，深得父亲赞许。蒲槃将"学而优则仕"的条幅悬于壁上，以此诱导儿子们苦读。

除了教授四书五经、温习八股文之外，蒲槃还常常以名人故事，激发子侄们的功名之心。虽然他拥妻纳妾，却严禁儿子言情谈色。讲解诗经时，有意回避"窈窕淑女，君子好逑"之类的内容。蒲松龄却偏偏喜爱玩味"君子于役，如之何勿思"，父亲唯恐蒲松龄将来沉溺于儿女私情之中。

一天，他从窗外听到蒲松龄正在给兄长们讲故事：吴王小女紫玉和童子韩重相爱，私订终生，因吴王不许而愤恨一死，韩重在墓前痛哭，紫玉灵魂出现，二人在墓中结为夫妇……

蒲槃一步闯了进去，问蒲松龄从何处听来这样的故事。蒲松龄不敢隐瞒，供出是偷看了《搜神记》。蒲槃即刻将家中的《搜神记》《列异传》《望夫石》一类志怪言情书籍，抱到院子里，一火焚之！

他经商期间所得的冯梦龙编选的"三言"，因忌讳《卖油郎独占花魁》一类篇章，也急忙藏了起来。尤恐子侄们惑于邪说，荒废学业，断送前程。

2

蒲松龄爱听大人们讲的故事，既有天上神仙们的故事，也有人世间狐仙花妖的故事，他已把听到的故事都工工整整地抄写下来，抄录了四十余篇。

蒲松龄最喜爱《山海经》中的故事，因为他肚子里装着太多的故事了，小伙伴们都叫他"故事篓子"。

有一天，他正在父亲的书房里读《道德经》，《道德经》的开头几句就把他吸引住了："道可道，非常道；名可名，非常名。无，名天地之始；有，名万物之母……"

他曾听父亲讲过《道德经》的玄妙，还听说过老子的故事。父亲让他一定要把《道德经》反复记熟，才能背出全文！虽然他已经背熟了，但对其中的奥妙却似懂非懂。

就在这时，他看到窗外闪过一个人影，接着就看到了李希梅，只见李希梅向他招了招手，又指了指柳泉，便悄悄地走了。

他连忙放下手中的《道德经》，蹑手蹑脚地出了家门，来到了柳泉。柳泉旁边已经聚集了十多个小伙伴。见他来了，便争着告诉他，一位进山的香客在柳泉喝水时，告诉他们说，在南坪山的老君洞里，有一位老道士，白发银须，满面红光，已经一百八十岁了，但他耳不聋，眼也不花，走起路来健步如飞，三九天只穿一件道袍，也不觉寒冷，半个月不吃饭，也不觉饥饿，许是也修炼成仙了！他们想去老君洞看看，因为蒲松龄是一个"孩子王"，大家想让他领着前往老君洞。

蒲松龄听了，一口就答应下来，于是一行十几个孩子，便向南坪山出发了，路上，他向小伙伴讲起了老子的故事：

老子是春秋时期的奇人，他是何时出生的，又死于何时？没人知道。

老子的母亲怀孕八十年后，才生下了他，因为他出生在一棵李子树下，李就成了他的姓，又因为他出生时，头发和眉毛已经雪白了，像个干巴巴的老头，母亲便为他起名为老子，也就是年老的儿子。

可惜的是，老子出生不久，母亲便去世了。

老子出生时，他的耳朵特别大，耳垂垂到了肩上，所以也叫李耳，又叫李聃。

老子长大后，曾在皇家的书库当过小官，读遍了皇家的藏书，他又周游了四方，不论天文地理，他都清楚。他也知道以往和未来，学问是天下第一人，也是道教的祖师爷！

李希梅问道："既然老子一出生就八十岁了，他活了多久？"

蒲松龄也答不出来。

小伙伴们便七嘴八舌地议论起来，有的说，他至少活了一千年，有的说，他已经成了神仙，至今还活在世上！

有的问，他现在在哪里？

蒲松龄说："古籍上说，老子骑着一头青牛，先去了嘉峪关，出关，就没了踪影。"

3

小伙伴们一面走着，一面听着故事，一点也不觉得累，他们终于到了老君洞——南坪山里的一个山洞。

老君洞的洞口不大，山洞也不深，洞前是两扇木门，门上没有洞名，隔着门缝能看到洞里没有供奉的神像，也没有看到什么摆设，十分简陋，只在石壁上挂着一把木剑。正当他们想叩门时，听到洞里有人说道："有贵客来访，快去开门！"

洞门打开了，一个七八岁的小道童双手合十，低着头说道："贵客请进！"

蒲松龄和小伙伴们进洞后，分别坐在草垫子上，道童提来水壶，给每人斟了一碗茶水，便立在老道长的身边。

蒲松龄问道："请问这位道童是——"

老道长说："他叫宝生，是贫道捡来的。"接着他讲出了宝生的来历：

有一年的冬天，老道长去一个村庄化缘时，听到土地庙里有婴儿的啼哭声，过去一看，一床破棉絮里包着一个弃婴，正在寒风中啼哭。

他二话不说，连忙解开衣扣，将弃婴贴身抱在胸前，又用化缘来的半碗米汤，先含在自己嘴里，含热后，再慢慢喂进弃婴的嘴中。弃婴喂饱后，也就不再啼哭了。

自此之后，他便抱着弃婴挨家挨户地化缘。有的人家给点剩饭，有的人家给瓢黄米，还有一位刚生过孩子的妇人，她接过弃婴，让他吸吮自己的奶水！最难忘的是一位年已花甲的老妪，将自家的一头奶羊牵到了山上，拴在老君洞边的一棵树上，自此以后，宝生就有羊奶喝了。

4

晌午到了，大家也都饿了，因走得匆忙，谁都没带干粮。就在这时，宝生端来一盆小豆腐。

老道长笑着说道："这是用山上的荠菜和豆腐渣做的小豆腐，趁热快吃！"

宝生给每人盛了一碗，也为老道长端去一碗。老道长笑着说道："别看不起这种小豆腐，既可充饥，又能养生，大家多吃些！"

大家觉得，这小豆腐又鲜又香，是不是老道长施了仙法？吃完饭，老道长说道："你们来到这里，也是彼此的缘分，贫道这里无甚可送，只有一把桃木剑，是千年的蟠桃木刻的，能辟邪镇妖。但你们人多，可我只有一把剑，送给谁好呢？"他想了一会儿，笑着说道，"这样吧！你们谁能让我走出洞口，我就把剑送给谁，好吗？"

众人听了，都兴奋起来了！

李希梅抢着说道："道长，当朝的宰相已经到了洞外，你赶快出洞迎接吧！"

老道长坐在石椅上，一动未动。

张笃庆说："道长快出来看呀，山火快烧到洞口了！"

老道长仍然一动不动。

有的说，一只大老虎，正在撕咬进山的香客。

有的说，几个歹徒正在抢劫路过的行人。

还有的说，还愿的施主送来了一缸点长明灯的香油，不知放在哪里才好。

……

老道长只是微微一笑，身子纹丝不动。

蒲松龄走到老道长身边，笑着说道："他们说的都是想哄道长出洞去看看，让道长上当。"

道长点了点头。

蒲松龄接着说道："我若是坐在洞里，道长再有能耐，我也不会上当受骗，道长信不信？"

老道长问："是真的吗？"

蒲松龄斩钉截铁地说："决不食言！"

道长听了，点了点头，便缓缓离开了石椅。刚刚走到洞口，蒲松龄连忙抢着坐了上去，大声喊道："我赢了！"

道长听了，先是一愣，接着便恍然大悟，他笑着转身走进洞里，从石壁上取下了那把桃木剑，以手抚摩过后，双手递给了蒲松龄。

在回家的路上，小伙伴们轮流手持桃木剑舞动了一会儿，最后还给了蒲松龄。

到家后，蒲松龄将桃木剑挂在了书房的墙壁上。

5

还有一天，蒲松龄坐在柳泉边的石头上，正在向小伙伴们讲二郎神的故事，忽然看到一个过路的人，他的褂子上打着几个补丁，满头尘土，还赤着双脚，个头还不及小伙伴们高，但有一脸的皱纹，等他走近才看清楚，原来是位中年汉子。

那汉子看到了柳泉的泉水，便急忙走到泉边，想用双手捧着泉水喝。小伙伴们怕他弄脏了泉水，伸出双手挡着，不让他靠近泉水。

蒲松龄见了，连忙从草棚子里拿来水瓢，舀了一瓢泉水递给了他。汉子接过水瓢，"咕咚咕咚"地喝了下去，蒲松龄又给他盛了一瓢，他喝了半瓢就放下了，一面用衣袖擦着嘴，一面说道："谢谢诸位小哥！"说完便又上路了。

他走后，小伙伴们便开始议论起来了。有的说，他是个侏儒，永远都长不高！还有的说，这种侏儒，一不能干太重的活儿，二不能带兵打仗，三不能参加科考，太可怜了！

蒲松龄听了，半天不说话。他望着那人的身影，说道："人不可貌相，海水不可斗量，以个头高矮论人，就是以貌取人。咱们齐国的晏婴不也是一个矮子吗？因他长得矮小，像个没长大的婴儿，父亲给他取名晏婴。他曾辅佐过三位齐国的国君，他通商宽农，兴农桑，办盐铁，开贸易，重民生，还率军上过战场，冒死守护都城。他还有'二桃杀三士''不许女穿男装''黄河斩巨鼋'的故事等。晏婴虽然个头矮小，却是顶天立地的大丈夫。他还凭着自己的胆量和智慧，征服了楚灵王和满朝的文武百官呢！"

他的话立即引起了小伙伴们的好奇，都央求他讲讲晏婴的故事。

他想了想，说道："我就讲晏子出使楚国的故事吧！"

大伙听了，都围拢在他的身边。

6

齐景公听说楚国建造了一座富丽堂皇的章华台，高达数百尺！台上除了有数不清的珠宝之外，还有众多束着细腰的女子！

楚灵王宠爱细腰女子，宫里的女子便以锦丝紧束其腰，走起路来如风吹柳条，婀娜多姿。宫女为了束成细腰，有的不敢吃饭，竟然活活饿死在宫中！有些男官员为了迎合楚灵王的爱好，也把自己束成细腰，扭捏作态，自以为美。

齐景公听说之后，多么想去看看章华台到底有多高，也想去看看束成细腰的女子，她们的细腰到底有多么细。但齐国未与楚国订盟，他就不能去楚国，只好命晏婴为使节，出使楚国。

楚灵王得知晏婴将要使楚的消息之后，便和宰相等人密商，决定羞辱一下晏婴。

当晏婴一行人在路上走了一个半月，终于抵达了楚国国都郢城时，城门已经关闭，只在城墙根上凿了一个供狗进出的小洞口。

晏婴的随从去叩城门时，守门的黄旗官不但不开门，还让他们从小洞口爬进去。

晏婴见了，只说了一句："我们出使楚国，谁知走错了路，原来到了狗国！"说完，他命车夫掉转了马头，鞭子在半空中甩了一个响，马车便奔驰而回。

躲在城门后面的楚国宰相听到后，连忙骑马去追，追上后，他一边赔礼道歉，一边说要严惩守门的黄旗官。好说歹说，才把晏婴说服了。他在前面骑着马，引领着晏婴一行人，从郢城的大门进了楚国。

楚国君臣设下的第一关，就被晏婴的机智化解了。

蒲松龄刚刚讲完这个故事，小伙伴们就忍不住了。有的说，楚国想欺负晏婴，却被晏婴骂成了狗国！有的说，骂得好！有的还想听下面的故事，便催着他继续讲下去，他又讲了第二个故事。

7

晏婴进了城门，走到郢城大街上时，楚国的百姓听说晏婴来了，都纷纷站在大街两旁，一是欢迎齐国的使者，二是都想争着看看他的模样，大街上十分热闹！晏婴也不断地朝众人挥手致意。

就在这时，忽见两辆威武的战车，冲到了晏婴的车旁，每辆车上都站着六位身材高大的楚国士兵，他们身披盔甲，手持长戟，不住地高声呐喊着。

晏婴知道，他们是奉命来向自己示威的。便笑着问陪同自己的宰相："在下是奉齐国国君之命，前来楚国修好的，难道他们是在向齐国宣战吗？"

一句话就把楚国宰相问蒙了。楚国虽然疆域大，人口多，国富民强，但齐国却是天下的诸侯之首！若因此事引起了争端，楚国的麻烦可就大了。他大声斥责了楚兵一顿，楚兵再也威风不起来了，连忙驾车走了。

晏婴闯过了第二关！

晏婴进了楚国的皇宫，向坐在御椅上的楚灵王行了参见君王的大礼之后，说道："齐国使臣晏婴，奉国君之命，前来贵国出使！"说完递上了国书。

楚灵王接过国书看了一眼，便放在御案上，问道："本王虽未去过齐国，但听说齐国之人都身材高大，不知是否没有人了，才派出爱卿使楚？"

晏婴说道："小臣可以告诉大王，齐国都城临淄，人多得呼气成云、挥汗成雨，人们举起衣袖，就能遮住太阳。大街上的行人摩肩接踵，非常拥挤，怎么能说齐国没有人呢？"

楚灵王又问："既然楚国人口众多，为何派爱卿使楚呢？"

晏婴知道，楚灵王是在故意刁难自己，他的言外之意就是，齐国为何不派一位身材高大的人出使楚国呢？

晏婴笑着说道："楚王有所不知，齐国有个不成文的规定：向外派出使臣时，凡出使君王贤明，尊礼崇德之国，就派贤士为使节，凡出使不尊礼崇德之国，就派平庸之辈为使节。"

晏婴刚说到这里，楚灵王的脸就变成猪肝色了。

晏婴又补了一句："也就是贤士出使贤国，不贤之士出使不贤之国。微臣不过是齐国最不起眼的一个小吏而已。"

大殿里的空气一下子紧张起来了。文武大臣们都为晏婴捏了一把冷汗。

楚灵王早就听说过晏婴的一些传说，今天终于领教过了。对他的才华和机智十分敬佩，便离开御椅，牵起晏婴的手，并肩步入了宴会大厅。

晏婴闯过了第三关！

故事刚刚讲到这里，小伙伴们一齐鼓起掌来，他们都为齐国有这样的贤臣感到自豪。

蒲松龄看到太阳快要落山了，便没有再讲晏婴与楚国君臣斗智斗勇的故事，也没讲巍峨的章华台和细腰宫女的故事，又讲了一个晏婴审贼的故事。

8

晏婴在离开楚国之前，楚灵王要在章华台宴请晏婴。

当晏婴等人登上章华台的台阶时，忽听到前面响起了吼声："闪开，闪开！"接着看到一队禁军押着一个中年男子走了过来。

楚灵王问道："他犯了何罪？"

禁军："他在台上偷窃珠宝，被禁军擒获，要押往大牢！"

楚灵王又问："他是哪里人？"

禁军："是齐国人。"

楚灵王看了看晏婴，问道："为什么齐人在楚国盗窃？难道齐国出产盗贼？"

晏婴说："这是水土所致，就像楚国产的蜜橘，又鲜又甜，若移栽到齐国，结出的就是枳，又苦又涩，难以入口一样！"

楚灵王听了，脸色十分难看，但他并不甘心。又问："请问爱卿，这种犯人，应如何惩罚？"

晏婴说："若按齐国律条，应剁去两只手，再鞭打一百鞭。"

楚灵王又说："看在犯人是爱卿同胞的分儿上，请爱卿代为审问，可从轻处置。"

晏婴听了，便问犯人："你真的是齐国人吗？"

犯人连连点头："我是齐国人。"

晏婴又问："你在齐国，以什么为业？"

犯人："在齐国，小人以种田为业。"

晏婴听了，对楚灵王说道："既然看在齐国人的分儿上，可从宽处罚，可剁去他的左手，再鞭打二百！"

那犯人听了，竟"扑通"跪在了地上，哭着说道："小人是奉命而来的，请大人开恩……"

晏婴向禁军们说道："施刑吧！"

禁军便押着犯人去了大牢。

其实他从犯人的脸上已看出破绽了。犯人身材微胖，脸上白净，不像穷苦之人。当犯人说在齐国以种田为业时,他就知道此人并非齐人。因齐人种的是粟子、高粱、小麦和荞麦,就说自己是种地的。楚国水田多,种的是水稻。农家都自称是种田的。他认定这个犯人是楚人而非齐人。这是楚国演的一出自欺欺人的苦肉计,让他看穿了。他借机惩罚了演戏的人,又帮楚灵王保住了面子。

晏婴和楚灵王签订了同盟,完成了使楚的使命之后,便率领着出使的随从离开了楚国。临行之前,楚灵王还向齐景公赠送了贵重礼品。

第七章

躲过了清廷的选秀，十八岁的新郎娶了十五岁的新娘；科举考试连获县、府、省三个第一名。

1

家庭和睦，人丁兴旺，这是每个家庭的殷切希望，蒲家也不例外。董氏夫人将蒲松龄的婚姻，看作比科举还重要的大事，很早就张罗着要为蒲松龄定亲了。

她听说大刘庄刘国鼎家的女儿，今年九岁，从小乖巧，听话，还读过《女儿经》，孝敬父母，温良谦让，受到邻里的交口称赞。

刘国鼎也是一位学富五车，在当地颇有名气的人物，而且还与自己的丈夫有过来往，可谓门当户对，于是，便托媒人前去为三儿子蒲松龄提亲。

谁知却碰了个软钉子！刘国鼎当时不在家，他的夫人说，女儿尚幼，以后再说吧，便把媒人打发走了。

其实，刘家是当地一户殷实的人家，而蒲家现在的家境已大不如前了，所以婉拒了蒲家的提亲要求。

刘国鼎回来后听说了这件事，便对夫人说，蒲家为人厚道，常接济有难的人，蒲槃虽然未踏上仕途，却颇有学识，被人称作蒲处士。还说，蒲槃在家里办了学馆，供家族的子弟念书。这样的家庭培育出的孩子，今后一定有出息。经刘国鼎的应允后，两家终于把婚事定了下来。

蒲家的老三蒲松龄，今年只有十三岁，刘家的千金刚刚过了九岁的生日。在当时，这样的年龄定亲，并不算早，还有更早的娃娃亲、童养媳，甚至还有指腹为婚的呢。

2

就在蒲松龄十六岁这一年，从京城传出了一个令人忧心的天大的消息：选秀！

原来，新的皇帝登基已有二年，清廷的宗人府要在全国挑选佳丽去充实后宫。

清廷的皇后妃嫔，主要从清朝八旗的眷属中挑选；供后宫使唤的宫女，则在民间挑选。后来的清朝叶赫那拉氏皇后，也就是慈禧，就是满洲的正黄旗人。

而那些出身平民百姓家的女孩儿，一旦选入宫中，除少数能成为妃嫔外，大多数成了供人使唤的宫女，有的终生都没见过真龙天子是什么模样，更别说"临幸"之事了。

进了后宫，就像关进了一座华丽的大牢，虽然衣食无忧，甚至按月还有脂粉钱，却是度日如年，直至老死。一旦有什么过失，遭受鞭打还是轻的，弄不好还会被活生生地打死。

唐朝诗人司马札在《宫怨》中写道：

柳色参差掩画楼，晓莺啼送满宫愁。

年年花落无人见，空逐春泉出御沟。

这就是宫女晚年的真实写照。朝廷选秀，百姓遭殃！

百姓们虽不敢明目张胆地反对选秀，但还是可以消极抵制，家中有女孩的，尤其是那些出落得出众的女孩，父母便会惶惶不安起来，生怕自己的女儿被选秀的官员选中。有的人家，便抢在选秀之前，把自己的女儿嫁出去，实在嫁不出去的，就将女儿送给人家当童养媳，还有的人家，派人到大街上拉个未婚的男子回家成亲，民间叫作"拉郎配"。

为了逃避皇家的选秀，刘家与蒲家商量后，便提前将刘家的女儿送到了蒲家。

刘家的女儿到了蒲家后，跟着董氏一起生活，董氏也把她当成自己的女儿看待。

刘氏虽然只有十三岁，但她乖巧、懂事，也知书达理，深受董氏爱怜。

朝廷的选秀之风过去后，刘家又将她接回家中。

两年以后，蒲家和刘家的大人们，正在筹备他们的婚事。

当时官宦和大户人家大都沿袭着婚礼的六礼程序：

一是"纳采"之礼，即男方向女方送去一只大雁。

二是"问名"之礼，即询问女方的姓名、排行、出生年月日等。

三是"订婚"之礼，即问名之后，女方正式认亲。

四是"纳吉"之礼，即男方向女方送去聘礼。

五是"请期"之礼，即男方将迎娶的时间通知女方。

六是"迎亲"之礼，即黄昏时刻，男方到女方家中迎娶新娘。

因为蒲槃和刘国鼎都是开明人士，再说，从关外进入中原的满族，也不太讲究汉人从祖上传下来的风俗，能免的就免，免不了的就从简。两家商量好了之后，十八岁的新郎官，骑着一匹高头大马，便把十五岁的新娘抬回家来了。

3

婚后，蒲松龄为了应对四年一次的乡试，便住在同窗李希梅的家中，二人日夜攻读，相互切磋。

李希梅家境富裕，但其父已经去世，他孝敬祖父，抚养幼弟，《淄川县志》记载他"居家孝友，笃嗜诗书，晚举子业，学古文"，专心研究金石之学和唐宋文章。

他看到蒲松龄家中人口众多，居所狭小，便邀请他到自己家里读书备考。

李家的房舍较多，藏书颇丰，院子宽敞，环境宜人，家中还有处"醒轩书斋"，二人常在那里交流读书心得。蒲松龄还写过一篇《醒轩日课序》，记叙了在那里的读书生活。

蒲松龄在同龄人中，颇有人缘。在他的周围，有不少性情相投的朋友，除了李希梅、张笃庆以外，还有张锡庆、张履庆、王甡等人，他们在一起读书时，经常切磋诗艺，研讨诗文。为了陶冶情操，还常常分题作诗。每个人的诗，并不限格局，写成后，大家互相传阅、欣赏后，再抄录成卷。

在备考的空闲时间，他们一起探讨楚辞和唐诗宋词，也把各自的诗词歌赋相互推敲、交流。他们还以"山左风流客"自居，取宋玉的

《对楚王问》中的"客有歌于郢中者"之意，成立了一个"郢中诗社"，蒲松龄还为诗社撰写了一篇序文。序文中有"……词既不高，和者之寡，下里巴人，亦可为阳春白雪矣……"

这些年轻的学子们以"曲高和寡"而自豪。

郢中诗社并非一个有组织有纲领的社盟。正值青春年华，诗社是几个秀才心血来潮成立的，以表达他们不肯随波逐流的人格。诗社既没有纲领，也没有经过选举，更不需要经过官方的批准，他们在诗社度过了一段意气风发的时光。

在明末清初，士子结社之风颇为风行，如著名的东林、复社等几个民间组织，规模颇大，其成员大都是反清复明的义士，如诗人钱谦益，他就是那个才女柳如是的丈夫。他先反清，后又投降清朝，被授予官职。到了顺治十七年（1660），清廷下谕："严禁士子，结社订盟，把持衙门，关说公事，相煽成风，深为可恶，著严行禁止！"

因为清廷大兴文字狱，严禁结社订盟，很多人被投入监狱拷打过，也有被满门抄斩的，馨竹难书！

既然朝廷严禁结社，这个朝气蓬勃的郢中诗社，也就云消雾散了。

"野火烧不尽，春风吹又生"，郢中诗社虽然解体了，但这些士子的情义，却长久不减。

郢中诗社如荒原上的一团野火，它刚刚点燃，便被无情的寒风吹灭了！不过，当年诗友们的青春朝气却难以忘怀。十二年后，蒲松龄给在瓜洲任幕僚的王笙寄过一首诗，题目就是《怀郢社诸好友》：

家中隔一山，犹恨不同里。

今日限重江，而乃如邻比。

宁不愁参商，共饮一乡水！

有一天，李希梅从外边进来，笑着说道："松龄兄，听说淄川的青云寺更适合读书，我们去吧！"

蒲松龄点了点头，说走就走，二人直奔三十里外的青云寺而去。

青云寺建在山崖之前，寺北是唤鹅顶，寺西有月牙山，寺南是九纹山。在数十丈高的山崖上，还有一个观星台，周围古木森森，松涛声声，如海涛涌来，夺人魂魄。

观星台旁边还有一棵歪脖子的古松，日夜陪伴着观星台，风景绝佳。

青云寺的大雄宝殿里，供奉着佛祖如来的金身，旁边有十八罗汉守护。

忽然，不知什么时候从什么地方，飘来一阵香味，香味时浓时淡，时远时近，顺着香味寻去，原来禅院有数株合抱粗的桂花树，树冠上缀满了黄白色的花束，让人不忍离去。在僧人敲击的木鱼声中，在寺院的晨钟暮鼓里，几个风华正茂的年轻人，早已忘了世事的纷争和心中的烦恼。

青云寺的确是个读书的好地方。在青云寺里读书，是否预兆着这几个书生将来都能实现自已的青云之志？

4

自隋唐以来，朝廷都十分重视科举考试，宋代的真宗皇帝还写过一篇《劝学诗》：

富家不用买良田，书中自有千钟粟。

安房不用架高梁，书中自有黄金屋。

娶妻莫恨无良媒，书中自有颜如玉。

出门莫恨无随人，书中车马多如簇。

男儿欲遂平生志，五经勤向窗前读。

朝野还有一句被认可的信条：

万般皆下品，唯有读书高。

大清站住脚跟之后，沿袭了明朝的科举制度，八股文是科考的文体，题目出自四书五经，有固定的行文和书写格式，分为破题、入手、起股、中股、束股等八个部分，并有严格的字数限制，若超了字数或离了题，称作超幅，则被取消科考资格。

清代的童子试为三年两考，第一次为岁考，录取一等的为优，二等的为合格，三等的为不佳，四等以下的轻则申诫，重则剥夺资格。乡试为四年一考。

顺治十五年（1658），十八岁的蒲松龄第一次参加科举考试，是在淄川县城，他考中了全县第一名！

在青州参加府试，他又是第一名！

在济南省考试全省第一名！

县、府、道三个第一名，任谁也不会想到，仕途却从此向他关闭了大门。

第八章

科举考试，连中三元，宴席上来了位不速之客。

1

顺治十五年（1658），也就是蒲松龄十八岁那一年，清廷依照汉制，颁诏开科取士，以广揽人才，巩固大清的政权。

这年，蒲松龄和他的两位同窗学友张笃庆和李希梅，都参加了在淄川的童子试。

考场的炮声响起之后，就关闭了考场的大门。学子们坐在各自的座位上，等拿到了考卷之后，便专心致志地低头写了起来。

蒲松龄刚刚走出考场，就看到了张笃庆和李希梅。二人问道："蒲兄考得如何？"

蒲松龄只是笑着点了点头。

还有些走出考场的考生，低着头，锁着眉，边走边唉声叹气，大约是猜到将会名落孙山的命运了。

说着，三人结伴而行，去了一家东来顺酒馆，要了半斤烧酒和四个小菜。蒲松龄端起酒盅，对二人说："但愿府试，也能如此！"

二人会意，都一口将酒盅里的酒一饮而尽。

三人分手后，便各自回家去了。

很快，淄川县张榜公布童子试结果：

全县共录取八十六人，他们三人都在其中，而排在榜首的，就是蒲松龄！

2

府试的考场设在青州府。

青州亦叫益都，是一座历史名城。秦始皇统一中原后，将天下划分为九州，青州就是九州之一。今天的济南、青岛、烟台、威海、潍坊等地，都隶属青州管辖。

青州又是东夷文化的发祥地，历代不少文化名人在青州留下了遗迹和故事。名留青史的范仲淹曾在青州做过官，被称为绝代词后的李清照，曾在青州屏居十年，留下了不少脍炙人口的诗词。

蒲松龄对青州向往已久，他还听父亲说过在青州的所见所闻，但一直未曾去过青州。

为了能多看看青州，蒲松龄提前一天就去了青州。他在客栈住下之后，便问店小二，宋代女诗人李清照的故居在哪里？店小二告诉他之后，他便去了北大河，看到了一所简陋的院子，院子中有一排平房，不过房顶都已塌陷了，只剩下光秃秃的断墙残壁，十分荒凉。

一位在河边洗衣的女子告诉他，李清照曾经在这里生活了整整十年，靖康之变后，她与丈夫赵明诚先后去了江南。金兵占领青州后，将她家中收藏的金石文物抢掠一空，她装满三屋子的书籍，也被金兵放火烧了个精光！

他站在李清照故居的门口，遥望天际的流云，大声朗诵起了她写

过的一首《浣溪沙》:

淡荡春光寒食天。玉炉沉水袅残烟。梦回山枕隐花钿。

海燕未来人斗草,江梅已过柳生绵。黄昏疏雨湿秋千。

府试考完后,蒲松龄又去了范公祠。当他到了范公祠之后才发现,大门上挂着一把大铁锁,铁锁上已锈迹斑斑!

他从门缝向里面看了看,院子里除了一棵大槐树之外,尽是齐腰的野草!

他在门外驻足良久,心想,自己什么时候才能登上洞庭湖畔的岳阳楼,在岳阳楼上拜读那篇传诵千古的《岳阳楼记》?

就在他沉思之际,田秋骑着一匹快马赶来了。他告诉蒲松龄,蒲叔让他速速回家,因为山东省的科考三天后就要开考。省考依然十分顺利,因为他已胸有成竹。果不其然,科考结果送到了淄川县衙后,张笃庆、李希梅、蒲松龄都已考中,蒲松龄的名字仍在榜首!

3

济南的科考考过不久,喜报就送到了蒲家庄!

一时间,蒲家庄里里外外便热闹起来了。锣鼓喧天,鞭炮震耳,前来贺喜的人都拥到了蒲松龄的家门口。蒲槃领着蒲松龄,脸上挂着笑容,双手不断地作揖,迎接着乡亲好友和左邻右舍。

忽然,大街上传来一阵锣鼓声。田秋连忙来报:淄川县令前来贺喜!

不一会儿,县令费祎祉坐着一乘小轿也赶来了,在轿前开路的衙役还不断喊着:净街!回避!顿时,唢呐声、锣鼓声、欢呼声响成了一片。

蒲槃连忙领着族中的长老赶到轿前，去迎接淄川的父母官。

蒲槃和蒲松龄等人正要跪拜时，费县令连忙将他们扶起来，笑着说道："恭喜，恭喜！你家松龄公子考了全省第一名！这是蒲家之喜，也是淄川之喜啊！"

蒲槃连连道谢。

县令又说："松龄虽然年少，但他满腹经纶，才华横溢，今天，县、府、省都是第一，未来必会金榜题名！"

蒲家早已有了准备。院子中、厅堂里早已摆好了桌子，端上了酒坛，不一会儿，一盘盘冒着热气的菜肴就摆满了桌面。

蒲松龄手执酒壶，跟随在父亲身后依次为客人们斟酒。当走到费县令的座席时，县令拍着他的肩膀，笑着说道："我的恩师看了你的《蚤起》后，称赞不已，他对《蚤起》写下了评语。"他清了清嗓子，大声吟道，"起尔蚤也，常观富贵之中皆劳人也。君子逐逐于朝，小人逐逐于野，皆为富贵也。至于身不富贵，则又汲汲焉侍候于富贵之门，而犹恐其相见之晚。若乃优游晏起而漠无所事者，非放达之富人，则深闺之女子耳。"

当他吟完了主考官的评语后，又是一阵鼓掌之声。

《蚤起》的题目出自《孟子·离娄下》。

费县令的恩师就是当时著名诗人，诗坛有"南施北宋"之说的"南施"——安徽宣城的施闰章，字愚山，著有《学余堂诗集》《学余堂文集》《学余堂外集》《蠖斋诗话》等著作刻版留世。他也是山东省科考的主考官。

4

费县令刚刚说完，田秋就匆匆进了前厅，低声对蒲槃说道："蒲叔，济南杏花大酒楼的大掌柜朱三贵前来贺喜。"

蒲槃连忙将朱三贵领进了厅堂。朱三贵抱拳说道："蒲处士教子有方，公子松龄考中山东头名秀才，特备薄礼，前来庆贺！"说完，朝身后招了招手，两名随从连忙将贴着大红纸的礼盒送了过来。

蒲槃接过礼盒，递给了田秋，将朱三贵领到酒桌旁，在费县令的旁边加了一把椅子，请他就座。

朱三贵善于交际，酒过三巡后，他高深莫测地说道："松龄高中全省第一名，与主考官的赏识有关。"

众人听了，连连点头。

他接着话题一转，继续说道："不过，这也与施夫人有关。施大人看了蒲松龄的考卷之后，又连看了三遍，连声赞道'好文章，好文章！'，再看卷首，上面写着：淄川，蒲松龄。

"施夫人听了，笑着说道：'这样的才华，这样的好文章，看来是考中无疑了！'

"施大人大声说道：'明天张榜，榜首非蒲松龄莫属！'

"第二天放榜，蒲松龄果然名列榜首！"

他说完，端起酒杯，意味深长地向蒲氏父子敬酒。

坐在一旁的费县令冷冷地问了一句："请问，朱掌柜去过施大人的府第？"

朱三贵听了，连忙改口道："这是贱内告诉我的。施夫人喜爱围棋，因一副琉璃围棋摔破了几枚棋子，贱内给她送去了一副琉璃玛瑙围棋。"

费县令听了，只是冷着脸斜了他一眼，并未说话。

为了给自己找个台阶下，朱三贵又转头对费县令恭维道："费大人治理淄川有方，重教兴学，才培养出蒲松龄这样的人才，功不可没，功不可没！"

其实，朱三贵并不知道，费祎祉能当上淄川的县令，就是施闰章推荐的。县令的夫人和施夫人是多年的闺中好友。

费县令并未接话，而是忽然站了起来，对蒲槃说道："本官还有要事要办，就先走一步了！"说完，向众人挥了挥手，出了前厅，上了轿子，回衙门去了。

见费县令离席，朱三贵也觉得索然无味，他对蒲槃说道："贱内的干爹要办六十岁的寿宴，在下不敢久留，要赶回济南，失陪了！"说完，离开了酒桌。

临别前，还悄声对蒲槃说："贤侄的事，有用得着我的地方，就说一声，济南城里有我的人。"

见人说人话，见鬼说鬼话，是朱三贵的一手绝活。他本想在众人面前抬高自己的身价，却不知道费县令早就看穿了他的鬼把戏，因为科举考试是糊上名字的，上面不可能有蒲松龄的名字和地址。再说那副玛瑙围棋，则是县令的夫人半年前送给施夫人的。

送走朱三贵以后，蒲松龄向父亲问道："他是？"

蒲槃摇了摇头，说道："咱们惹不起这种人！"

第九章

乡试落榜，三人寻找前贤的遗迹。

1

在郢中诗社的友人中，蒲松龄与李希梅和张笃庆的情谊格外深厚，终生不渝。

李希梅，号钓庵，比蒲松龄小两岁。后来刊印的《淄川县志》上亦有记载：其嗜诗书，尤好金石，积书数千卷，著有《百四斋文集》。

张笃庆，字历友，号厚斋，别号昆仑山人，与李希梅同岁。他是世家子弟，曾祖父是明末的礼部尚书兼东阁大学士。到了祖父和父亲这一辈，因山东发生了"谢迁之变"而受到株连入狱，经托人四处活动，用银两打通关节，才得以脱身，但家境已经败落。

张笃庆自幼聪明过人，十四岁时已经写出了《梦西湖赋》，受到了长辈们的赞许，十六岁科举考试时，主考官给他出了一题《画中》，让他作诗。诗成后，深得主考官的认可，并录取了他。

蒲松龄十分钦佩张笃庆的才华和学识，他在《赠历友诗自注》中写道："历友学识渊博，挥洒千言。因时前辈，称为冠世之才，不虚也。"

张笃庆也在诗中赞扬过蒲松龄：

传经十载笑齐伦，短发萧萧意气横。

八斗雄才曹子建，五升清酒管公明。

他在诗中，把蒲松龄比作才子曹植，又将他与三国时期精通天文和易经的管辂相比。

蒲松龄和李希梅、张笃庆三位秀才，也被时人称为"郢中三友"。

不知是命中注定，还是上苍不肯眷顾，他们都在乡试时名落孙山，与功名仕途无缘，穷困坎坷终生！

2

就在"郢中诗社"成立的第二年，蒲松龄和李希梅、张笃庆等年轻的学子们，都摩拳擦掌，准备大鹏展翅之际，有消息从济南传来，他们的伯乐、山东学道施闰章辞官回了他的家乡江南。他在山东任职五年，对山东的深厚历史文化和山水名胜，仍怀有留恋之情，还写过一首五律《过长清怀济南旧游》：

论文昨日事，历下五年游。

湖影涵官阁，泉声满郡楼。

山川经眼遍，风物过时愁。

多难催耆旧，诸生几白头？

诗中所说的历下，即历城，是济南的旧称，春秋时期亦称历下。

他在归乡的途中，是不是还记得他提携的士子蒲松龄，正在去济南的路上，去实现自己的凌云壮志呢？不得而知，但他当年在蒲松龄的试卷卷首上的批语，却令蒲松龄永生不忘。

通过科举考试，踏上仕途，是读书人追求的目标。作为已经入庠的生员，蒲松龄和他的朋友们，只有脱去"白衣秀士"的服装，才能穿上或红或紫的官服，踏上为宦的仕途！

蒲松龄和他的朋友心里明白，只有考取了举人、进士，才能被朝廷授以官职，改变自己的命运，要考取举人或进士，必须通过乡试这一关，才能跳进龙门！

而在乡试被录取后称举人，举人在礼部的会试考中后称贡士，贡士通过皇帝的殿试考中称进士，朝廷又按照一甲、二甲、三甲划分每个进士的等级：一甲三人，分别为状元、榜眼、探花；二甲数十人，赐进士出身；三甲可有数十人甚至超过百人，赐同进士出身。

经过殿试的进士由吏部授予官职，除可在京城为官外，还可在外地任知州、知县、推官。

在乡试中的举人，如果考不中进士，也有为官的资格，但不能与进士相比。

3

为了迎接考试，三人一边走着，一边背诵着四书五经，或为八股文默默地打着腹稿。有时他们也互相交流各自的想法和体会，路途中虽然辛苦，但因每个人心里都有梦想，总是意气风发，笑声不断！

清代的乡试，都定在丁、卯、午、丙年的秋季。乡试之前，由朝廷委派正副主考官，分赴各省，在省城考试，作为"大比"，考中者为举人。

蒲松龄和李希梅、张笃庆第一次参加乡试，是在顺治十七年（1660）的八月。三人到了济南后，住进了离贡院较近的"仙客来"客栈，当晚看了一会儿书，三人便早早睡下了，为的是明天更有精神参加考试。

乡试的考场称为贡院。蒲松龄一进贡院，就看到了一座巍峨的"龙门"和三座碑楼，上面分别写着"开门签俊""明经取士""为国求贤"三副镏金大字！

待开考的炮声一响，龙门开启，乡试监考的布政使、正副主考官乘轿进入贡院后，参加乡试的秀才们带着各自的行李和文具、食物等，先经过搜身，然后各自领签归号，准备考试。

乡试要考三场，头场考时文交五篇；二场考论文一篇，表一篇，判五条，试贴诗一首；三场考奏疏一道。

每场考完都要出场，后还要再次入场考试，时间紧迫，秀才们都十分紧张。稍有疏忽，将会无缘功名。

蒲松龄倒是十分坦然，他按部就班地做完了考卷，并将考卷交给了监考官员，便出了考场。

他在贡院外边站了一会儿，不久就见李希梅、张笃庆擦着额头的汗水，也先后出了贡院。三人便回到了"仙客来"客栈。他们一边品茶，一边谈论着各自的考卷，既有些兴奋，心中也有些忐忑不安。

4

乡试之后，还需几日才能放榜公布考中者的名字。士子们有的住在客栈里等待看榜，有的则结伴去欣赏"四面荷花三面柳，一城山色半城湖"的大明湖，有的去了千佛山，去烧香许愿，求佛祖保佑自己能在乡试榜上有名。还有的去拜访高门大户，向名人和官宦呈上自己的"行卷"。

蒲松龄忽然想起了一件往事：在郢中诗社谈论山东的诗人时，李希梅吟诵了辛弃疾的一首《永遇乐》：

少年不识愁滋味，爱上层楼。爱上层楼，为赋新词强说愁。
而今识尽愁滋味，欲说还休。欲说还休，却道天凉好个秋。

蒲松龄听了，击节而赞。辛弃疾留世的诗词有六百余首，他都已读过。他说：辛弃疾的诗词，磅礴，豪放，有"词中之龙"之称，与苏东坡合称为"苏辛"，接着，他吟哦了辛弃疾的一首《破阵子·为陈同甫赋壮词以寄之》：

醉里挑灯看剑，梦回吹角连营。八百里分麾下炙，五十弦翻塞外声。沙场秋点兵。

马作的卢飞快，弓如霹雳弦惊。了却君王天下事，赢得生前身后名。可怜白发生。

张笃庆听完后，感慨颇多，说道："当年金兵侵入中原，辛弃疾拉起了一支抗金的义军，与金兵作战，屡建奇功，山东人的脸上也有光彩。听说他的故居就在历城，若能前往瞻仰一番，也是对这位前贤的敬重。"

蒲松龄笑着说道："这有何难！我们去济南参加乡试时，便可前往瞻仰。"二人听了，连连点头。

今天，三人正在等待乡试发榜，何不借着这个难得的机会，前去寻找辛弃疾的故居？

蒲松龄的建议，得到李希梅和张笃庆的赞同。说走就走，三人出了"仙客来"，便在济南的长街短巷里寻找起来。

5

在距趵突泉不远的一处独门独户的院子中，一位花甲老者坐在院子里，正在修剪几盆金黄色的菊花，三人向他打听辛弃疾的故居时，老者抬头望了望他们，指着身后空荡荡的一片屋基说道："这里就是。"

蒲松龄问："辛府的房舍呢？"

老者说道："早已被金兵烧了，连瓦都没留下一片！"说完，长长地叹了一口气，接着说道，"当年的辛府，是济南城的大家族，除了祠堂，还有房舍数十间，族人万余人，人丁兴旺。辛公子率领义军去了江南后，金兵对他恨之入骨，拆毁了辛家房舍，抢走了辛家的家产，族人们有的逃亡江南，有的离开了济南，只留下这个大院的地基！"

蒲松龄听了，悄声问道："老人家是？"

老者："我是前街的邻居，闲来无事，便在院子里栽了些菊花，也顺便同路过的行人闲聊上几句。请问你们三位是？"

蒲松龄说道："我们三人来自淄川，前来参加乡试，顺便来……"

老者听了，点了点头，他从一只小竹筐中取出三朵晒干了的菊花，又从旁边的陶罐里倒出开水，为每人泡了一碗菊花茶，便在秋阳下，谈起了辛弃疾当年的一些故事。

老者先讲的是辛弃疾连夜出营，追回了天平军的帅印，还提回了叛徒的人头……

金兵占领济南后，辛弃疾揭竿而起，拉起了一支反金的起义军，在泰山一带与金兵展开了殊死搏斗，并屡建奇功。为了将金兵赶出中原，他毅然将自己的起义军归顺了天平军，得到了天平军元帅耿京的重用，任命他为掌书记，保管着天平军的帅印。

有一天，他认识的义端和尚前来投靠天平军，辛弃疾还宴请了他，当天夜里，他还特地去拜访了辛弃疾。谁知第二天清晨，辛弃疾发现，天平军的帅印不见了！

这还得了！帅印是天平军的命根子，将官的任免，命令的下达，粮草的进出等军中大事，都需要帅印，若丢失了帅印，起义军就无法指挥了。

辛弃疾认定帅印是义端和尚盗走的，此刻已投奔金兵去了。也有人怀疑是辛弃疾指使的。军营里议论纷纷，人心惶惶。

他连忙骑上马，出了军营，他不走大路，而是沿着一条小路飞奔而去。因为他估计义端不敢走大路，而小路是捷径，离金兵的营地也近。

在中午时分，他终于在山坡的小路上追上了义端，并把他一把拉下了马！

义端吓得浑身发抖，跪在地上求他饶命。

辛弃疾一句话都没说，他抽出腰间的宝剑，割下了义端的首级，并从义端的怀里取出帅印，便掉转马头，回到了军营。

老者讲的第二个故事，更令人不可思议：

耿京天平军的军力越来越大，收复的城镇也越来越多，成为全国规模最大的抗金武装。

为了彻底驱逐入侵的金兵，耿京决定将自己手下的二十六万天平军归附南宋，于是，命令辛弃疾率领几位将领，带上签了名又按了指印的奏章，前往江南面圣。

辛弃疾授命后，临行前，他告诉耿京，天平军的派系众多，可共患难，抗击金兵，但又各有所图，要他切切不可大意。

耿京听了，连连点头。

辛弃疾离开耿京之后，率领面圣的将领，日夜兼程，马不停蹄地到了南宋的金陵，向宋高宗呈了归附的章表，宋高宗看了，十分高兴，在金陵行宫的大殿里，内侍官从御案上捧起诏书，高声念了起来：

授耿京为天平军节度使，知东平府兼判京东、河北忠义军马，待南归后再行封职；授天平军都统为特补敦武郎，皆赐金带；其他统制官授修武郎，将官授成忠郎。

　　诏书还对张安国等二百余人授予了统制或副统制之职，并命枢密院派员，携官诰节钺随同辛弃疾赴山东宣诏，以示皇恩。

　　谁知就在一行人回山东的途中，突然得到了一个令人难以置信的消息：天平军的副元帅张安国，在五天以前，已将耿京杀害，并将耿京的首级作为礼物，投靠了金兵！

　　众人听了，立刻哭成了一片。

　　辛弃疾确认消息无疑之后，他让众人在原地等候，自己挑选了五十名精兵，连夜策马向济州飞奔而去。

　　原来，张安国投敌之后，金人将他封为济州知州，二十六万天平军大都四散了，张安国只带走了一万余人。

　　到了济州之后，辛弃疾让众人留在城外，他单人独骑到了济州城，守城人大都认识他，并未阻拦。他得知张安国正在城中大摆庆功宴时，策马冲进了大厅，众人还没明白过来时，他已一把将张安国从座位上提了起来，又按在马背上，便冲出了城门！与城外接应的人马会合后，便向南飞奔而去了。

　　随他去了江南的，还有天平军的数千官兵。

　　叛国叛军叛友的张安国，被押回金陵，审问完了他的罪行，游街示众后，便将他在刑场上执行了死刑——斩首示众。

　　辛弃疾擒凶的故事，不但在江南传开了，而且从江南传到了江北。让那些遭受金兵铁蹄践踏的百姓有了盼头，也有了活下去的勇气。

　　太阳已经偏西，三人起身向老者告别时，老者笑着说道："辛弃疾的故事，还有很多呢！你们再来时，我再向你们讲。"

三人告别了老者，便回"仙客来"客栈。想到乡试明天发榜公布中试的名单，三人顿时激动起来，连忙加快了步子。

6

乡试的结果出来了，在贡院的门前，张榜公布了考中者的名单。

一大早，三人便匆匆去了贡院。

贡院门前，早已围了里三层外三层的人。三人紧张地盯着榜上的名字从头到尾看了一遍，没有！

是不是眼花看漏了？三人又重新看了一遍，还是没有！

张笃庆挤出人群，紧锁眉头，蹲在一头石狮子旁边，一句话都不说。

李希梅悄悄问蒲松龄："会不会是当差的人把我们的名字漏掉了？"

蒲松龄摇了摇头，便拉着二人离开了贡院。

住在"仙客来"客栈的士子，榜上有名的，相互祝贺，十分热闹，还有人正在操办酒席，宴请亲朋好友。

他们三人去账房结了账，便离开了客栈，沿着来时的官道，向淄川走去。

他们来时，说说笑笑，满是信心，回去时，却默不作声，心灰意懒。这是他们从未预料到的乡试结果。

李希梅实在憋不住了，他问蒲松龄："我和笃庆未考中，怪我们才学浅薄，而你是县、府、道连中三元的才子，为何也名落孙山？我百思不得其解！"

蒲松龄也是一肚子的不解，他笑着说道："前辈辛弃疾，既不是秀才，也不是进士、状元，但却创出了一番青史留名的事业，还成了文坛上的一代词宗！"见李希梅和张笃庆仍然默不作声，他接着说道，"这次落榜，还有下次呢！下次不行，就一直考下去！我就不信考不中！"

二人听了，脸上也渐渐有了笑容。

蒲松龄边走边吟哦起了辛弃疾的一阕《青玉案·元夕》：

东风夜放花千树，更吹落、星如雨。宝马雕车香满路，凤箫声动，玉壶光转，一夜鱼龙舞。

蛾儿雪柳黄金缕，笑语盈盈暗香去。众里寻他千百度，蓦然回首，那人却在，灯火阑珊处。

李希梅听了，高声吟诵辛弃疾的《菩萨蛮·书江西造口壁》：

郁孤台下清江水，中间多少行人泪。西北望长安，可怜无数山。
青山遮不住，毕竟东流去。江晚正愁余，山深闻鹧鸪。

第十章

寻亲的母子，竟溺死在水塘中；兄弟分家，搬进了两间场屋。

1

四年一度的乡试，即将于秋季开考。

在乡试之前，蒲松龄将自己关在房间里苦读，蒲槃也叮嘱家人，说话要低声，走路要无声。除了一天三顿饭外，谁也不许打扰蒲松龄！

有一天上午，正在读书的蒲松龄忽然听见叩门声，他从门缝朝外一看，原来是济南杏花大酒楼的朱大掌柜！父亲开门后，便将他领进了前厅。

他是为蒲松龄的乡试而来的，不过，蒲松龄并不知道。

在客厅里，朱三贵悄声告诉蒲槃，新来的知府，要在杏花大酒楼宴请宾客。说到这里时，又悄声告诉蒲槃，他的内人已被济南知府的夫人收为干女儿了！

蒲槃听了，连声道喜。

朱三贵接着说，他当年的拜把兄弟艾铭，因剿灭栖霞于七的暴乱有功，被授为总兵，驻扎在济南，即将到任。

蒲槃听了，又说了一句："可喜可贺！"

朱三贵："同喜，同喜！"

朱三贵的话题又转到秋季的乡试上，他说："松龄童子试连中三元，是少有的可造之才，应当让他去济南走动走动。"

蒲槃："松龄谁也不认识，如何走动？"

朱三贵："有俺呀，俺可引荐。艾铭与俺是多年的至交，他又和现在的主考官是同乡！为了公子的前程，俺愿尽绵薄之力！"

蒲槃听了，连连摇头，说道："使不得，使不得！"

朱三贵悄声说道："有五百两银子，就能……俺可代办此事！处士放心好了！"

蒲槃有些气恼："犬子宁可不要功名，也绝不……"

朱三贵听了，说了一句："不识抬举！"说完，便摔门而去了！

自此以后，他就与朱三贵一刀两断了！

清代对科场舞弊的惩处极为严厉。

乾隆四十八年（1783），广西的一名秀才叫岑照，他花了三百两银子请人代为考试，结果中了举人，后来被人揭发了，他不但被削去了功名，还被斩首示众！

科考作弊，收买主考官，或打通关节等，都属逆天重罪，有的被斩首，有的还祸及父母和五族！在顺治年间发生的"丁酉秋考试案"中，主考官被斩首，同考官二十人获绞刑！

2

吃晌午饭的时候，蒲松龄问父亲："朱大掌柜来咱家，有什么事吗？"

蒲槃："没有什么事，他是从济南顺路而来，喝了杯茶就告辞了。"

蒲松龄也没多问，便埋头吃起饭来。

就是朱三贵的这次探访，也许为蒲松龄的人生埋下了一串看不见的暗坑。不过，蒲松龄压根儿不知道。

三天后，蒲槃领着蒲松龄去了济南，蒲槃住在肖伯的货栈中，蒲松龄便去了大明湖畔的贡院。

乡试开考那一天，以鸣炮为号，此时"龙门"打开，乡试监临布政使、正副主考官乘坐无顶的大轿，身着"朝服"，头戴"朝冠"由仪使开道，鱼贯进入贡院。

贡院的大堂称"圣公堂"，堂前有"明远楼"，楼后有"衡鉴堂"。是正副考官与同考官的办公之处，门上挂有帘子，阅卷的同考官为内帘官。乡试期间不得走出帘外，在外执事的同考官称为帘官，不得入帘。

蒲松龄随着应试的士子经过搜身后，领了考号，将书籍、饭具和笔墨文具装进篮子里，就进了考场。

头场，考八股文七篇，四书五经考四题，二、三场考论、表、制、篆、策。乡试中对试卷也有严格的要求：红线直格，每页十二行，每行二十五字，如不避讳御名，或行文错误、涂改、文稿次序混乱等，皆为"违试"，在"兰榜"公布，除名！

山东省的乡试结果将于八月底张榜公布。

因八月正值桂花盛开的季节，所以也称"桂榜""蕊榜"。

3

"张榜啦！张榜啦！山东乡试张榜啦！"

在济南的大街上，人们奔走相告：贡生院里张灯结彩，因为乡试大榜，就贴在贡院的墙上！

人们潮水般地涌向了大明湖畔，里三层外三层地围在榜前，念着上面的名字。

有人看着看着就笑起来了，因为看到了自己的名字，竟笑出了眼泪，那是喜极而生出的热泪；有人从头看到尾，看了数遍之后，竟呜呜地哭出声来，那是一种绝望的哀号！

蒲松龄站在人群中，从头到尾看了一遍，又回过身来，再一次在榜上寻找，仍没看到自己的名字。

他感到眼前一黑，有些眩晕，也有些站立不稳，这时，有人从身后扶了他一把，他回头一看，竟然是父亲！

父子二人刚刚回到肖伯的货栈门口，肖伯便迎了出来，进了货栈，肖伯早已准备好了茶水和饭菜。

蒲松龄说他有些困了，便在肖伯的凉榻上睡着了。

看到蒲松龄已经睡下，肖伯向蒲槃讲了一件匪夷所思的传闻：

有一天，有一位姓余的女子，领着一个男孩来到了杏花大酒楼，说要找一个叫石贵的人。

酒楼的伙计对她说："没听说有这么个人呀！石贵是干什么的？"

那女子说："他就是杏花大酒楼的大掌柜。"

伙计说："我们大掌柜不姓石，姓朱，叫朱三贵，你找错人了吧？"

那妇人说道："江南的人在这里见过他，不会错的，说他头顶上有块疤，光光的没有头发。"

伙计笑着说："我们大掌柜戴着瓜皮帽，留着三尺多长的辫子，没人见过他头顶上有块疤！"

这个妇人哭着闹着赖在大门口，说非要见见朱大掌柜不可！

这时的朱三贵，正在狐朋狗友的酒桌上，他听说了此事以后，连忙派汪二狗带着他的亲笔信，去知府衙门报了案。

当天晚上，衙门的丁师爷便派捕快将前来"诈骗"的流浪妇人关进了大牢。

原来，这个妇人就是朱三贵的原配妻子余氏，石贵离家时，余氏已有八个月的身孕！

肖伯还告诉蒲槃，那位前来寻找丈夫的妇人，半个月后出了大牢，衙役将她赶出了济南城，她只好沿路乞讨，领着四岁的儿子，向江南走去。谁知刚刚过了泰安，人们便在一口水塘里看到了母子二人的尸体！经当地派人验尸，母子二人是被人推入水中淹死的！

这不由让人想起了京剧《秦香莲》，所不同的是，杀手良心发现，放了秦香莲母子一条生路，而余氏母子却被贼人推进了水塘。他们不是要钱，要的是母子二人的性命。

肖伯提醒他说："虎毒不食子，此人属歹毒小人，要让松龄离他远一点！"

蒲槃点了点头，二人整整说了一夜，听到五更的更声时，二人方才各自睡了一会儿。

4

重阳节快到了，墙边种的几棵菊花，已经含苞待放了，蒲槃一大早就起来了，他手握剪刀在花丛中一边忙碌着，一边吟哦着王维的《九月九日忆山东兄弟》。

这时，忽然听见有人喊道："蒲处士在家吗？"

蒲槃一听，就知道济南的肖伯来了，连忙开门迎接。

肖伯指着篮子里的菊花问道："处士，这是？"

"我想摘些菊花泡酒。"

肖伯听了，大笑起来，他从褡裢里取出一个瓷罐："我也泡了菊花酒，请处士品尝。"

二人进了前厅，谈起济南的新鲜事时，又谈起了朱三贵。

朱三贵虽没有一官半职，却神通广大，他老婆拜了当今知府夫人为干娘，他又与清军的将军拜了干兄弟。他的杏花大酒楼总是高朋满座，成了政要们和富豪聚会的绝佳场所，如同当今的私人会所。

李自成的部队经过济南时，他在楼前堆满了美酒佳肴，还高呼着："杀牛羊，备酒浆，迎闯王，闯王来了不纳粮！"

崇祯皇帝在景山自缢后，杏花大酒楼门前摆下香案，叩头祭拜，因为杏花大酒楼的大掌柜，就是从凤阳老家出来的朱家后裔。

清军平息了于七的起义之后，这里又敲锣打鼓，庆功祝贺，杏花大酒楼成了时代变化的风向标。

朱三贵似有顺风耳、千里眼，消息十分灵通。他说有人曾在杏花大酒楼听说过一件事，不知真假：连中三元的神童秀才蒲松龄，偷偷纳了三个小妾，还生了一子一女！

肖伯听了，不太相信，特意来蒲槃家中问一问。当知道蒲松龄大门不出二门不入，一直在家中刻苦读书时，才放下心来。

临别时，蒲槃还让蒲松龄和他一起，将肖伯送到庄外的驿道旁边，他才上马走了。

5

淄川的青云寺，是远近闻名的古刹，寺中的老方丈与李家多有交往，李家每年都向寺中捐一缸灯油。寺内周围古松森森，山泉潺潺，风景优美，是个读书的好地方。

李希梅已向老方丈说了想去寺内读书备考，老方丈一口就答应了，还特意让人给他安排了住处。

三人便结伴去了青云寺，过起了与世隔绝的读书生涯。

一天的晌午时分，蒲松龄正在青云寺的窗下伏案读书，忽然听见一阵急促的叩门声，便问了一句："是谁呀？"

门外答道："少爷，是我，田秋呀！"

蒲松龄连忙放下手中的书，开了房门，田秋满头大汗，胸前和双肩的衣裳都被汗水湿透了！他看到水缸上有只青花碗，便连着喝了几大碗！他用衣袖抹了抹嘴，说道："少爷，槃叔让你回家一趟。"

"什么事呀？这么急！"

田秋："听说是分家的事。"

蒲松龄："分家？为什么要分家？"

田秋："我也不知道，少爷回家就知道了。"

蒲松龄："你赶了三十多里路，也累了，先在我床上歇歇脚吧！"

田秋："我不累，现在上路，天一擦黑就能到家了。"

蒲松龄点了点头，简单地收拾了一下，又向李希梅打了一声招呼，便和田秋匆匆离开了青云寺。

就在回家的路上，田秋简略地说了分家的事。

刘氏自生了蒲箬之后，身体有些虚弱，但她仍然强撑着自己，除了要为小蒲箬哺乳，还要抢着干些家务事。

有一天，刘氏听说田嫂受了风寒，咳嗽不止，数天也不见好转。她出嫁前也曾因受了风寒而咳嗽不止，舅母便将梨子在锅里煮成了梨汁，让她趁热喝下去，她喝了之后，果然咳嗽就止住了，于是，她也熬了一大碗梨汁，顾不上吃饭，就急着给田嫂送去。

婆母董氏也将自己舍不得吃的一盒青州蜜三刀塞给了她，让她路上吃。

当她走到庄头时，见一个要饭的老妇人倒在路边，她连忙过去把老妇人扶起来，从脸色上看，老人是饿昏了！她连忙拿出董氏塞给她的蜜三刀，让她吃了下去，又向一户人家给她讨了一碗热水。

不一会儿，老妇人就苏醒了。她伸出干枯的双手，口里连声念叨着："活菩萨呀，活菩萨救了我！"

路过的行人见了，也都称赞刘氏有菩萨心肠。

此事也传到了董氏的耳朵里。她为自家的儿媳妇感到欣慰，于是便在全家人吃饭时，讲给家人听了。

说者无意，听者有心。就是这么一件绿豆大的小事，却在蒲家引发了一场内战！

大媳妇认为，是婆婆偏向刘氏，二媳妇原本就看不惯大妯娌平时的霸道，今天却站在她的一边，二人一拍即合，就建起了统一战线，也认为是婆婆偏爱小儿媳妇！二人甚至还在公公面前告了一状，并要求分家！

家家都有一本难念的经，不过有的人家能马马虎虎地把经念下去，有的则会越念越难念，就开始了窝里斗！

蒲槃经过深思熟虑后，当即拍板：分家！

分家的关键是分家中的财产。蒲槃告诉大家："我和老伴儿及老四留在祖宅里，守着老家的那十六亩祖田。除粮食是按人口分外，其余的房屋和田地，你们三家自己商量着分吧！"

大媳妇抢着说："俺家是长子，要三间东厢房和南坡那三十五亩地。"

二媳妇连忙要了河东头的那二十八亩半地和三间西厢房。

剩下的二十亩山地和两间场屋，就分给了蒲松龄和刘氏。

分家之后，刘氏和蒲松龄搬进了场屋。

场屋是用来放置农具和杂物的地方，由于年久失修，房瓦已有破损，每逢下雨，外边大雨，屋里小雨，外边晴了，屋里还在滴答！

场屋外也没有院墙，只有半腰高的蒿草，常有老鼠和长虫（蛇）在草丛中蠕动，到了夜间，有狐狸和黄鼠狼在窗外出没，甚至还能听到野狼的嗥叫声，附近山林里还会传来回声，听了让人头皮发麻。

刘氏对兄弟分家无怨无悔，搬进场屋后，她背着小蒲篓正在弯着腰割蒿草，田秋挑着一担南瓜和茄子赶来了。他连忙放下担子，接过她的镰刀，便挥镰割了起来。又把割下的蒿草捆成一束一束的，围成了一个简易的院墙，还帮她修好了损坏的门窗。两间冷寂的场屋，终于成了温暖且又安全的栖身之所。

两次乡试，皆是名落孙山，蒲松龄虽然有些失意，但不失志，仍然孜孜不倦地日夜攻读。因为有许多人是经过数次乡试，方考中举人的。

康熙五年（1666），他第三次参加乡试，再次落榜。

因病未能参加乡试的张笃庆，一口气给他写了《赠蒲柳泉诗》六首。

蒲松龄读了，颇为感动，他写信鼓励张笃庆：只要是千里之马，总会遇到伯乐的！

两个年轻才俊，不知何时才能遇见他们的伯乐。

第十一章

吹箫的白衫后生，竟然是位戏班中的刀马旦；一出《墙头记》，鞭挞了世间的不孝逆子！

1

康熙十七年（1678），蒲松龄和李希梅、张笃庆结伴去了济南，参加考试，不料三人皆名落孙山。

三人结伴回乡时，刚走到济南城的东门，忽见城墙上贴着一张戏报：江南荆楚戏班前来济南唱戏，戏名是《花木兰从军》。三人只是顺便看了一眼，并不在意，就在他们转身要走时，蒲松龄眼前一亮，看到演刀马旦的演员是萧君，他大吃了一惊，说了一句："怎么会是他呢？"

二人听了，有些好奇，问道："留仙兄认识这位演员？"

蒲松龄点了点头，他边走边说出了几年前的一件往事……

童子试连中三元后，他整日在家中读书备考乡试。一天的午后，他感到有些困倦，为了散散心，便信步去了柳泉，看到在柳树下乘凉的人太多，便沿着小溪向远处信步走去。

当他走到一片芦苇丛时，忽见丛中有什么在抖动，走近一看，原来是一只小狐狸，它的后肢被一团破渔网缠住了，正在挣扎着。他便走了过去，帮它轻轻解开了渔网。小狐狸回头望了他一眼，便朝远处的破庙跑去了。

这时，忽然听到了一阵时有时无、低沉而又苍凉的箫声，他循声走去，见一位身穿白衫、眉清目秀的后生，正坐在一座古塔的石阶上吹箫。那后生见人来了，连忙站起身来，双手抱拳，说道："在下萧君，路过贵乡，在此歇息，打扰先生了！"

蒲松龄连忙还礼，说道："在下蒲松龄，家住蒲家庄，在家无事，出来走走，不想遇见了公子。"

萧君听了，连忙说道："先生是县府省童子试中连中三元的才子！早闻大名，今日有幸相见，实乃小弟之幸！"

二人坐在石阶上，萧君说出了来此地的目的：寻找他的表姐公孙九娘！

原来，萧君自幼父母先后病故，他的舅舅收养了他。他和表姐一起长大，跟随行医的舅舅进山采药，走街串巷，治病救人。空闲时，舅舅也教他们学过"四书五经"，还向他们讲了苏武牧羊、柳毅传书、岳母刺字等前贤的故事。慢慢地，他也跟舅舅学会了望、闻、问、切等诊治病人的技巧。舅舅既是他的亲人，也是他的老师。他和表姐情同手足，二人总是形影不离。

舅舅年轻时，为了防身，还研创了一身独门轻功，他能跃上高高的屋脊，也能落地无声。舅舅也将独创的轻功传授给了他和表姐，用以防身。

2

于七为了反清复明，在栖霞揭竿而起，拉起了一支义军，如同一阵野火，迅速在山东胶东一带燃烧起来，义军攻城占地，势如破竹，附近州县纷纷响应。清廷十分恐慌，连忙调来数十万大军，还调来了威力猛烈的红衣大炮，对起义军进行围剿！

有一天，舅舅让他和他表姐进山采集药草，回来熬制成药膏，为将士们疗伤。二人在采药的途中，遭到了清军的伏击，表姐受了伤，他也被一个清军的小头目拦腰抱住了，挣脱不开，就在此时，表姐从地上爬起来，一口咬住了小头目的左手！小头目号叫起来，连忙松了手，他的左手食指被表姐咬了下来！

表姐大声对他喊道："别管我，快跑！"

萧君听了，便奋力冲出了包围圈。天亮时，逃到了山下，被一个路过的江南戏班搭救，收留下来，他便随戏班去了江南。

他此次回来，一是打听舅舅的下落，二是表姐被清兵俘虏后，现在不知关在哪里。听人说，舅舅在大营里为一位义军将士疗伤时，遭到炮击，已经殉国了……而表姐，却至今杳无音信，他要继续打探，寻找。

说完了，他的眼眶里尽是泪花。

这时，已是暮色四垂，萧君起身要走，蒲松龄连忙说道："天色已晚，为了安全，请公子到寒舍暂住一宿，明日再去寻找吧！"

他听了，将铜箫在手中掂了掂，笑着说道："就凭小弟这支铜箫，三五个歹徒，也近不了我的身！请先生放心，我们后会有期。"

　　说完，便飘然而去了。

　　蒲松龄望着他越走越远的身影，如同风拂柳条的婀娜，又有些淑女的窈窕，难道他是一位……但听他的谈吐，以及他的名字，分明又是一位男子！他一时心中充满疑惑。

3

　　二人听了，不由得大笑起来，张笃庆说："也许松龄兄遇见的这位白衫后生，就是一位狐仙？"

　　李希梅也调侃他，说："也许是你在梦中的一次艳遇！"

　　三人边走边说，李希梅忽然说道："你不是写了一出《墙头记》的戏吗？不妨请荆楚戏班来淄川演上一场，就让这位叫萧君的刀马旦出演王鹿瞻的夫人汪夜叉如何？也正好借此机会看看此萧君是否你说的那女萧君。"

　　这个提议正中蒲松龄的下怀，于是，三人商量出了一个办法：由蒲松龄去济南找荆楚戏班，邀请戏班来淄川演出，李希梅和张笃庆负责搭建戏台，张贴海报，邀约淄川的名流和朋友前来看戏。

　　三人不谋而合，说干就干！蒲松龄回家后，取出《墙头记》，又重新抄写了一份，便去了济南，他在"仙客来"客栈找到了荆楚戏班，说明了来意。

　　不一会儿，戏班的班主便出来了。蒲松龄大吃了一惊：这不就是当年的那位萧君吗？

　　今天的萧君，已换了女装。但言谈和举止也显得更加成熟了。原来，她就是戏报上的那位刀马旦。

他乡遇故人，二人都颇为兴奋，彼此寒暄了好大一会儿。

萧君领蒲松龄进了戏班，落座后，蒲松龄便说明了来意，没想到萧君一口就答应了。她接过蒲松龄的《墙头记》，认真地看了一遍，略加思索后道："配戏的乐师、乐手都齐备，但缺几位在台上跑龙套的角色，有没有票友登台凑人数？"

蒲松龄想了想，说没有问题。因为蒲家庄的六叔和四哥都是戏迷，他们身边少不了票友，哪个不想登台露个脸呢！

二人敲定了日期之后，蒲松龄便告别萧君，回淄川了。

到家后，他和李希梅、张笃庆进行了分工：李希梅负责在城外赶大集的旁边搭建戏台；张笃庆负责邀请淄川的乡绅文友，并派人在城里城外张贴戏报；蒲松龄请六叔物色配角演员。谁知，四哥提了个要求：他也想登台，演个跑龙套的角色！蒲松龄求之不得，连忙同意了。

戏报张贴出去以后，立即引起了轰动，一是来演出的不是吕剧和山东梆子，是江南的荆楚戏班，大家纷纷感到新鲜；二是主演是有些名气的刀马旦；三是演出的是蒲松龄编写的剧本，演的又是淄川的故事！一下子就勾起了淄川人极大的兴趣，都争着想看戏。

4

王鹿瞻是蒲松龄小时候的玩伴，还在郢中诗社活动过，后来考中了省里的秀才，就有些飘飘然起来。他的母亲早逝，是父亲把他养育成人的，父亲身老体弱，病在床上，他却不管不问。

他善于交际，又爱慕虚荣，成天与一些纨绔子弟鬼混，今天在酒楼聚饮，明日在青楼中听歌，十天半月都不回家看看。

蒲松龄知道后，曾给他写过三封信，劝他请郎中为父亲诊病，他都不理不睬，照样我行我素。蒲松龄便邀约李希梅和张笃庆到了他家，看到骨瘦如柴的老人，已不能下床，桌子上的煎饼已长了绿毛！水缸见了底！三人连忙到大街上买来饭菜，又为老人洗了洗脸。老人一边哭着，一边数落儿子的种种不孝之事，并要求他们为他写份状子，向官府告发逆子的恶行！

原来，王鹿瞻攀上了京城正黄旗的一位四品官员，这位官员将他的独生闺女嫁给了他，他便成了入赘的女婿。

他的夫人是远近闻名的悍妇，稍有不称心就殴打家中的仆人，甚至用烙铁烙伤侍女的胸膛；她嫌弃厨师炒的菜没有滋味，便将热菜扣在了厨师的头上！左邻右舍见了她都躲着走，背地里叫她蒙古夜叉！

当王鹿瞻看到蒲松龄写来的信，想回家看看，蒙古夜叉竟让他在搓衣板上跪了整整一夜！

有一天，蒲松龄听说他和夫人正在小蓬莱酒楼宴请朋友，便去找他。见他正端着酒杯炫耀岳父的功劳时，便走了过去，说道："鹿瞻兄，我劝你还是回家看看王老伯吧，他已经病入膏肓，再不回去，恐怕就——"

也许是蒲松龄当着朋友们的面让他出了丑，他气急败坏地说道："我的家事，何须你来管闲事！"说完，把手中的杯子向地上一摔，酒杯碎了一地。

蒲松龄见他顽固不化，愤然摇头走出酒楼。

为了鞭挞人世间的不孝逆子，他连夜写成一篇《墙头记》戏曲！

5

荆楚戏班要在淄川连演三天。第一天，去的观众不多，戏台前稀稀拉拉，不足五百人；第二天，多了一些，有八百余人；到了第三天，不但戏台前坐满了人，连附近的树上、房顶上都是人。县衙的县令、主簿及绅士名流也都来了，他们都坐在戏台前的椅子上。

因为是最后一场，压轴戏就是《墙头记》。

一通锣鼓之后，女主角登上戏台。一开口，嗓音圆润，唱腔优美，动人心弦，立刻引起了一片喝彩之声，她的一招一式，都显得有虚有实，赢得观众阵阵掌声。

当蒙古夜叉的丈夫出场时，白鼻子、三角眼、油腔滑调，在夫人面前点头哈腰、唯命是从的奴才相，引起台下一片咒骂之声。

坐在县令后排的王鹿瞻和他的夫人感到浑身有刺，低着头，不断扭动身子，当演到高潮，剧中王秀才和母夜叉将老父亲赶出家门，又将其推到墙头上，老人大声痛斥不孝之子的丑行时，引起台下观众的义愤。不断有人喊着："不孝之子，狗都不如！"

母夜叉向四周看了看，许多人纷纷转头盯着他们看，还有人低头议论着什么，二人成了众矢之的！他们再也坐不住了，只好低着头，灰溜溜地走出了人群……

第二天，送走荆楚戏班之后，蒲松龄和李希梅、张笃庆又去了王老伯家，王老伯说，他有个闺女，早就嫁到了长山县，他想去投奔自己的闺女。

蒲松龄连忙写了一封信，寄给了他的闺女。不久，他的闺女接到信后，便雇了辆马车，将老父亲接到了长山，让他在那里养老，为他送终。

第十二章

梦中见到了命运多舛的胞妹，竟被丈夫拐到了异地他乡。

1

康熙二十年（1681）的寒冬腊月。灰黑色的乌云像厚厚的棉絮，将天际遮得严严实实，怒吼的朔风，带着呼啸的哨音撕扯着大地，田野里的树木枝条被折断，黄色的尘土飞卷着，搅得天际之间迷迷蒙蒙。淄川城东的蒲家庄，形单影只地点缀在冬日里，似一条破船，摇曳在扬波掀浪的汪洋大海里。这天天麻麻亮，蒲箬惊慌失措地跑进屋来，请爹爹到北屋后边看看。原来，夜间的大风刮去了北屋的檐草！

蒲松龄不免长吁短叹。昨天中午，屋脊上的茅草被风揭去了大半，留下了几个黑洞，也还未来得及修缮呢！蒲松龄让蒲箬去请本村的泥瓦匠前来修理，务必在屋顶的茅草上加抹一层黄泥。大约到了掌灯时分，大风夹杂着细碎的雪花直扑下来，不久又飘起了鹅毛大雪！风雪扑打着门窗，还间或传来令人毛骨悚然的狼嚎声。

已是深夜午时，荧荧灯光下，蒲松龄伏案执笔写作。灯光飘飘忽忽，火苗越来越小，纸上的字迹渐渐模糊，他添了点灯油，挑了挑灯芯。此时他觉得手脚冰冷，浑身似浇上冷水，瑟瑟发抖。他在双手上哈了口热气，反复摩擦，双脚频频踩动，紧紧地裹了裹身上的旧棉袍，又望了望脚边的火盆，木炭已将燃尽，只好把仅有的几块木炭放到盆里。他走到屋门口，将门启开了一道缝，突然"呼"的一股风雪灌了进来，他向后一仰，打了个趔趄，便赶紧关上了屋门，心绪烦乱地来到桌前，又伏案执笔写了起来。

不知过了多长时间，只觉眼前蒙蒙眬眬，头脑晕晕乎乎，手中的毛笔也滑落地上了！

2

这一天，是腊月二十三，送灶王爷上天的日子，但已感觉到了春节来临的节日气氛。村里顽皮嬉闹的孩童们点燃了鞭炮，"噼噼啪啪"响个不停。

六岁的三儿蒲笏从外面蹦蹦跳跳地进了门，两只小手抱着蒲松龄的双腿，仰着小脸说："爹，俺姑姑来啦！"

妹妹来了！他一阵欣喜，口中答道："好啊，快快迎接！"他撩起薄袍，一个箭步出了房门，喊道："妹子！"

妹妹笑盈盈地迎面走来。只见她上身穿着一件红色大花棉袄，下身穿一条绿色长裤，脚蹬绣花小鞋，鹅蛋形脸上闪着一双黑而明亮的凤眼，白齿微露，黑油油的头发上插着一枝红梅花，体态轻盈，端庄秀丽。她右胳膊上挽着一个绣着红花绿叶的包袱，左手牵着两个女娃，都长得白白胖胖，喜眉笑眼，活蹦乱跳，十分可爱。啊，妹妹的家境好了，有出头之日了，真是天无绝人之路啊！

他欣喜地张开双臂抱起两个外甥女，连连说道："孩子，与你娘在舅舅家过年吧！"

孩子甜甜地喊着舅舅，还在他满是胡须的脸颊上亲吻。

妹妹把包袱放在院子里的石台上，抱过小妞，说："小妞，别在舅舅怀里撒娇。"又说，"三哥，你嘱咐俺搬来住，俺这不来了嘛！"

他又惊又喜，心想：你我本是亲兄妹，出嫁的女人就不能回娘家长住，这是谁立的规矩？

他吩咐刘氏热上酒菜招待，又让蒲箬速将伯父和小叔都请来，要喜迎妹妹，合家团聚！

可是，转眼之间，妹妹和孩子们都不见了，他屋内屋外找了个遍，就是没有找到！他大声地喊着，却无人应声。

一声爆竹巨响，他哆嗦了一下身子，睁开双眼，原来自己做了一个梦！只见黑夜沉沉，残灯微光，伏案察看刚刚写下的字迹，乃是一首《怜妹》，写了四句：

> 汝生向不辰，坎坷遭沛颠！
> 少女嫁夫婿，无异豺与鸢。

蒲松龄用一块青布巾擦拭了泪湿的眼睛，在屋内踱步，回想着往事。

3

去年暮秋，老母病逝不久，妹妹领着一双女儿来蒲家庄祭母，来家中住了两天，便匆匆走了。

光阴荏苒，今夏，他冒着酷暑骑驴到五十里外的妹妹家探望，只见院门上悬着一把锈锁，窥视院内，七零八乱，肮脏不堪。紧闭的房门上织着蛛网。

他叩开西邻的大门，老伯、老婆婆请他屋内小坐，他面对老人，深作一揖，说明了来意。两位年迈的老人不禁连连摇头哀叹，老婆婆悲切切地擦着眼角。那老伯说："你妹妹真是贤惠之人，可惜错嫁给如狼男人！这些年他舍家不归，在外吃喝嫖赌，鼠窃狗偷。前年审到河北混了年余，归来后胡吹海唠，看那猴头猴脸模样，还不是在外鬼混？"

老伯说到此处，倒了一碗开水递给了他。

老婆婆接口说道："你妹妹三个月前带着孩子走了，临走时，说要去颜神镇的亲戚家。"

蒲松龄问明了地址，辞别老人，又奔波了百多里路，终于来到了颜神镇。那亲戚家说，他妹妹住了几天，就领着孩子走了，并未说要去哪里！

颜神镇风景优美，三面环山，孝妇河水清流长，青山绿水，亭台楼阁，却引不起蒲松龄半点诗情雅意。他牵着毛驴蹒跚地走着！妹妹啊，你流徙到了何方呢？……

回到家里，蒲松龄面对残灯，昔日兄妹的手足之情，又清晰地出现在脑海中。

4

妹妹呱呱坠地，就深得父母钟爱。她生性聪慧，安娴贞静，又生在书香门第，学书练字，写诗填词，一教即会，受到村里人的喜爱。他虽比妹妹大了几岁，有时还要请教妹妹，两人同商共读，相得益彰。

妹妹也对他倍加尊重,看到他通宵达旦苦读,妹妹还每每劝他爱惜身子,自珍自爱。

记得有一年春天,蒲松龄感染风寒,头昏脑涨,四肢酸痛,全身瘫软,不能起床!妹妹在床前不离左右,母亲煎熬药汁,妹妹将药碗端到床头,眼含珠泪,语声微颤:"哥哥,你可别有个好歹啊……"

听到这话,蒲松龄不禁发出一声苦笑,妹妹真是人小幼稚,患点小病还能危及生命?就说:"妹子,我不要紧!"

妹妹擦着泪说:"哥,你别大意,这是病魔缠身呀!"

妹妹心灵手巧,女红针线活样样都会。她还爱刺绣、剪纸,一张红纸在手,随着剪刀的旋转,眨眼工夫,剪出的朵朵花儿鲜嫩嫩,似能嗅到香味!各种动物也活灵活现,栩栩如生。

蒲松龄还记得自己结婚时,妹妹剪的鸳鸯双双戏水,似活了一般。妹妹对嫂子像亲姐姐似的形影不离,贤姑良嫂,为邻人津津乐道。

5

俗话说,男大当婚,女大当嫁。妹妹十六岁那年,由父亲做主,包办定亲。此家独子无女,又是秀才出身,家中殷实,系当地有名的富户。不意结婚几年后,公婆先后去世。妹夫过去就是纨绔子弟,不务正业,惹是生非,现在父母亡故,无人管教,便更加肆无忌惮了!妹妹百般好言相劝,他非但不听,还常常打骂,扬言要把她休掉!几年工夫,他就把一个好端端的家业败光了!

母亲在世时,妹妹携女回娘家,哭诉家中境遇,母亲也无可奈何。

蒲松龄劝妹妹干脆搬到蒲家庄来住,由哥哥相帮度日。妹妹啜泣道:"我一个出嫁之女,怎么能在娘家长住?"

蒲松龄默然无语。自己是布衣寒士，家境艰难，以教书糊口，他也痛恨自己是堂堂男子汉，竟无法帮助妹妹。

蒲松龄又想起了冬末春初，他冒着寒风，独骑小驴到妹妹家探望的情景。走进妹妹的院里，只见破门四敞，屋里有孩童的哭叫之声："娘，救救我，我不去啊！"

一个男的大声辱骂："小小丫头，不识好歹，看你这熊样！你到他家，吃香喝辣的……若不依，把你活活打死，去见阎王！"

他进到屋里，只见妹夫气急败坏，手持木棍，指手画脚。大妞蓬头散发，浑身沾满了泥土，泪盈满面。他怒目而视，责问妹夫为何毒打女儿。

妹夫三角眼一转，换了副笑脸，连忙把棍子扔到墙脚，点头弯腰："哥，你来啦，请坐，坐。嘿嘿，没什么，没什么，小孩子不听话，我吓唬了一下！"

这时，躺在地上的大妞爬到他的脚边，哀哭道："舅舅，救救俺，俺爹要把俺卖了……"

妹夫三角眼一瞪，吼道："你休得胡说八道！"又变副笑脸转向蒲松龄，说，"哥，你请坐，嘿嘿，我有事出去一趟！"说罢，便獐头鼠目地溜了。

6

蒲松龄环视屋内，炕上一片破席，两床露着棉絮的破被。迎门放着的方桌断了一条腿，桌面上放着几个碗碟，地面上有几只瓦罐。

蒲松龄将大妞抱到炕上，只见她衣衫褴褛，胳膊上青紫斑斑，额头凸起一个大疙瘩！

正在这时，妹妹怀里抱着二妞，惶惶地跑进屋来。后边跟着西邻的老伯、老婆婆。

妹妹面容苍白憔悴，沾着泪痕，失掉色泽的头发上挂着草屑，青布衣裤布满补丁，脚穿的绣花鞋破得露着大脚趾。

妹妹一看到他，又惊又喜，又悲又恼，不由得号啕大哭起来！蒲松龄与老伯、老婆婆再三好言抚慰，妹妹这才止住了哭声，说了丈夫痛打大姐的原委：

原来丈夫在外赌博输了钱，无法偿还，要把大姐卖给一家豪绅做奴仆。妹妹无法，只好去央求邻居们帮着阻止。

蒲松龄听了，义愤填膺，妹夫真乃无耻小人，衣冠禽兽！临走时他把带去的粮食和几两碎银留给了妹妹，把大姐带回了蒲家庄……

蒲松龄独坐寒夜，痴痴呆呆地回想着。风雪仍旧不停地扑打着门窗，也声声击打着他的心！冰天雪地，饥寒交迫，妹妹和小妞怎样苦度时光啊？沉吟许久，他又提笔写道：

> 蒲博游荡子，数日无炊烟。
>
> 朝南幕防北，一岁恒三迁。
>
> 兄弟皆贫乏，缓急照顾难。
>
> 因之任飘蓬，数载绝往还。
>
> 荡子旧年去，音问久已愆。
>
> 忽归自陈说，投旗在幽燕。
>
> ……

蒲松龄写罢搁笔，给油灯里加上了点油，挑了挑灯芯，端着油灯走进东间，借着灯光凝视着躺在刘氏怀里的大妞。大妞双目微合，鼻翼微动，呼吸均匀，他伸手抚摸着她的头发，自言自语地说："孩子，你就安心地睡吧！"

后来，蒲松龄又去过一次颜神镇打探妹妹的消息。

有人告诉他，他的妹夫一直不务正业，吃喝嫖赌将家业输得精光，上次卖女儿被蒲松龄拦下后，便在河北卖了身，投靠了旗人，结果自己成了包衣奴才！按清朝法令，包衣奴才的妻小也是奴才，他不得不连哄带骗，把老婆女儿都拐去了河北，从此杳无音信了！

蒲松龄望天长叹，自己无权无势，又没有能力解救妹妹和小妞，只得悻悻而归，回家后便大病了一场！

第十三章

咸带鱼竟成了预兆阴晴的神龙；当了五个月的大周皇帝驾崩；为了兑现对朋友的承诺，巧妙地进了孔庙礼拜。

1

入夏以来，柳泉的树荫下便成了人们乘凉和歇脚的好地方，也成了过路行人讲奇闻逸事的故事会。

这天，蒲松龄刚吃完了午饭，便早早地来到了柳泉，坐在一块石头上乘凉。

这时，一辆载着海货的马车经过柳泉，鱼贩子因为口渴，将马车停在树荫下，便去了柳泉旁边找水喝。在树荫下乘凉的人，忽然闻到一股浓烈的鱼腥味！

鱼贩子告诉众人，他是将海岛上的带鱼，运到济南府去，因为路远天又热，他将带鱼身上撒上海盐，以防变质。

有人说："海盐便宜，为什么不多撒一些？"

鱼贩子说："山东的海盐虽然便宜，但也不可撒得太多。"接着，他说了一个带鱼变龙的故事：

即墨的一位官员，前往云南大理上任时，带上了一筐海盐腌过的带鱼。他路过一座破庙时，适逢下雨，便和随从进庙避雨，又用庙里的柴火烤干了身上的衣服，临走的时候，还在神像前面放上了一条带鱼，作为供奉品，祈求神仙保佑自己一路平安。

三年任期满了，他辞官返乡养老，再经过那座破庙时，看到庙前信众在神位旁边焚香叩头，祈求龙王天旱降雨，天涝去云！因为神坛前面有一条扁平的银龙，每逢阴天下雨前，龙身上便会出水，浑身透湿，人们就知道天将下雨了！若龙身上干燥，便知道未来天气晴朗，非常灵验！

那位卸任的官员走到神位前一看，偷偷笑了。原来，这就是他当年上任时供在神位的那条咸带鱼！

说到这里，听故事的人也都笑了。

蒲松龄连忙问道："请问，您是从哪个海岛来的？"

"田横岛，就是即墨的田横岛。"

鱼贩子的话，立即勾起了蒲松龄的一件心事：他早就听说过田横岛了，但一直未登上海岛。齐国最后一位齐王是如何死的？他留在田横岛上的五百位壮士，一边唱着歌，一边抽出刀来集体自刎！该是怎样的悲壮！

那个鱼贩子仿佛知道他的心事，笑着说道："我半个月就回田横岛，还来柳泉喝水，歇脚，再与先生相见，不见不散！"

说完，便赶着车上路了。

2

这位鱼贩子言而有信，半个月后，他果真又来了柳泉，兑现了他对蒲松龄的承诺。

蒲松龄从家里取来了他珍藏的杭州龙井茶，招待这位田横岛的客人。

二人寒暄了几句，便坐在茅草亭中，边品尝着茶水，边听了一个与盐有关的故事——

不知道是哪个朝代，一位即墨人在云南任官时，娶了当地一位酋长的女儿为妻，三年任期满后他辞了官职，带着夫人荣归故里，先走陆路，后转海路，乘船来到海上。

夫人见海面上风平浪静，太阳当头，便取出衣物在甲板上晾晒，又小心翼翼地抱着一只琉璃罐，揭开了盖子晒着，说是自己当闺女时积攒下来的私房钱，是送给公婆的一份大礼！

丈夫以为是稀有的金银珠宝，想取出来看看，便把手伸进了罐中，谁知抓出的竟是一把粗盐！便随手扔进了海里！

夫人急了，想跳进海里将盐粒捞上来，被船上的人拉住了！

原来，云南的偏僻地带吃的井盐又苦又涩，海盐十分稀少，而且价格昂贵，一般人家是买不起的，就是酋长等大户人家，也把海盐当成稀罕之物。

这位官员的妻子在家当闺女时，每次炒菜都会悄悄留下一粒盐，日积月累，终于攒下了半罐盐，她像宝贝一般地珍藏着，准备出嫁后带到婆家，不想丈夫竟把自己的私盐扔进了大海！

丈夫指着海岸上的盐田，笑着说道："盐田里一天晒出的盐，一家人十年也吃不完！"

夫人看着海岸上那些堆积如山的海盐，也破涕为笑了。

也许鱼贩子为了安慰蒲松龄，临分手时，他说自己再去济南送货时，一定把蒲松龄拉去田横岛住上几天，岛上还有当年残存的田横营寨遗迹，最高处就是五百义士的墓冢。

3

蒲松龄平时除了看书，撰写听来的各种故事，就是在田地里干些力所能及的农活儿。有一天，突然传来了一个令朝野不安的消息：平西王吴三桂，在云南发兵反清！

吴三桂原本是明朝镇守山海关的一名将领，李自成率军攻下北京称帝后，对他下诏安抚，于是，他便率部进京，准备朝拜新主。

就在赴京的路上，他收到了一封家书：他的父亲被起义军所俘，家产已被抄没，更令他难以忍受的是他的爱妾、"秦淮八艳"之一的陈圆圆，已被李自成的部将刘宗敏掠去！因而吴三桂拒绝投降李自成，又率兵回到了山海关，并与关外的清军搭上了线，投降了清军，共同对付北京的李自成！

李自成得知消息后，便亲自率领六万大军直逼山海关。在一次激战中，吴三桂的阵地渐渐失守，部下也多有伤亡。就在这时，清军的多尔衮率兵赶来，突袭了起义军的阵地，令李自成猝不及防，只好收兵撤回北京。

没想到关外的清军，在吴三桂的引领下，大举入关，他自知投敌卖身的卑劣行径，必受到天谴地责，被天下人唾骂，于是，便打出"为君父报仇"的旗号，想洗去身上的耻辱。

当时北京城内也乱象丛生，明末的官员和城中豪绅巨富趁机制造混乱，加之城中缺少食物，人心惶惶，这时李自成便在英武殿里正式称帝，次日即率兵撤出了北京城。

多尔衮趁机攻进了北京城，顺治皇帝也从东北盛京来到了北京，并下诏"定鼎燕京"。

吴三桂率军继续追剿李自成。

因引清军入关镇压起义军战功赫赫，他被顺治皇帝封为平西王，镇守云南。

谁知，就在蒲松龄坐馆教书的日子里，吴三桂突然起兵反清，这就是史籍上所说的"三藩之乱"。

4

淄川虽不在三藩的势力范围之内，蒲松龄却时时关注着局势的变化。

蒲松龄在坐馆的日子里，也总是忘不了蒲家庄的柳泉。他看到去济南或从济南去青州和密州的行人，走路走累了，都会在柳林里歇脚，在柳泉边喝水，于是，他在泉边搭了一个茅草亭子，亭子里还有板凳和茶具、火炉子，供来往行人歇息喝茶。

时令已进入了三伏，学馆放假了，学童们都回家帮着大人到地里干农活儿去了，他有了空闲，便信步来到了柳泉，独自坐在茅草棚子里喝茶，看书。

有一天，忽见一个敞着前襟、满头大汗的中年男子走了过来，蒲松龄连忙说道："请进来喝杯茶，歇歇脚吧！"

男子道谢后，进了茅草亭。

蒲松龄给他倒了一杯茶，他问道："茶水收钱吗？"

蒲松龄摇了摇头，笑着说道："这泉水是上苍给予的，怎么能收钱呢！"

他听了，端起杯子仰头喝下去了，蒲松龄一连给他倒了三大碗，看来他是太渴了！

蒲松龄问道："先生贵姓大名？是从哪里来的？要到哪里去呀？"

那人长长地叹了口气，说道："我叫余寿，是从阎王殿里逃出来的呀！"接着，他将自己的经历告诉了蒲松龄：

康熙十二年（1673），清廷下令撤藩，第二年，吴三桂率兵经过湖南衡州时，在那里登基称帝，国号为周，建元昭武，封其妻张氏为皇后，追封其父为太祖高皇帝！他还自封为"总统天下水陆大元帅""兴明讨虏大将军"，他的大周国定都衡州，改衡州为"应天府"，改钟鼓楼为"五凤楼"，回雁门改为"正阳门"，大街为棋盘街，并开科取士六十人。还铸钱币，修建了九十五间宫殿，以象征"九五之尊"。

余寿本是沧州的茶商，他去衡阳进货时，被吴三桂的随从抓了去，说他是清廷派来的探子！在大牢里关了半个月后，又让他去养马，他趁吴三桂在宫中大摆筵席，奖赏朝中大臣时，逃出了衡州，为保一条命，自己购置的一千多斤茶叶也都抛弃了，才逃出吴三桂的魔掌。

余寿还说，就在吴三桂登基的那一天，狂风大作，连临时搭建起来的彩门、帐篷和街上的轿子，都被狂风卷到了半空中，当狂风突然停下后，又纷纷落了下来，摔了个粉碎！有位卜卦的算命先生说："其兆主凶！"

已有七十多岁的吴三桂，只当了五个月的大周朝皇帝，便突然一病不起。

在临终时，他派出心腹，连夜出城接回皇太孙吴世璠到了衡州，继承了皇位，成了大周国的第二任皇帝。

随着清军的步步紧逼，吴世璠只好逃往云南，昆明城被清军包围后，吴世璠知道难逃一死，便逃进了行宫中，他和明朝最后一位皇帝崇祯一样，在梁上悬了一条丝带，自缢身亡了，死时年仅十二岁。

自此，弄得朝野不宁的"三藩之乱"也终于平息了。

蒲松龄听了之后，感慨颇多。

在明朝握有兵权的吴三桂，他驻守山海关，阻挡关外的清军是他的天职，但他却以一己之私，背叛了大明，引领清军打进了北京城，赶走了大顺皇帝李自成，成了清廷的平西王。后来他又举起复明反虏的大旗，登基称帝。他是个出尔反尔的两面派。

他由红到紫，又由紫变黑，又是个三面人！他的名字，若更改为吴三变，就名副其实了！

5

割麦子季节，塾馆放假，蒲松龄回到家中，起早贪黑地在地里忙碌着，谁知天气闷热，他竟中暑昏倒在庄稼地里，众人将他扶回到家中，服了几剂药后，身体渐渐复原，便躺在木榻上静养。

这时，忽听见有叩门声，刘氏连忙开了门，门外站着一个后生，旁边的树下还停着一辆马车。

少年向刘氏施礼之后，问道："这可是蒲先生的家吗？"

刘氏点了点头，问道，"你是——"

后生说道："我叫丁宝忠，家住在东海的田横岛，受父生前嘱咐，他曾许诺蒲先生去看看田横岛，今日特来接他。"说着，走到马车旁边，取出一个竹篓子，交给了刘氏。

病榻上的蒲松龄一听到"田横岛"三个字，连忙下榻，将后生迎了进来，并给他倒了一杯凉茶。后生坐下后，将他来的目的告诉蒲松龄：他的父亲是鱼贩子，从柳泉回家的路上，由于车轴断了，马车摔下山坡，拉车的马当场摔死了！父亲命大，虽然没死，却摔断了双腿，瘫痪在床上整整躺了一年。他也收起了渔网，将渔船靠岸，日夜守护在父亲身边，为其擦身洗脸，端屎端尿，日夜难眠，邻居们都说，丁宝忠是岛上的大孝子！

父亲在临终时，向丁宝忠说出了唯一的心愿：他在柳泉认识了蒲松龄，并承诺日后带其去田横岛，看看山顶上五百义士冢，再向他讲讲齐王田横的故事。看来，自己无能为力了，便想让儿子帮自己了却这个心愿。

说着，他指着身边的竹篓说道："篓子里的带鱼埋在海盐里，不会变腐，吃的时候用清水泡上半天，就可蒸着吃，也可煎着吃。"

蒲松龄收下竹篓后，心里感到沉甸甸的。他让刘氏备了几个小菜，又取出酒来，两人边饮边说，聊起了齐王田横的逸事。

6

秦始皇统一六国后，因为暴政，导致了陈胜、吴广揭竿起义。被秦所灭的楚、齐、燕、韩、赵、魏的皇室后人，也纷纷起兵反秦。齐王首举反秦大旗，重建了齐国，田荣、田广、田横先后成为齐王。

秦朝灭亡之后，项羽和刘邦楚汉相争，天下战乱不断。汉王刘邦派人去劝降齐国，齐国君臣审时度势，决定臣服刘邦，并解除了驻扎在历下的二十万齐军。不料韩信突然发兵，攻下了齐国都城临淄，齐王田广被杀。

田横继任齐王后，为保存实力，率五百名武艺高强的壮士，撤到了易守难攻的海岛上，以图东山再起。

刘邦再次发出招降诏书："田横来，大者王，小者乃侯耳。不来，且举兵加诛焉！"

田横仅带两名门客，前往洛阳，去朝拜刘邦时，半路上得知刘邦对齐国要斩草除根，只为了"斩头一观而已"。田横宁死也不愿受辱，于是，在偃师拔剑自刎身亡！

两位门客遵照田横嘱托，将他的首级送到洛阳，然后也自杀殉节！

消息传回海岛，五百义士悲愤不已，齐声唱着"薤上露，何易晞，露晞明朝还复落，人死一去何时归！"集体自杀殉节！

老百姓将他们安葬在海岛的最高处。从此，这海岛被称为田横岛，五百义士的墓地被称作田横顶。

知道了田横岛的来历，心生感慨之余，蒲松龄大惑不解，田横兵败之后，率领仅存的五百将士退到海边时，似乎走到了绝路：一座孤岛悬浮在海上，没有渡海的船只，前边是大海，后边是追兵，如何能登上海岛？

丁宝忠给他讲了当地一个梭子蟹搭桥救田横的传说：

夜晚，就在田横走投无路之际，忽然海面上出现了一座青紫色的浮桥，田横连忙率军踏上了桥面，登上了海岛。

就在最后一名齐兵登上海岛时，天已经亮了，那个齐兵低头一看，他不敢相信自己的眼睛：原来，是一只只梭子蟹用大螯互相钳着，连成一片，搭成了一座浮桥！

那名齐兵惊呼了一句："原来是梭子蟹呀！"

他的声音刚落，只听得"哗"的一声，所有的梭子蟹都潜到了海底。

随后追来的士兵，望着波涛汹涌的海面，只能望洋兴叹了。

这就是天意！

丁宝忠临走的时候，对蒲松龄说道："先生若去曲阜，不知能否替家父了却一个心愿？"

接着，他讲述了他父亲的一段往事：

丁宝忠少年时，父亲为了让他读书，将他送到即墨城的一家远房亲戚家，在那里读了几年私塾。

有一次，他将海鱼运到曲阜时，看到一大群学童站在"大成至圣先师"的石碑前面，向孔圣人焚香礼拜，他十分羡慕，也想带着宝忠到曲阜向孔圣人拜上三拜，祈求孔圣人保佑丁宝忠以及后来的子孙，能学业有成。

但后来事与愿违，儿子成了打渔郎，他再也没有机会到曲阜了。

蒲松龄听了，哽咽着说道："你父亲的夙愿，我来替他了却，你就放心好了。"

丁宝忠向他拜了三拜，才驾着马车一步一回头地回田横岛了。

蒲松龄望着他越走越远的背影，又想起了田横岛上的田横，他是齐鲁天空中的一颗星星，永不坠落！

7

第二天，蒲松龄对刘氏说，他要去一趟曲阜。刘氏说："你的病刚刚好转，还是住几天再去吧！"

但他执意要去："东海的鱼贩子为了当年的一个许诺，一年后，他的儿子竟不辞艰辛前来为父兑现，我答应宝忠的事，也一定要兑现。"

刘氏只好准备了一些路上吃的干粮，从驴棚里牵出了那头毛驴，便让他上路了。路上他既没有游山玩水，也没有搜集故事，直奔曲阜而去。

谁知，到了孔庙的大门口，便被两个值守的差人拦住了，二人指了指门前的石碑，碑上写着"官员人等自此下马"八个大字，不许他进去。

这时的蒲松龄进退两难，便与两位差人争论起来，身边也聚集了不少看热闹的人。他知道，若是自己进不了大门，就是白来了一趟；若是差人睁只眼闭只眼让他进去了，则是有失职之嫌。他朝石碑又看了一眼，笑着问道："上面的八个大字，是谁说的？"

差人："当然是当年的皇帝说的！"

蒲松龄："皇帝说的算数吗？"

差人："皇帝是金口玉言，说话当然算数啦！"

"碑上说的是骑马的官员，我是骑驴的草民，并不在此类之中，我可以进去了吧？"

两差人听了，一时哑口无言，周围的人听了，也都大笑起来。蒲松龄见好就收，他对着两位差人说道："在下也不难为二位，我自己进去，请二位代我牵着毛驴好吗？"

差人听了，知道这是给他两人找的台阶，便连忙说道："好，好，先生的毛驴就交给我们吧！"说着接过毛驴的缰绳，将毛驴拴到了树荫下。

蒲松龄向他们微微一笑，便大步进了大门。

他既未去孔夫子住过的孔府，也没进古柏森森的孔林，而是直接去了巍峨的孔庙，站在"大成至圣先师"的石碑前，先行了拜师之礼，又将三炷香插进香炉里，这是代丁宝忠的供香，接着又插上了三炷香，这是为自己和子孙们供的香。他看着香炉里的缕缕青烟飘散后，便离开了孔庙。

当他走到大门时，两名差人连忙迎上去说道："已给先生的毛驴喂了草料。"说着将缰绳递给了他，另一差人向他作了一揖，笑着说道："恭候先生再来曲阜！"

蒲松龄还礼之后，便骑上毛驴，向来路走去。

其实，蒲松龄还真想去瞻仰孔府院子里的鲁壁。

"鲁壁藏书"的典故，蒲松龄刚进塾馆读书时，就听先生说了：

在秦始皇焚书坑儒的年代，孔子的第九代孙孔鲋，将家中的《论语》《尚书》《孝经》《诗经》等竹简，藏在了自家的墙壁中，躲过了被焚烧的劫难。

到了西汉时期，朝廷废除了焚书令，民间也允许收藏图书了。

汉武帝三年，鲁王为扩建宫殿，拆除孔子的故宅时，在墙壁中发现了这些古籍，孔子的十一代孙孔安国，将壁中所藏的古籍交给了朝廷。正是因为有了这些古籍，华夏的文脉才没有中断！

第十四章

坐馆教书，听到了一个凄美的故事。

1

有一天，蒲松龄正在家中读书，刘氏告诉他说，仙人乡马家庄的王家，曾托人前来商量，想请他前去坐馆教书。她觉得，坐馆教书，就成了孩子王，会影响他的科举考试，便未答应；前些日子，王家的少爷王若水又亲自登门谈及此事。

蒲松龄听了，觉得家里人口多，进项少，日子过得紧巴巴的，也难为刘氏了，便爽快地答应下来。

蒲家庄离马家庄不远，也就是四五里路远，他便去了马家庄，住进了王府的西园。

西园靠近般河，那里每逢春季，桃树杏树争相开花，如一片红霞，梨树也不甘落后，满树都是白雪，风景绝佳。有位路过这里的秀才还写过联句：

红霞晚树残秋路

白雪荒田野头村

王家的塾馆就设在西园。

安顿下蒲松龄之后，王若水便让人送来一首《以诗代束邀蒲柳泉》：

> 他乡皆芳絮，吾园独田歌。
> 剩雨飞樵路，残云去湿蓑。
> 室菲史部酒，池淡右军鹅。
> 不负千金刻，被襟试一过。

蒲松龄看了会心一笑，便立即去了王府。二人把酒论文，直到微醺，才回到西园。

在王家坐馆期间，由于教学认真，不但受到学生家长们的赞许，也得到了东家的尊重和信任，有时东家的书信和文书，也都请他代笔。他也渐渐知道了王家的家史。

王家是淄川名门望族，在明清两朝，家族中为官宦者颇多，王樛是明代的中书舍人，晚辈王居正是清初的贡生，王如水和王秉正都是生员。

蒲松龄曾听父亲说过，自己的从叔祖蒲生池之女嫁给了王家，两姓的后人，就有了表亲关系。

2

有一天，放学之后，蒲松龄正坐在窗前读他带来的《山海经》，忽听有叩门之声，开门一看，原来是王家的大少爷王敏入来了，他怀里还抱着一个长方形的大纸盒，说道："先生，愚兄前来打扰你了。"说着，他打开了纸盒，从盒里取出一卷画轴，低声说道："愚兄想请先生，撰一篇大作，以纪念拙妻。"

蒲松龄有些疑惑，他的夫人不是健在吗，他说的"拙妻"又是谁呢？

王敏入缓缓展了画轴，画轴上竟是一位年轻女子的肖像！

接着，他断断续续地讲了一个令人断肠的故事：

原来，画轴上的女子，名叫陈淑卿，是同村的人，王敏入十一岁时，就和九岁的陈淑卿订了婚，二人从小青梅竹马，两小无猜。王敏入十八岁时，陈淑卿刚好十六岁。正当两家商量婚嫁时，淄州、青州、周村一带发生了兵乱，兵乱的头目叫王茂德，所到之处，杀人放火，百姓们纷纷逃离家园！

这天晚上，王敏入一家人正在吃饭，忽然听到大街上有人高喊："王茂德来了，快跑啊！"

王敏入让全家人逃走之后，他背起卧病在床的老父亲也出了家门，随着逃难的人群向南山奔去；直到第二天清晨，才逃到了一个山谷的石洞旁边。

老父亲又累又饿，已昏迷不醒！因与家人走散，无人相助，他便将父亲安置在石洞中，独自一人下了山，想去村庄里讨点吃的，也想寻找自己的家人。但村庄里的人家早已逃难去了，他爬山越岭地到处寻找，摔倒好几次，小腿被岩石划开了一个口子，鲜血直流。当他爬到山洞时，却发现父亲不见了。他只觉眼前一黑，便一头栽倒了！

忽然，他听见有人在喊自己的名字，睁眼一看，原来未婚妻就在自己眼前！她告诉王敏入，她们一家人逃到这里时，发现了王敏入的父亲，于是，便把他带上，一起去投奔亲戚家了。他们留下陈淑卿，等王敏入回来时，一起去投奔亲戚家！

天下雨了，她拼命将王敏入拉进了山洞，又撕下自己的衣袖，为他包扎了伤口，还将自己随身带来的煎饼，用树叶上的雨水泡软了，一口一口地喂给他吃了下去，王敏入终于缓过气来了！

一阵风吹进石洞，二人冷得浑身打战，便紧紧拥抱着，相互温暖着各自的身子。

天晴后，陈淑卿又将他拖到洞外，让他晒晒太阳，自己漫山遍野地寻找野果野菜，以维持二人的生命。

陈淑卿还折了三根树枝，插在洞外的草地上，以树枝为香，二人跪在地上拜了天地，成了夫妻，并彼此发誓："在天愿作比翼鸟，在地愿为连理枝"，二人准备兵乱过去之后，再告诉各自的父母。

兵乱平息之后，王敏入和陈淑卿都如实地告诉了各自的父母，不承想，却引起了一场风波。

王敏入的老父亲非常气愤，认为儿子的行为是大逆不道，伤风败俗，是自己家教不严，坏了王家的名声，要和他断了父子关系！

陈淑卿的父亲，竟然将她毒打了一顿！说她未经父母允许，私自结合，丢人现眼，将她赶出了家！

王敏人找到被赶出家门的陈淑卿，二人商量，想远走高飞，前往江南投奔朋友，因他擅长绘画，可以靠卖画为生。就在二人私奔的路上，两家的父母终于同意了他们的婚事，又派人将他们劝了回去。

3

二人成婚以后，陈淑卿孝敬公婆，照料晚辈，全心全意。有一次，婆母病了，需请郎中来家中诊治，陈淑卿冒着倾盆大雨，走了二十多里路来到郎中的家里，郎中见她浑身都是泥水，很是感动，便爽快地答应了出诊。

回到家中，郎中把脉之后，便开出药方，陈淑卿连夜去了药铺抓回药来，又守着炉子煎好，让婆母服下时，天已经大亮了。

婆母见了，对儿媳十分疼爱。

她与丈夫，也是相敬如宾，从未红过脸，更未吵过架。

也许是积劳成疾，不久她便病倒了，就是靠在床头上，手里也不闲着，拿起针线，为老人和晚辈们缝衣做鞋。邻居们都说，王家娶了一位贤良的好媳妇。

有一天，她忽然昏过去了！醒来后，她小声嘱咐王敏人说：她走了以后，一定要娶一位夫人，代替自己，照顾好公婆，也照料好王敏人。

王敏人听了，摇着头说："你不能走，世上不能没有你！"

陈淑卿紧紧抓住他的手，一再叮嘱他：她走了之后，一定要娶一位娘子替她照料公婆和丈夫。她看丈夫抹着眼泪点了点头，终于闭上了双眼，脸上留下了一丝笑容……

说到这里时，王敏人已泣不成声了。

4

后来，他按陈淑卿的遗嘱，娶了现在的妻子，但他永远都忘不了陈淑卿，还常常梦到她站在自己面前，于是，他亲自画了几幅陈淑卿的肖像，都不满意，终于画出这一幅肖像画。每逢想她时，便展开看看，心中就有了一种莫大的安慰。不过，他还想为亡妻撰写一篇祭文，先后写了数篇，都感到不满意，于是才想请蒲松龄执笔再写一篇。

蒲松龄听了，深受感动，连忙答应了，于是，便连夜写了一篇九百六十多言的长篇骈词，最后两句是"赘蒲骈词，即充小传"。

写完后，天已四更了，王敏入双手捧着墨迹未干的祭文，向蒲松龄深深一拜，才告辞走了。

第十五章

月光下窗外站着一位妙龄少女，听了一个故事，写成了《崂山道士》。

1

康熙十一年（1672），蒲松龄再次去济南参加乡试，结果仍然落榜！

也就在这一年，他的好友孙蕙被朝廷任命为宝应县的县令。

有一天，刘氏磨了苞米粉，正在鏊子上摊煎饼。这时，蒲松龄的同邑朋友高珩，从外省回来省亲，有些空闲时间，便邀约蒲松龄前往崂山一游，他便一口应允了。

蒲松龄早就听人说过，崂山是海上的一座仙山，那里山奇峰怪，洞穴众多，有众多神仙在山上修炼。

崂山，在即墨县以东，属莱州府，方圆八十余里，有大崂山和小崂山之分，当地有民谣流传："泰山虽言高，不如东海崂。"

崂山古名劳山、牢山、辅唐山、鳌山，山的主峰直指苍穹，自古就有"神仙之宅""异灵之乡"的美誉。据书载，秦始皇统一六国之后，为了得到"长生灵药"，曾三度东巡，其中一次就在这崂山境内。他还派方士徐福率领大船载着三千童男童女从这里出发，去东海寻找长生不老之药，但他们一去未返！据说去了东瀛，在离崂山不远的海面上，还有大小两个徐福岛，据说就是徐福出发的地方。

汉武帝也曾派人出海寻找过长生不老之药；唐玄宗还派道士刘若拙在山上修炼，被封为华盖真人。

道教的丘处机、刘长生和张三丰等人，在崂山上修道时，大兴土木，留下了道教的九宫八观和七十二庵。山上还有清泉、瀑布、古洞、危岩等，极为灵秀，宛若仙境。

仙山引来求仙的名士，到崂山寻仙修道。信奉道教的李白，他离开长安之后，便来到崂山学道。还写了一首《寄王屋山人孟大融》：

> 我昔东海上，劳山餐紫霞。
>
> 亲见安期公，食枣大如瓜。
>
> 中年谒汉主，不惬还归家。
>
> 朱颜谢春晖，白发见生涯。
>
> 所期就金液，飞步登云车。
>
> 愿随夫子天坛上，闲与仙人扫落花。

这位风流千古的诗人，说他到了崂山之后，以清晨的紫霞为食，吃的枣儿竟有西瓜那么大！他亲眼看到活了八百多岁的神仙安期生，还甘心跟随神仙们飞到天庭，空闲时与神仙们打扫落下来的仙花。

浪漫诗人在崂山留下的浪漫诗篇，被后人刻在蟠桃峰的岩石上，让后人知道他修道成仙的心境。

2

有一天晚上，夜深人静时，蒲松龄住在崂山太平宫的客房里，正在读随身携带的《搜神记》，忽然听见细微的脚步声由远而近，停在了门外，接着听见了叩门之声。

蒲松龄透过窗棂一看，见月光下站着一位女子，她身着白衫，亭亭玉立，蒲松龄正想问她，她轻声说道："我回来了！"

说完，便款款而去，不久，便消失在月光中了！

她是谁？她说的"我回来了"指的是什么？蒲松龄百思不得其解，心想，是不是自己看花了眼？或者打了一个盹儿，进入了梦乡？

他连忙取出纸张和文具，将刚才的所见所闻记了下来。

第二天，值日的道士给他送来了一盆水，让他洗漱，他向道士说起了昨晚的所见所闻。

道士告诉他说，当年，院子里有株白牡丹，每逢花季，白牡丹绽开时，洁白似雪，花香四溢。宫中的道士和前来进香许愿的人，都十分呵护它。

谁知道即墨县的一位豪绅，也看中了这株白牡丹，便派人强行将它挖了出来，移植到自己的院中。不知是不服水土，还是移栽时伤了根，不久，白牡丹便枯萎了。

后来，道士们发现，那棵被移走的白牡丹的土坑中，还有残留的根，根上又长出了细芽！道士们用废弃的竹筐盖住了它，以防被老鼠伤害。不久，它竟然长高、结蕾、开花了！

蒲松龄听了，连忙端起水壶，向白牡丹的根部浇了水。

3

太清宫建于西汉时期，江西瑞州的张廉夫辞官来到了崂山修道。他筑起一座茅庵供奉道教的三宫大帝，随着道教在中原的发展，除三清宫外，又陆续建起了三清殿和三皇殿，还修起了关岳祠及客堂等多处建筑。

三清宫中有一棵数百年的山茶树（耐冬），相传是张三丰从一海岛上移植来的，花朵大于酒盅，常开不败，道人们为它取名"绛雪"。

蒲松龄根据"绛雪"的种种传说，写了一篇脍炙人口的短篇小说：一位叫黄生的学子，在宫中读书时，与院子中的白牡丹仙子相恋的动人故事。

他还在这里写下一篇讥讽小说《崂山道士》，揭露抨击了不学无术、投机取巧、弄虚作假、害人害己的卑劣行径。

4

在海边，有时还会看到一种变幻无穷的天气现象，即海市蜃楼。

有一天，蒲松龄沿着海岸去华阳寺，为的是追寻于七遗事遗迹。

于七反清复明的起义失败后，他逃出清军的围剿，只身潜到崂山，在华阳寺出家为道，后来去了何处，便成了一个谜团。

蒲松龄既敬仰于七，又想收集他的故事，但收获甚微。

当他登上海边的山岭时，突然看到，在海天之间竟然出现了一座金碧辉煌的宫殿！宫门大开，有车马仪仗鱼贯而出，令人叹为观止！过了半个多时辰，海面上的宫殿车马，渐渐变淡了，看不见了，最后只剩下了碧波粼粼的大海！

他还听人说过，在蓬莱、烟台的海岸上，经常能看到海面上出现战马嘶鸣、将士冲锋陷阵的场面，但听不到声音，看着看着，一阵风吹过，海面上什么都不见了。

有时，人们还会看到悬浮在海面上的山峰、树木、村庄和房舍，待仔细辨认时，瞬间就消失了。

有人说，能看到这种海市蜃楼的，都是运气好的人。

今天，蒲松龄也遇到了好运气。

就在向大海眺望时，忽然看到了几艘帆船正在天际扬帆航行！他大为惊奇，连忙揉了揉眼，再睁眼看时，那些帆船就驶远了，不见了……

回到客舍后，他便写下了一首《崂山观海市作歌》：

山外水光连天碧，烟涛万顷玻璃色。
直将长袖扪三台，马策欲挝天门开。
方爱澄波净秋练，乍睹孤城悬天半。
埤堄横亘最分明，缥瓦鱼鳞参差见。
万家树色隐精庐，丛枝黑点巢老乌。
高门洞，斜阳照，晴光历历非模糊。
属一道往来者，出或乘车入或马。
扉阖忽留一线天，千人骚动谯楼下。
转眼城郭化山邱，猎马百骑皆兜牟。
小坠腾骧逐两鹿，如闻鸣镝声飔飔。
飘然风动尘埃起，境界全空幻亦止。
人世眼底尽空花，见少怪多勿须尔。
君不见，当年七贵赫如云，炙手热焰何腾熏！

蒲松龄先后两次去过崂山，他是小说家，曾写过不少有关崂山的故事。

5

苏东坡登崂山时曾经说过，崂山"其中多隐君子，可闻而不可见，可见而不可知"，总是与崂山的神仙擦肩而过，十分无奈。

在一册《东游记》中，还记载了另一个故事：八仙之一的吕洞宾，在崂山遇见了一位白衣女子，女子是一株化为人形的白牡丹，二人还结成了让人羡慕不已的神仙伴侣。

在红尘滚滚的人世间，不知有多少人为了一钵饭而在寒风中奔波？多少人为了蝇头小利而斗得昏天黑地？而又有多少人为了自己的气节，甘愿肝脑涂地？还有多少人为了一己之私，情愿将自己的良心和人性按斤论两地卖给别人！

在离开太平宫的前夜，他和宫中的住持挑灯长谈。他说自己还有一个心愿：再来时，一定要去琅琊台看看。

秦始皇统一华夏之后，曾三次东巡，他登上海岸的琅琊台，被那里的山色海光所陶醉，"大乐之，留三月"，并"诏令迁百姓三万户，免十二年赋役"，命丞相李斯于琅琊台上刻石立碑，碑文由李斯撰写，共有文字五百零五个，记载始皇帝的丰功伟绩。

谁知他离开琅琊台后，在回咸阳的途中，因暴疾驾崩，没能再次东巡！

　　这位崂山道长是青州人，他已早闻蒲松龄之名，他说若蒲松龄去游琅琊台时，他愿相陪同去，二人谈至将近天晓，才各自睡下。

第十六章

领略了巍峨雄伟的泰山，听了"石敢当"的故事，留下了一篇《秦松赋》。

1

因为秋收将近，家中的庄稼要收割，明年的小麦也要选种备耕，家务杂事也须自己回去料理，所以，蒲松龄只好恋恋不舍地离开崂山，回到了蒲家庄。

当他刚刚走进自家的场屋时，见场院里晒着豆秸，墙上挂着苞米穗子，一位头发花白的妇人正在场院翻晒着刚刚收割的芝麻。走近一看，原来是田嫂。

他连忙问道："田婶子好呀，您怎么来了？"

田嫂擦了擦额头上的汗水，转头望着他，笑着说道："是松龄回来了！"

刘氏也听到了，连忙走来，笑着说道："我还以为你被崂山的神仙迷住了呢！还没吃饭吧？"说着接过蒲松龄手里的书袋，领着他进了场屋。

蒲松龄见家里空无一人，便问道："孩子们呢？"

刘氏说道："他们去山坡上捉蝈蝈了！"她走到后门口，朝外边喊道，"箬儿，爹爹回来了！"

不一会儿，箬儿他们便顺着田埂跑了回来，笑着，喊着，一齐扑进了蒲松龄的怀里。

吃饭时，蒲松龄问田嫂："田秋哥还好吧？"

田嫂说："他身子骨可壮着呢！去泰山拉'泰山石敢当'了，明日就能回来。"

山东一些人家的墙上，常常看到在房墙上嵌着一方"泰山石敢当"的石块，据说，有了这块石头，就能为家中镇邪避恶，保佑这家人平平安安。

在蒲松龄还未进塾馆念书时，就听到父亲说过"泰山石敢当"的故事，至今未忘。

听说蒲松龄回来了，田秋卸下车上的泰山石之后，也来到场屋看望他。

田秋成家以后，已生一子一女，虽然他是种庄稼的一把好手，力气又大，能吃苦耐劳，但毕竟家中人口多，家底薄，日子过得十分艰难。只好在农忙之余，帮人家干些零活，赚几个血汗钱，才不至于米缸见底。

淄川城里有一家杂货铺，专卖石人、石马和各种石料，想进一批"泰山石敢当"，卖给新盖了房子的人家，便雇他赶着马车去泰山的石匠那里进货。他已多次去过泰山，爬过好汉坡，上过"南天门"，还登过玉皇顶，在山顶上看过泰山日出。他说得眉飞色舞，蒲松龄羡慕不已，便笑着说道："我长这么大，还没去过泰山呢！"

田秋笑着说道："好啊！我正想路上有个人做伴呢，你若在去泰山的路途上，讲讲那些神鬼狐狸的故事，也就不觉得劳累了。"

二人一拍即合。

第二天，蒲松龄便随着他的马车上路了。

到了泰山脚下，二人住进了一户石匠家中，第二天就去了岱庙。

岱庙是历代帝王举行大典的地方。庙里有御座、宫殿及馆、楼、观、殿和房舍八百间，雄伟壮丽，气势不凡！院子里的古柏参天，铜亭铁塔，碑碣林立，还有当年李斯的小篆碑刻，众多的历史遗迹，令人赞叹不已。

当二人走出岱庙后，已是晌午了，二人拿出煎饼和大葱，喝着旁边的溪水，吃饱喝足之后，又上路了。

2

迈进"岱宗坊"，游历方始。从山麓步步登高，穿过几层红楼古阁，感觉渐入佳境，脚下流水潺潺，头上古树参天。来到"歇马亭"，山路变陡了，接着来到了"壶天阁"，顾名思义，山峦树木将此处围绕成水壶一般，阁内可坐凳饮茶，翘首望去，恰似壶底观天。此处遥看岱顶，正好是路程的一半。

中天门，顾名思义，上下居中，为东西两路会合之处。远眺山下，泰安城已落脚后，房如积木，河似锦带，山河景色，美不胜收。转首仰望南天门，似垂挂的一架九重天梯，让人望而生畏。"快活三里"是段平路，路两旁全是历代文人墨客留下的碑文，一边深沟悬壑，一边花树山峦，大路坦荡，鸟蝶回旋，快活非凡！在"步云桥"上观看前人的留笔："曲径通幽""山辉川媚""雄冠五岳""山清水洁""都归一览""河山元脉"……

步过云桥，路基变高，南天门的基底由此开始，天梯向上名曰十八盘。天门悬垂挂云端，三千级石阶向上，欲望南天门，昂首必落冠！

能一口气不歇地爬上去的，就是好汉一个！每登一级都要气喘吁吁，相互搀扶，绝大多数人是走走停停，手脚并用，边走边爬，真正是"举足腾云"。待到了"神仙坊"时，几乎筋疲力尽，不得不坐下歇息。南天门虽近在咫尺，然而身不由己，两腿重千斤，瘫软不想起身。云雾在头上也在脚下，真正是"天地交泰""绝顶云峰""如登天际"，游人双手紧拉铁索栏杆，一步步向上爬行，"爬山爬山"，名副其实！

蒲松龄只爬了一会儿，已是满头大汗，连忙扶着栏杆歇息一会儿，他看到成群结队的香客从他身边走过，有的香客还一边爬，一边跪下叩头，田秋告诉他：这是来泰山为父母许愿的人，他们都很虔诚，边爬边叩头，不到南天门，双腿就站不稳了！

田秋想背着蒲松龄爬坡，蒲松龄连连摇头："使不得！使不得！我一个大活人，你背不动的！"

田秋笑着说道："我能背'泰山石敢当'，还背不动你？"说完，蹲下身子，就要背上他爬石梯！

蒲松龄笑着说道："田秋哥也是个'泰山石敢当'！"

田秋笑了："我要是'泰山石敢当'，就绝不饶了那些欺压老百姓的恶霸歹徒！"

终于到了南天门，蒲松龄已是汗流浃背，腿都抬不起来了！

岱顶名曰天街，虽非寒冬，人人均着棉衣，晚间走在天街上，天际的星斗，似举手可及！

次日寅时，二人来到了绝顶，等待东方日出。遗憾的是，云涛过厚，未能看到泰山日出的奇观，为此行最大的憾事！在探海石看不到东海，在舍身崖望不到崖底，仙人桥、秦王碑皆沐浴在云霭之中。望天，天衣无缝；看地，地湿苔滑。

古人云：上山容易下山难。果然！两腿战战兢兢，酸软无力。遂改北路，由"黑龙潭"下山。

3

蒲松龄早就听说过泰山老奶奶的故事，还听说了泰山有座碧霞祠，祠中供奉着碧霞之君，也就是民间常说的泰山老母。在这里，他还听到了姜太公分封泰山的故事：

相传，姜太公受周王之谕，对建立周朝有功之臣赐给封地，天下的名山大川都分封完了，只剩下了泰山，泰山高耸入云，气象万千，他便想给自己留下。不想大将军黄飞虎和他的胞妹黄妃也看好泰山，兄妹互不相让，都想要这座泰山，姜太公只好退出，但泰山要分给谁呢？于是他就想了一个法子，他的办法是：让他们兄妹二人从山下的岱庙出发，谁先到了山顶，泰山就归谁！

黄飞虎人高马大，他借着自己的神功，早早地就到了山顶，姜太公正想把泰山封给他。不想黄妃说话了，她说她早就到了山顶，看到山顶无人，她留下了凭据，便游山玩水去了！

空口无凭，黄飞虎和姜太公都要求黄妃拿出凭据来，黄妃不慌不忙地在一块山石底下，取出她的一只绣花鞋，这就是凭据！

黄飞虎只好认输！于是，姜太公便把泰山封给了黄妃！黄妃在山上筑起了碧霞祠，在那里修炼，并庇护着天下百姓安居乐业，被世人称为碧霞之君。

碧霞之君的全名是"东岳泰山玉女碧霞元君"，也有泰山老母和泰山老奶奶的称谓。

4

在山顶上观日出时，蒲松龄看到有不少棵合抱粗的大松树，也许他的名字中有个"松"字，所以特别喜爱松树，他连忙走到大松树下，抬头仰望着树冠，连声说道："山顶有这样的大松树，天下少有！"

田秋笑着说道："这些松树算不了什么，最出名的是泰山的五大夫松，它们的身份都大于知县太守，而且都是大夫！因为那是秦始皇封赐的！后人都称作五大夫松！"

二人下山时，又走到了"步云桥"，田秋指着前边的几棵松树喊道："看，那就是五大夫松！"

田秋告诉他，这五棵松树早已超过了千年，仍然郁郁苍苍。据说，秦始皇当年称皇帝后，率领着朝中的文武百官和数万将士前来泰山封禅，走到这里，突然雷声大作，阴云密布，接着就大雨瓢泼，几名贴身护卫连忙将他带到松树下避雨。不一会儿，大雨骤停，乌云退去，太阳当空，秦始皇的衣冠无一丝水印，而那些文武百官却都成了落汤鸡！

因这五棵松树护驾有功，便被秦始皇诏为"五大夫松"。

蒲松龄久久地望着高耸入云的五棵千年古松，心中浮想联翩，想了一会儿，走到五棵松树下，在草丛中仔细寻找着什么。

田秋问道："你在找什么？"

蒲松龄在树下找到了一个松球，他笑着说道："松球里有松子，我想拿回家去，种在场屋的院子里。也让它长成这个样子！"

田秋笑了，说道："你就是把松子埋在地里，发了芽，成了树，也长不成'大夫松'了。"

"为什么？"蒲松龄问。

田秋："因为你不是秦始皇！"

蒲松龄听了，也不由得笑了起来。

回到石匠家中后，他坐在窗下读李梦阳的《泰山》：

> 伏首元齐鲁，东瞻海似怀。
>
> 斗然一峰上，不信万山开。
>
> 日抱扶桑跃，天横碣石来。
>
> 君看秦始后，仍有汉皇台。

读完后，心有所动，便挥毫写下一篇《秦松赋》：

泰山之半，有古松焉：遥而望之，苍苍然，郁郁然，搓枒黄岘之岭，轮囷曲盘之路，俨五老之古装，悦四皓之伟步，骀背鹤发，龙翔凤翥，俛首类揖，鞠躬似语……予忽惊寤，拱立辣息，拜揖乃去。

在《秦松赋》里，蒲松龄向"五大夫松"问道：你就是五大夫吗？秦始皇封你为大夫，你觉得荣耀吗？他似乎听到五大夫松告诉他：世间的人唤我为牛，我就是牛，唤我为马，我就是马！

秦始皇虽然册封我大夫的身份，其实，我还是棵松树！

五大夫松又说：东海的鲁连和田横岛上五百齐兵，都是高人烈士，他们绝不肯屈服于秦！

秦始皇是谁？想让我称臣？他还没有这个资格！

5

蒲松龄和田秋回到石匠家，又问起"泰山石敢当"的来历，石匠倒上水，点上烟，慢悠悠地讲了起来：

早年间，泰山有个石家村，村里有个叫石敢当的青年，因为家中贫穷，自小便以砍柴为生，磨炼了一副好身板，挑二百斤山柴，走十里山路不用换肩！他不但力大无穷，而且为人仗义，敢作敢当！

有一天，他在集上卖柴火，看到几个流氓无赖，在大庭广众之下调戏一个村姑，他抽出扁担，打得他们鬼哭狼嚎，落荒而逃！

有一年冬天，山中出了个妖精，常常出来迷人、害人。一位老员外的女儿被妖精缠身，整日疯疯癫癫，胡言乱语。老员外张榜捉妖：谁能救他的女儿，自己的家产平分，女儿许配于他！

石敢当答应上门捉妖，他穿着小姐的衣服，代替小姐坐在闺房里，手拿一把黄铜手炉，等待着妖精到来。随着一阵阴风，妖精破门而入，石敢当用手炉扣住了妖精，逼迫它灰溜溜地逃走了！

从此妖精不敢再来害人，还放风说："天不怕，地不怕，就怕石敢当的火龙爪！"

石敢当成了远近闻名的降妖英雄，请他捉妖的人络绎不绝。为了避免更多人被妖精伤害，他便请石匠用泰山的青石，刻上"泰山石敢当"五个大字，砌嵌在房屋的山墙上，让妖精见了害怕，此法一传百，百传万，果然灵验！

蒲松龄的泰山之行，虽然时间不长，也未能找到历代帝王在山上封禅的地方，却收获不少，除了诗词歌赋之外，他还写了《一官记》《长亭》《胡四姐》《云翠山》等二十六篇短小精悍的小说。

在回来的路上，蒲松龄又回头遥望泰山，高声吟哦了杜甫的《望岳》：

岱宗夫如何？齐鲁青未了。

造化钟神秀，阴阳割昏晓。

荡胸生曾云，决眦入归鸟。

会当凌绝顶，一览众山小。

第十七章

庆功宴后，狱吏的左手不见了；城外的山丘旁边，传出了"呜呜"的箫声。

1

有一天，济南传来一个消息：

大牢里那个关押的于七的女探子，要斩首示众！

在赴刑场的囚车上，她毫无惧色，还不住地数落清兵的暴行，大声呼喊："驱逐外寇，还我中华！"

人们在路两边设立香案，焚香、烧纸、敬酒，为她送行。大街上哭声此起彼落，都称赞她为巾帼豪杰。

行刑后，清兵将她的首级挂在高高的城头上示众。谁知到了第二天，她的首级不翼而飞了，兵卒们满城搜查，却不见踪影！

那操刀的刽子手，吓得浑身哆嗦，语无伦次，乱窜乱跑，最后竟然撞在墙上，死了！

2

康熙七年（1668），蒲槃犯了痛风病，因行动不便，只好在家中养病。

就在这一年，济南发生了一场大地震，他心中惦记着肖伯的安全，就在他到处打听济南的地震时，忽然听见敲门之声，蒲松龄开门一看，原来是肖伯来了。

肖伯将带来的专治痛风的膏药和云南白药、三七等药物放下之后，又从褡裢中取出一包银子，笑着说道："处士留在货栈中的货物，苍天保佑，都销售出去了，已经清仓，这是——"他指指褡裢说道，"货款也送来了，请处士清点。"

蒲槃一面吩咐蒲松龄备菜，一面吩咐刘氏准备酒菜，他要为老朋友接风！

蒲槃不肯收他送来的货款，说道："这些货物存放在那里，既没付房租，也没付保管费，更没付你的工钱，我心中过意不去……"

还没等他说完，肖伯便摇起头来，说道："处士家中人口众多，田亩又遭旱涝之灾，收成不好。再说，处士染病，需请郎中诊治、抓药，也都需要钱，你就收下吧！"接着，他把济南发生地震一事，告诉了他——

发生地震的前一天，城中雷声滚滚，闪电耀眼，天上有成群的飞鸟，大明湖里的鱼纷纷跃出水面，满湖都是灵光闪闪。忽然脚下的地晃动起来，接着听到"咔嚓咔嚓"的声音，有的房宅坍塌了，尘土漫天飞！人们纷纷逃到了大街上，喊声、哭声响成了一片！

蒲槃问道："你的房屋——"

肖伯说道："我的房子，只倒了院子的南墙，屋顶的瓦片掉下来，摔碎了一些，家人也都平安无事，处士放心好了。"

蒲槃听了，终于放下了心。

3

吃饭时，蒲槃将一罐存放多年的老酒取了出来，让蒲松龄作陪，三人谈起了分别后的新鲜事时，肖伯说起了泰山上发生的一件事：

今年的阳春三月，城里不少人前往泰山踏青，也有人上山进香、许愿，十分热闹。

有一对有钱的夫妇嫌爬山劳累，便雇了两乘滑竿，夫人坐前边的滑竿，丈夫坐后边的滑竿。当滑竿抬到好汉坡时，因山势太陡，坐在滑竿上的夫人，只能呈脚高头低的态势，刚走了几步，她便呕吐起来，并要求前边的竿夫弯下腰向上爬，后边的竿夫要双手举着滑竿向前走。一路上不是嫌走得快了，就是嫌走得慢了。还大声谩骂："老娘坐你们的破滑竿简直就是活受罪！"

她的丈夫听了，干脆跳下滑竿，用手杖敲打竿夫的腿，还威胁说要是他的夫人有什么闪失，就要将竿夫送官府问罪！

两个竿夫也不惯着他，二人相互使了个眼色，说了一句："老子们不伺候这头母猪了！"说完，二人将她掀在石阶上，扛着滑竿便下山而去了！

也许那夫人过于肥胖，她躺在石阶上不断哀号着，惹得爬山的人群都大笑起来！泰山是爬不上去了！她丈夫只好雇了一辆马车，将她拉回了济南！

蒲槃问道："他们是——"

肖伯笑着说道："是我们的老朋友呀，杏花大酒楼的——"

蒲槃听了，不由得大笑起来。他连忙举起酒杯，说道："为我们的朋友，干了这一杯！"

4

吃过饭后，太阳已经偏西，若回济南，就要摸黑走夜路了，蒲槃让肖伯在家中住上一宿，明天再回济南。

因为二人是知根知底的老朋友了，彼此都有说不完的话，肖伯便爽快地答应了。

晚上，蒲松龄提来茶壶，三人坐在灯下拉起了家常。肖伯忽然想起了济南发生的一桩奇案：

有人在杏花大酒楼订了一桌酒席，要为尤怀臣庆功，因为他擒了于七的女探子，连升了三级，升为一名狱吏。

在宴席上，他还伸出了左手，指着缺了半截的食指说："在下少了半截指头，却生擒了于七的女探子！来，干杯！"

众人吆喝着："为你庆功，干杯！"

"干杯！"

"干杯！"

……

他们的宴席一直闹腾到半夜，才东倒西歪地离开了杏花大酒楼。

也许尤怀臣喝得太多了，他刚想站起来，便一头扎在桌子下面，呼呼大睡起来。

第二天，店小二去收拾碗盏时，才发现了桌子底下的尤怀臣！但是，他早已全身冰冷了！

不过，令人不解的是，他少了一只左手！

报官后，捕快们将杏花大酒楼里里外外搜了一遍，也没找到丢失的左手！又把酒楼的厨师、店员问了个遍，还传唤了大掌柜朱三贵，朱三贵也是一头雾水。

后来，有人在城外的一个小土丘旁边，看到了一只人的左手，还听到了一阵"呜呜"的吹箫声。

报官后，衙门的捕快飞速赶过去，那只左手已不见了。

也许被流浪的野狗叼走了。

他们刨开土丘一看，里边没有棺木，只有一个用白绸包着的物件，打开一看，原来是一个人头的骷髅！至今未破案。

此事成了济南的一件怪事，很快便成了济南人茶余饭后的谈资。

蒲松龄默默地听着肖伯讲的怪事，还不时地点着头。当天夜里，他便将肖伯讲的故事记了下来。

第二天，蒲槃还想留肖伯多住几天，但肖伯有事，急着要回济南，父子二人把他送到官道旁边，才依依不舍地挥手告别了。

5

刚刚过了新年，蒲槃的病情不但不见好转，反而越来越严重了。他开始不思饮食，还长夜不眠，原本高大的身躯，瘦得成了干枯的高梁秆!

蒲松龄是个孝子，他日夜守候在父亲的床前，照料着父亲的起居。

刘氏看到他寸步不离父亲的床前，晚上又要读书到大半夜，她有些心疼，想替换他照料父亲，却被他拒绝了。

蒲槃心里明白，自己的大限快到了，便把蒲松龄叫到床头，断断续续地说出了他的心愿：让蒲松龄一定要参加科考，一次不中，就再考下一次！

蒲松龄听了，连连点头。

说到最后，他又加了一句："万万不可放弃功名，切记切记！"

蒲松龄听了，连忙说道："父亲的话，松龄记住了。"

过了一会儿，父亲又说道："我走了以后，你也不必在家守孝，别忘了今年的乡试……"

说完，他长长地舒了口气，脸上露出笑容，便安详地睡过去了……

蒲松龄见了，便双膝跪地，号啕大哭起来。

6

第二年，也就是康熙八年（1669），已经过了"而立"之年的蒲松龄，料理完了父亲的后事后，便去了济南，参加当年的乡试，结果又是名落孙山！

就在这一年，他的第二个儿子出生了，他为自己的儿子取名蒲篪。

也是这一年，李希梅来看望他时，告诉他说，淄川籍的孙蕙，已被朝廷任命为江南宝应县的县令。

这一年，蒲松龄的命运，有了新的变化。

有一天，他身穿孝服，正在家中读书，忽然听见有叩门之声。他开门一看，原来是他在淄川参加童子试时，认识的朋友高珩。

蒲松龄连忙将他迎进家中。

高珩放下手中的礼物后，便开门见山地说明了来意——

孙蕙上任之后，因人生地不熟，不了解江南的风俗人情，又没有志同道合的朋友，加之公务繁忙有些力不从心，颇有"独在异乡为异客"的孤独感，便委托高珩举荐一位信得过的同乡，去当他的幕宾。他便举荐了蒲松龄！

原来，孙蕙早已听说过，蒲松龄是县、府、道童子试连中三元的才子，又听说他的学识人品俱佳，便同意了高珩的举荐。

高珩将孙蕙的来信递给了蒲松龄，蒲松龄看过之后，当即答应下来。

二人商定了起程的日期之后，高珩便告辞了。

7

幕宾是一种职业，文人入幕后既可展现自己的才华，又可建功立业。以唐代为例，令狐楚就是幕宾出身，最后竟成了一人之下万人之上的宰相！

盛唐时期的李白、杜甫、孟浩然、韩愈、杜牧、高适、岑参、孟郊、李商隐等人，都曾当过幕僚。

幕宾生涯，既丰富了他们的人生阅历，也为后世留下传世的作品！

蒲松龄也想通过幕宾踏上仕途，以光宗耀祖，他感到这是一次机缘，于是，便欣然同意了。

虽然都是幕宾出身，命运也各自不同。李白和高适曾经结伴同游晋院，诗词唱和，是亲密的朋友，在"安史之乱"中，高适追随唐肃宗，在平定叛乱中立功而官职显赫；李白却成了永王李璘的幕宾，结果被当成罪人发配夜郎，还差点丢了性命！

蒲松龄也想出去闯荡一番，通过幕宾的身份，去广交朋友，增长见识，也许会像高适那样，步步登高，建功立业；也许会像李白那样，从诗仙成了囚犯。这就看各自的造化了。

想到这里时，他不由得笑了。

第十八章

朱三贵被两个淹死鬼拽进了水底；烧塌了的杏花大酒楼，发现一段烧焦了的木头上，有半支烧熔了的金钗！

1

江南的戏班子在淄川演完之后，第二天便回了济南。

戏班子是应蒲松龄之邀，前来演戏的，并非义演，邀请方应付给戏班子报酬。但戏班子演完了之后，便匆匆离开了淄川。蒲松龄感到不妥，于是，便和李希梅以及城中的商号商量之后，凑了六十两银子，委托蒲松龄送去。

蒲松龄欣然同意，第二天便上路了。他到济南，找到戏班子住宿的客栈，谁知店主告诉他说，戏班子已经走了！

"去了哪里？"

店主摇了摇头。

戏班子为了生计，总是走码头演戏，行踪不定，也不知去了哪里，或许回了江南？

蒲松龄听了，怅然若失。见天色已晚，便去了肖伯家。

当他走到杏花大酒楼时，见一群人围在酒楼的门前，有的大声呼喊："酒楼欠我们的货款，赶快还给我们！"

"欠钱不还，也不能当缩头乌龟！朱三贵，滚出来！"

一些卖肉的、卖粮的、卖油盐酱醋的小商贩，干脆冲进酒楼，搬出桌椅抵债；还有人冲进厨房，搬出了一大堆锅碗瓢盆，院子里一片狼藉！

肖伯告诉他说：自江芙蓉在泰山摔断了腰之后，便一直躺在床上，动弹不得。她干爹因为包揽官司犯了事，已被济南府辞退，后台已经倒了！

大掌柜朱三贵以躲债为名，长期夜不归宿，在外边与一群狐朋狗友花天酒地，还包养了青楼的"泉城一枝花"为外室。

江芙蓉对朱三贵也起了疑心，她给了汪二狗十两银子，让他在外边盯着朱三贵，有什么异常，回来报告她。

汪二狗是条听话的好狗，谁给他扔块骨头，他就朝谁摇尾巴！江芙蓉给他十两银子，他却将江芙蓉交给他的差事，又"竹筒里倒豆子"，一字不落地告诉了朱三贵；朱三贵给了他二十两银子，他回来后告诉江芙蓉："朱大掌柜在外边躲债，一天换一个地方，若被债主们找到，必会剥了他的皮！"

吃了里头吃外头，他两头通吃！

2

有一天，他正与一枝花对饮，听她唱曲，忽听得有人叩门："请问，这是三贵贤弟的家吗？"

朱三贵一听,声调陌生,还有点儿江南腔,便未回答,他示意一枝花问道:"你是谁呀?"

"我是他的二哥,朱二贵呀!"

朱三贵一惊,他怎么知道自己住在这里?正在犹豫时,门外接着说道:"我从金陵来,为三弟带来一点薄礼。"

朱三贵听了,放下心来,心想,他能找到自己,定有高人指点!开门一看,正是当年在秦淮河拜下的干兄弟!只是他的身子有些发福了,便连忙请他进屋。一枝花端来茶水,向他甜甜一笑:"请二哥喝茶!"

朱二贵低声问道:"三贵,我有事相告,她是弟妹吧?"

朱三贵点了点头:"放心吧,自家人!"

朱二贵告诉他说,自己是漕运总督府押运道判江尚为的大管家,奉命前来采办礼品,进京打点。

他向朱三贵使了一个眼色,二人便来到院子里,左右前后看了一遍,才将自己前来的差事低声告诉了他:

身为押运道判,江尚为利用职权私下贩盐,为了路上安全,还派兵护送。他在扬州、无锡、苏州等地开了六家当铺,家产无数。狡兔三窟,为了安全,他特将家中浮财已转移多处,他来济南,就是替主子挑选安全地点的。

第二天,朱三贵便让汪二狗在后院挖冬季储存白菜和萝卜的菜窖,连续挖了三天,终于将菜窖挖成了。

在一个伸手不见五指的夜里,两个黑影在地窖中整整忙碌了大半夜……

也许是分赃不均,江尚为的同僚向京城写了一封密信,此事惊动了清廷。刑部御史奉命查办此案，先去了金陵，后又到了济南，找到了江芙蓉的干爹济南府的师爷，师爷赶紧便派汪二狗告知了朱三贵。

朱三贵慌了手脚。他知道朱二贵已经涉案被拘，才咬出了他。一旦自己被拘，就要掉脑袋！于是，他趁着城门还没关闭，便溜出了南门，像条丧家之犬，没命地沿着一条官道朝南逃窜。

他忙于逃命，身上的衣服被汗水浸湿，加之口渴难忍，总想找点水喝，一路上既看不到河溪，也没见到水井。心想，今晚不是累死，就是渴死！就在此时，忽然看到路边上有一个水塘，他大喜过望，连忙奔了过去，双手捧着塘水喝了个够！

他正想离开水塘时，却又感觉双脚陷进了塘中的淤泥，他越挣扎，双脚陷得越深，就在这时，他觉得自己的双腿好像被两个人拽着，向塘底沉去！睁眼一看，原来是一大一小两具骷髅，死死地抓着他不放！

他大喊一声："救命呀！"便沉到了塘底，塘水又恢复了平静。

三天后，路边的行人看到水塘里漂着一具浮尸，已经膨胀得面目全非，还有一股恶臭味！

就在朱三贵逃出济南那天晚上，刑部御史命人抓了汪二狗，汪二狗领着官差，从济南一枝花后院的菜窖里，起获了藏在里面的银锭和金饼！

当地的地保报告：已验明了水塘浮尸的身份：他就是济南杏花大酒楼的大掌柜朱三贵！

汪二狗被押到池塘现场，也认定他就是朱三贵。

当年，余氏带着儿子路过水塘时，就是他装扮成劫路的强盗，和三个同伙在那里等候余氏母子二人的！

朱三贵在水塘里淹死后，民间传说，凡是淹死的鬼魂，都需要找一个垫背的淹死鬼。

还有人说：这就是善有善报，恶有恶报，不是不报，时候不到，时候到了，善恶必报！

江尚为被关进死牢，等待秋后问斩。其眷属和涉案的汪二狗等一干人，被充军到千里之外的荒蛮之地。此生不得赦免！

3

朱三贵的死讯，已在济南城传得沸沸扬扬，却没有人告诉江芙蓉。

她还天天盼着汪二狗带来朱三贵的消息呢。她见两个丫头在外面低声嘀咕着什么，便吼了两声，但二人好像没听见，她见状真想揪着她们的头发，给她俩几巴掌，可是她下不了床，鞭长莫及，只好干生气！

有天晚上，她似睡非睡时，忽然有人指着她厉声说道："泉城酒楼是我的，我要收回来！"

她仔细一看，原来是当年的那个老尚书！

她吓得大叫了一声，一下子惊醒了，原来自己做了一个梦！说来也怪，连续三个晚上，她做同样的梦！她再也不敢睡觉了，便让两个丫头陪在她的床头。

有一夜，窗外乌云翻滚，闪电照亮了半边天！接着就是一个震耳的响雷，感到整座杏花大酒楼都摇晃起来！

这时，窗外的电光一闪，她连忙捂住耳朵时，只听"轰"的一声，

顿时化为一团熊熊火焰！烈焰蔓延开来，整座杏花大酒楼便被大火烧
塌了！

当人们扑灭了大酒楼的余火，从废墟里找到两个丫头时，见她们
全身都是黑灰！洗了脸以后才发现，二人完好无损，并未受伤！

江芙蓉呢？人们找了半天，也没见到她的影子，只在一堆焚烧过
的楼梁下面，找到了一段烧焦了的木桩子，木桩上还有烧熔了的半截
金钗！

第十九章

赴江南的途中，投宿一家野店，听了一个野故事。

1

高珩是个办事认真的人，他回去后，还派人送来了一匹枣红马，作为蒲松龄赴江南的代步之用。

出发这一天，刘氏早就为他准备好了行李，还特意为他煮了碗水饺，这也是当地的一种风俗，亲人要出远门，吃了饺子，寓意平安吉祥。

吃完水饺后，蒲松龄便出发了，当他到了村头，又回头看了一眼，见刘氏抱着小的，牵着大的，还站在门口朝自己挥手呢！

从淄川去宝应，有两条路可选：一是官道，但官道要绕路而行，虽然路上好走，但需一个月时间；一是条近道，只需半个月就可抵达。但近道是条古道，须经泰山的余脉，山高谷险，曲曲折折，稍有不慎，摔到山谷，就会粉身碎骨！

2

正是初秋时节，天高气爽，他朝坐骑轻轻抽了一鞭，马蹄的"嗒嗒"声，便像鼓点一般响了起来。

到了第三天，终于抵达了"一人守关，万人莫开"的青石关。他下了马，手中牵着缰绳，马在后边，在曲曲折折的石径上缓缓走着，抬头仰望，苍鹰在半空中飞翔。低头看，旁边就是望不见底的峡谷，让人目眩。再朝四周望去，四面都是刀砍斧劈的山峰，人走进去，如同走进了一个巨大的石盆当中。他走了大半天，也不见一个行人。

忽然，云雾被山风吹过后，看到远处有一缕青烟，袅袅升起，这是炊烟，有炊烟就会有人家。又走了一个多时辰，终于看到了一家建在石路边上的客店。

店主是位中年汉子，连忙向他问道："客人要住店吗？"

蒲松龄点了点头。

店主牵过马去，系在马棚里，又在食槽中添上草料和饮水，便领着他进了店中。

他洗漱了之后，店主给他送来一壶热茶，便去准备晚饭了。

他刚放下行李，正准备喝茶时，忽听见隔壁的客人正在说话，还不时发出阵阵的笑声。仔细听时，原来有人正在讲故事，这引起了他极大的兴趣，便认真地听了起来：

有个穷书生的老娘病了，因家中无钱抓药，老娘便摘下手上的玉镯，让儿子去城里的当铺当出银子，再去药铺抓药。

当他当了手镯，取了钱去抓药，路过一个集市时，见有人在卖一只小狐狸，小狐狸浑身发抖，还眼巴巴地望着书生，好像在向他求救。

书生便用抓药的钱，买下了这只狐狸，走到自家的门口时，怕狐狸吓到了老娘，便把小狐狸放生了！

回家后，穷书生便将用抓药的钱买了一只小狐狸，又放生了的事，告诉了老娘。

谁知老娘不但没怪罪他，还说："狐狸也是有生命的，你做了善事，自会有善报的。"

书生每天上午去塾馆，下午就要请假回家，为他娘做饭吃。有一天，他刚刚走到家门口，就闻到了饭菜的香味！走近一看，见一年轻的女子正在灶旁炒菜，他刚要问，那女子转眼就不见了！

连续三天，都是这样。

到了第四天，他向先生请了假，提前回家了，他躲在门后，待那女子刚刚进来，他便关上了门，问道："请问，你是何人？为什么要为我们母子做饭？"

那女子红着脸说道："我是修炼多年的狐狸，不幸落入猎人的陷阱被捕，幸有恩人救了我，我是前来报答你的救命之恩的。"

后来，穷书生便和这只狐狸结成了夫妻，她照料年老多病的婆婆，侍候善良的丈夫……

3

众人听了，有人感叹："狐狸也有人性。"

还有人说："连畜生都有良心，可有些人的良心被狗吃了，尽干些伤天害理的事！"

有人调侃说："我要是能遇上这样的狐狸，该有多幸运！"

还有人大声喊着："请刘生再讲一个故事。"

讲故事的人说："快吃饭了，吃完饭再讲。"

于是，一群人便离开了客店。

店主已将饭菜端到了堂屋的饭桌上，住店的客人围桌而坐，一边吃饭，一边闲聊着。

蒲松龄笑着问道："刚才是哪位先生在讲一个狐狸的故事？"

一个中年汉子笑了笑，说道："是在下刘子敬胡乱讲的，打扰了先生的休息，罪过，罪过！"

蒲松龄笑着说道："刘先生讲得好，讲得好！在下淄川人氏，要去宝应，在这里有幸遇到刘先生讲故事，实有耳福！在下最爱听奇人异事的故事，在下也讲一个！"

众人听了，一齐鼓起掌来。

在山东博山一带，田野里能看到一些数十丈高的大古丘，丘上长满了酸枣丛，被酸枣枝上的尖刺扎了，又痛又痒！古丘上有些又深又黑的洞，那是盗墓贼盗墓时留下的！古丘上面住着一窝狐狸。村里的人也不伤害它们。

有一年的除夕，一户人家包了一些饺子，放在院子里冻着，准备三更时全家吃团圆饭。

谁知天黑之后，发现院子里的饺子少了不少，是谁偷走了？

这时，忽听古丘上一只老狐狸正在惩罚一群小狐狸！小狐狸被打过之后，便来到这户人家，扯了扯这家人的衣袖，便去了古丘。这户人家随它到了一看，原来酸枣刺上，扎满了水饺，摘下来数了数，和少了的水饺一样多！

4

刘子敬听了，连忙问道："听说淄川有个才子叫蒲松龄，也爱——"

蒲松龄连忙说道："在下就是蒲松龄！"

刘子敬听了，大笑不止。笑完后说道："在下一年到头天南地北地忙于生意，银子赚得不多，却赚了一肚子的故事！若我路过宝应时，都说给蒲先生听！"刚说到这里，忽然想到了什么，转身回了客房，手里拿着一册厚厚的书籍回来了。

蒲松龄接过来一看，这是一册手抄的书籍，封面上写着"桑生"两个楷字。

刘子敬告诉他说："这是我的朋友王子章写的。"

他翻了几页，便喜上眉梢，说道："能借我拜读吗？"

刘子敬连忙答应了。

蒲松龄如获至宝，便拿着书回到了自己的客房，他连忙在灯下看了一遍，全书有一万多字，他取出纸笔，整整抄了一夜！天亮时，终于抄完了全书。

第二天一早，他将《桑生》还给刘子敬后，便又上路了！

到了江南后，蒲松龄对手抄本的《桑生》进行整理、加工后，写成一篇短篇小说《红玉》，成了《聊斋志异》中的一篇作品。

虽然去江南的路途中吃了苦，也受了累，但与这篇《红玉》比起来，还是值得的。

5

在去江南的路途中，蒲松龄触景生情，还写下十多首诗词，如《早行》和《途中》：

月落蘋花霜满汀，湖中潮气晚冥冥。

流萤宿草江云黑，雾暗秋郊鬼火青。

万里风尘南北路，一蓑烟雨短长亭。

何人夜半吹湘笛？曲到关山不忍听。

青草白沙最可怜，始知南北各风烟。

途中寂寞姑言鬼，舟上招摇意欲仙。

马踏残云争晚渡，鸟衔落日下晴川。

一声欸乃江村暮，秋色平湖绿接天。

登上了渡船，他体验了"黄河之水天上来"的壮观后，就到了江南。眼前是一马平川，路好走了，心中也平静下来了，又走了一天，便抵达了运河旁边的宝应县。

第二十章

初到江南，在县令的家宴上，一位女子为他弹奏了一曲《琵琶行》。

1

就在蒲松龄南行的路上，宝应县的县令孙蕙，正经历着众多的烦心之事，又无分身之术，整天忙得头昏脑涨，犹似在水深火热中！

宝应县属扬州府管辖，县境内有众多的河流和湖泊，是个水乡泽园，加上黄河故道常年失修，常常泛滥成灾，也危及淮河和大运河！

就在这一年，黄河和淮河溢出了河道，许多村庄被大水淹没，百姓们难以安身，纷纷四处逃难！

孙蕙本想在宝应任上做出些政绩，无奈力不从心。

当时的官场，也不正常。清初，官员们的俸禄不高，总督每年支俸一百五十两，巡抚每年一百三十两，知县只有四十五两，这点银子难以应付花天酒地的花销，于是，总督就会向州县伸手，州县的官员就在田赋之外，向下摊派额外捐税和费用。

孙蕙的俸禄不多，但日常公务十分繁忙，要救灾、治安、加固河堤，要应酬上司和接待路过的官员，还要处理忙不完的公案。他期盼着自己的老乡蒲松龄尽快前来助他一臂之力。

2

一天午后，县令孙蕙正在县衙中办理公务，忽有衙役来报："门外有位先生求见大人！"

孙蕙有些不耐烦，他没抬头，只是摆了摆手，说道："本官有要紧公务要办，暂不见客。"

衙役不一会儿又来复报："客人说，他是从山东淄川来的，一定要见大人！"

孙蕙一听，连忙起身，跟随衙役来到衙门的大门口，一把抱住蒲松龄，笑着说道："下官可把留仙先生盼到了！"说完便携着他的手进了衙门，又连忙派人去告知他的夫人：准备家宴，为新来的幕宾接风！

蒲松龄的客舍就在县衙的后院，床铺家具一应俱全。将蒲松龄安顿下来后，二人就去了县令家中，宴席上也只有主客三人。

孙蕙举起酒杯，笑着说道："留仙先生千里迢迢来到江南，是树百之幸，亦是宝应百姓之幸！下官敬先生一杯。"

蒲松龄连忙说道："树百召我前来，亦是留仙之幸！"说完，二人碰杯而饮。坐在一旁的孙夫人，又连忙为二人斟满酒。

就在二人再次举杯之际，值更的衙役来报：转来漕运提督公文，要求宝应县再征民夫二千人，限三日内抵达运河工地，加固大堤。

值更的衙役走了之后，孙蕙叹了一口气，说道："宝应县已征了民夫三千人，已无人可征了。"

二人刚端起酒杯，又有人来报："扬州府派员前来评估官塘养的鲈鱼，今年可产多少尾。"

驿站的驿吏也来凑热闹，说驿站里有一位路过的京师官员，想品尝宝应鲈鱼的美味，一直住在驿站里不肯走！

孙蕙苦笑着说："鲈鱼，又是鲈鱼！"他对驿吏说道，"等官塘开塘捕捞时，叫他再来吧！"

原来，宝应出产的鲈鱼，肉嫩味鲜，远近闻名。在城外有数十亩的官塘，塘中养殖的鲈鱼，专供各级官员享用，甚至附近州县，也派人前来索要。每逢开塘捕鱼，历任的宝应县令，就成了唐僧肉，各方妖怪都想啃上一口！

这就像长江中的鳊鱼，吴王孙权在鄂县建都后，取以武而昌之义，改鄂县为武昌。因孙权爱食长江的鳊鱼，并常以鳊鱼宴请文武大臣，那里的鳊鱼，就被人叫作武昌鱼了。自此，武昌鱼便闻名天下，引得众多诗人咏吟过这条武昌鱼。

武昌鱼又不同于宝应的鲈鱼，武昌鱼生长在长江中，谁都可以捕捞，花钱也能买到，居民百姓都有口福。

而宝应官塘养殖的鲈鱼，却专供官员们享用，成了官员的专利。

3

孙蕙的家宴，被这些烦心之事打扰，气氛有些沉闷，只有一件事令他心情好了许多！

宝应县衙的捕头匆匆进来报告：在宝应境内流窜作案的四名罪犯，在运粮的官船上打劫，船工伤了五人，死了一人！嫌疑人已被擒获，请问如何处置？

孙蕙说道："先押大牢，录下口供，再行审讯定罪！"

捕头走了以后，孙蕙的情绪渐渐好了起来，他问孙夫人："请桂十六为留仙先生献唱一曲，以助酒兴。"

孙夫人听了，便转身离开了。

桂十六？她是谁？刚想问，孙蕙便笑着说道："是……是贱内收养的一名逃难的孤女。"

蒲松龄听了，点了点头。

不一会儿，孙夫人领着一位眉清目秀的女子，来到饭桌跟前，孙夫人说："快来拜见蒲先生。"

桂十六有些腼腆，她躬身一拜，笑着说道："小女子早就听老爷和夫人说过先生的大名，今日有幸见到，是小女子的福分。"

孙蕙笑着说道："请你为蒲先生献唱一曲，为先生洗尘！"

桂十六连忙为孙蕙和蒲松龄斟上酒，又取下身后的焦尾琴，弹拨了几声，便唱了起来：

> 浔阳江头夜送客，枫叶荻花秋瑟瑟。
> 主人下马客在船，举酒欲饮无管弦。
> 醉不成欢惨将别，别时茫茫江浸月。
> ……

当她唱到这里时，音调有些哀怨，眸子里已有了泪花。

蒲松龄心想，在为客人接风的家宴上，唱白居易的《琵琶行》，且又唱得如此动情，是不是有难言的心事和委屈？也许这是一种预兆？

桂十六唱罢，低头站在孙夫人的身边。蒲松龄问她："姑娘，你喜爱诗词吗？"桂十六连连点头，说道："小女子自小就喜爱诗词，尤爱唐宋两代的诗词。"

蒲松龄说："唐代传世的诗歌,有数十万首之多!宋代词人留世的作品亦有数千阕之多。词人李清照一生填词超过百首,今日能流传下来的,也只有区区四十多首了!"

桂十六连忙说道："小女子请先生指教。"

蒲松龄说："好吧,我可为你挑选一些名家的佳作,以供你演唱。"

桂十六听了,连忙道谢。

家宴结束之后,蒲松龄回到客舍。也许是途中过于劳累,他倒头便大睡起来。

第二十一章

桂十六讲了一个狐狸报恩的故事，吐露了自己的悲酸身世；富春江的船只，为什么夜间才能过严滩？

1

蒲松龄有个习惯，每当他听到或遇到奇人怪事，都抄录下来，有了空闲工夫，便修改整理成故事。

扬州管辖三州七个县。这里的故事和传说颇多，他已先后写下了《叶生》《造畜》《棋鬼》《伍秋月》《橘树》《周克昌》《岳神》《于中丞》《男妾》《青梅》等故事。这些故事有的抨击了官吏的腐败、社会的黑暗；有的表达了士子科考失意的惆怅和无奈。

有一天晚上，蒲松龄正坐在灯下整理他听到的故事，忽然有敲门之声，开门一看，原来是桂十六！她手中捧着新写的几首小令，前来向他请教。

蒲松龄在看她的小令时，她顺手拿起了一篇《青梅》，看完后，笑着说道："小女子也听人说过一个狐狸报恩的故事，先生想听吗？"

蒲松龄点了点头，笑着说道："想听，想听！请说来听听。"

桂十六便讲了起来——

2

一位穷书生的老娘病了，因无钱抓药，将他娘出嫁时娘家陪送的一只玉镯拿去当铺当了银子买药。

书生当了手镯去抓药时，看到有人在卖一只伤了腿的小狐狸，他忽发善心将其买了下来。

书生回家后告诉了老娘。老娘不但没责怪他，还给小狐狸上药，后来他们把小狐狸放生了。

有一天他刚刚回家，便看到饭桌上摆着热气腾腾的饭菜！连续数日如此，书生心中十分好奇，便提前回家观察，只见一位美丽女子正在灶前炒菜。女子羞答答地说道："公子救了我一命，我无以为报，才——"自此以后，二人便结成了连理。

桂十六说完了，朝着蒲松龄笑了笑，说道："狐狸都知恩图报，更何况人呢！"

蒲松龄连连点头。

桂十六讲的故事，与他来江南途中，在客栈里听刘生讲的故事十分相似，但又不好说穿。因为同样的故事，有不同的人都在传说，无可非议。

临走的时候，桂十六对蒲松龄说道："先生每天从天亮忙到掌灯，也太辛苦了！先生若想抄录这样的故事，小女子闲着也是闲着，愿意为先生抄录。"

蒲松龄笑着说道："我可付不起润笔钱啊！"

桂十六也笑了，她笑得很甜，也很天真，说道："只要先生让小女子为你抄录，就是最好的润笔钱！"说完，便莞尔一笑，转身走了。

3

蒲松龄为桂十六挑选的诗词已告完成，其中唐诗有李白、杜甫、李商隐、杜牧、元稹、白居易等人的诗歌，共一百首；挑选的宋词，有李煜、苏轼、辛弃疾、秦少游和李清照等人的作品，一百首。他合订为一册，封面题写的书名是：《精选唐诗宋词各百首》。

桂十六捧在手中，翻看了几页，便抱在胸前，笑着说道："谢谢先生对小女子的教诲，只是难以报答先生的良苦用心，小女子心中不安！"

蒲松龄说："此乃提笔之劳，亦不劳累，不必称谢。请问姑娘的家人可好？"

桂十六听了，顿时无语，双眼也红了起来。

她哽咽了片刻，便将心中的委屈倾吐出来了——

她姓顾，名青霞。父亲是一家戏班的琴师，母亲是戏班的女伶。有一天，邻县的一户人家请戏班去唱堂戏，不幸半路上遭到歹徒的抢劫，戏班的人拼命反抗，死伤多人，她的父母双双遇害。

当时，顾青霞还小，留在家里跟随爷爷学焦尾琴，才躲过了一劫！又过了几年，爷爷便领着她在街头卖唱，以维持生计。

谁知爷爷年迈体弱，患病去世，孤苦伶仃的顾青霞流落街头时，被人贩子拐卖到了青楼，因她性情刚烈，死也不从，还手持剪刀，要和老鸨拼命，还要跳楼，幸好被人拉住了！

老鸨便把她转卖给了一位告老还乡的御史。

御史家里妻妾成群，却独喜爱这个买来的小妾，喜爱听她唱歌，看她跳舞，但又怕她逃走，就将她囚禁在东厢房里，还派了两名女仆，说是伺候她，其实是日夜看守着她！

时间久了，两个女仆知道了她的身世后，非常同情她，三人还拜了干姊妹，看守得也没有来时那么紧了，三人经常说说笑笑，还在后花园里看她甩袖起舞，听她唱些小曲。

谁也想不到，有一天，顾青霞忽然不见了！老御史气急败坏，拷打女仆，女仆都说不知道。责问看大门的家丁，家丁说，她从未出过大门！

难道她不翼而飞了？

其实她是从东厢房的后窗跳到了后花园，后花园外边就是大运河。她趁着夜色，跳进运河，游到了对岸！

这天的清晨，孙夫人正在后花园收集露水，准备调和胭脂，忽然看到有人翻过院墙。进了后花园！定睛一看，原来是个浑身水淋淋的女子，于是，就收留了她，为了掩人耳目，才改名桂十六……

蒲松龄听了，不知如何安慰她，低声吟哦了一句："同是天涯沦落人，相逢何必曾相识！"

桂十六告别后，蒲松龄默默地坐在灯下，回忆着来江南结识的友人，以及官场上的钩心斗角，和民间底层生活的不易，又想起了桂十六的坎坷经历。心想，她能将身世坦然地告诉自己，是对自己的一种信任，自己万万不可辜负了她。

因为明天一早要随孙蕙去拜访一位路过宝应的山东同乡，他便早早地睡下了。

4

这位山东老乡姓鲁名东海，是莱州的一位茶商；经常在浙江的富春江一带采购茶叶。当年孙蕙在赴任宝应的途中，与他相识。他每年都从山东到浙江往返一次，每次经过宝应，都带来家乡产的阿胶和红枣送给孙蕙；孙蕙也将江南产的新茶托付他带到家中。鲁东海还特意去淄川看望了他的家人，并带来了他老父亲的一封亲笔信。

这次路过宝应，他投宿在平安旅馆。

当二人刚到平安旅馆的门口，鲁东海已早早地等候在门前了。彼此寒暄了几句后，孙蕙指着身边的蒲松龄说道："这是下官的幕宾，也是咱们的山东同乡。"

鲁东海一边行礼，一边说道："都是自己人！"说完，便领着二人去了他的客房。

旅馆老板见县令大驾光临，觉得脸上有光，鞍前马后地招呼着，还亲自送来了茶点。

他们边品尝，边拉起了家常。鲁东海说，他每次船到富春江的严滩，都是白天停在江面上睡大觉，江面上停满了船只，到了晚上，才排着队开航过严滩！

蒲松龄问道："黑灯瞎火地航行，多不安全呀？"

鲁东海："这是严滩上船家的规矩！"

　严滩是东汉隐士严子陵垂钓的地方。

他们越聊越投机，不觉聊起了严子陵。

严子陵（前39—41），名光，又名遵，子陵是他的字，他既未任过重臣要职，也未立过汗马战功，更无辉煌著作留世，但他的名气和影响，却不输历代的帝王将相和众多的文人墨客。在《后汉书·逸民列传》中，记载他的只有这区区三百九十二个字。其中提到了他口授给侯霸信中的两句话："怀仁辅义天下悦，阿谀顺旨要领绝。"他一生爱好钓鱼，放浪山野，后世敬仰他的清亮孤傲，颂扬他是高风亮节的"汉高士"。

据史料载，严氏原姓芈，是周成王封诸侯国荆楚雄绎的始祖，楚庄王之后，改姓为庄。战国时期的庄周（庄子），独尊老子学说，主张清静无为，著有传世之作《庄子》。严子陵在世时叫庄光，也叫庄子陵，因汉明帝叫刘庄，为避尊者讳，遂改庄姓为严姓。

5

严子陵的童年和少年是在河南新县度过的，后随祖父迁至浙江余姚的姆湖（今姆湖严家村）。十五岁游学时结识汉高祖刘邦的九世孙刘秀，二人同赴长安在太学求学，遂成莫逆之交。

王莽篡权后，刘秀举义起兵，严子陵参与了起兵事宜，在征战时先后五次赴刘秀营中出谋划策，运筹帷幄，还向刘秀推荐了邓禹、马援两位大将。刘秀即位后为汉光武帝，是东汉的首位皇帝，因严子陵不愿授官，便隐姓埋名，居于山水之间。

东汉建立之初，刘秀求贤若渴，想重用严子陵，于是亲自口述了严子陵的容貌，命画师作像，派员四处寻访。有齐人奏报说，有一身披羊装的男子垂钓于江河，举止不似常人。

刘秀知道他就是严子陵，即遣使邀请。

前两次邀请均被严子陵婉拒，第三次去请时，使者带去了刘秀的亲笔信，严子陵只好从山东到了长安，下榻在皇家的北郡宾舍，刘秀亲自赴宾舍相见。严子陵躺在床上，翻身向里，假装睡熟，不予理睬。次日刘秀又将他接进宫中，二人彻夜叙谈，夜深时同榻而卧。谁知严子陵睡熟后竟将一只臭脚压在刘秀的腹部！刘秀为了不打扰他的睡眠，就让他那只臭脚一直压在自己的肚皮上！

次日，司徒命太史官上奏：昨日有客星侵犯帝座星！刘秀笑着说，是朕与老友共眠时，他把脚压在朕的身上了！

此事，便成了中国史书上"客星犯帝座星"的佳话。

光武帝刘秀具有"中兴之主"的胸襟、气度和风范，他尊重严子陵的志向，允许他回到富春江畔，清静无为地过着他的隐居生活。东汉建武十七年（41），刘秀再次下诏征召严子陵入京。当诏书送达时，严子陵已经病逝，终年八十岁。

刘秀得知后十分悲痛，并下诏郡县为他赐钱百万，谷千斛，以安排他的后事。

诗人陆游曾写了一首《鹊桥仙·钓台》：

一竿风月，一蓑烟雨，家在钓台西住。卖鱼生怕近城门，况肯到红尘深处？

潮生理棹，潮平系缆，潮落浩歌归去。时人错把比严光，我自是无名渔父。

在严子陵钓台旁边，还刻有诗六百七十四首、词八十首、曲二十一首、赋二十首、文近一百篇，最早的作者是南朝的谢灵运。其中还有孟浩然、李白、孟郊、白居易、杜牧、王安石、苏东坡、黄庭坚、杨万里、辛弃疾、范成大、柳永、王十朋等历代文坛名士的作品，就是浏览整天也未必读完！

被称为"谪仙人"的李白，面对严子陵钓台触景生情，先后写了六首诗，其中一首是《酬崔侍御》：

> 严陵不从万乘游，归卧空山钓碧流。
> 自是客星辞帝座，元非太白醉扬州。

他在诗中表达了对严子陵高风亮节的敬仰，也抒发了自己生不逢时的愁绪。

6

范仲淹被贬出京师出任睦州知州时，严子陵祠堂已破败不堪，断垣残壁上绿苔斑斑，荒草丛生。为了纪念这位受人崇拜的偶像，他在桐庐的严陵滩旁边，修建了钓台和严子陵祠堂，祠成后又撰写了千古名篇《严先生祠堂记》，一时传遍朝野，洛阳纸贵。

范仲淹《岳阳楼记》中的"先天下之忧而忧，后天下之乐而乐"和《严先生祠堂记》中的"云山苍苍，江水泱泱，先生之风，山高水长"，已成为天下文人的座右铭和知识分子人格的标杆。

此时，平安旅馆已备下了酒席，蒲松龄非常激动，便大声背诵起来：

云山苍苍，江水泱泱，

先生之风，山高水长。

三人举杯，一饮而尽！

第二十二章

打开官塘放生鲈鱼，官员们敢怒不敢言；严惩恶人歹徒，父母官受百姓们爱戴。

1

宝应县的幕僚，除了要处理往来的公文等文牍之外，还要跟随县令前往灾区视察，协助县令处理灾情。

在视察的路途上，蒲松龄看到被洪水冲毁的稻田，已颗粒无收！倒塌的房舍，已无法容身！灾民们携儿带女地号啕大哭着四处逃荒！他痛心疾首，却又无能为力。

有一天，他遇到一位六十多岁的老翁，一边走着，一边大声质问："朝廷拨下的银子，都去了哪里？当官的雁过拔毛，肥了自己，苦了百姓啊！"

他听了，感到胸口压着一块石头，当天晚上，他难以入眠，便伏在灯下写了一篇《清水潭决口》：

河水连天天欲湿，平湖万顷琉璃墨。

波山直压帆樯倾，百万强弩射不息。

……

2

清朝初年，康熙南巡，曾拨银三十万两治理河道。后来又增至三百万两，却仍然水患不断！为此，蒲松龄还写了三首《贵公子》，其中一首是：

> 罗绮争拥骕骦裘，醉舞春风不解愁。
> 一曲《凉州》公子醉，樽前十万锦缠头。

作为宝应县的幕僚，蒲松龄不但要为县令分担繁忙的政务，还要接送路过宝应的官员，而一些民间的诉讼官司和增量收税等，他都尽职尽责，他先后撰写了文稿九十四篇！

县衙的院子里养了一只白鹤，建了一座鹤轩厅，蒲松龄经常为白鹤送去食物和清水，白鹤见他去了，便会展翅鸣叫几声。蒲松龄便将他撰写的文稿编为四册，封面上写着"鹤轩笔札"四个大字，里边的每个文字都有他的心血，其中就有他为孙蕙代笔的《放生池碑记》。

3

有一天，晚饭以后，衙门的公文处理完了之后，蒲松龄坐在客房里，正在抄写《唐宋诗词各百首》，这是应桂十六所求，为她挑选适合谱曲演唱的诗词，她要在孙蕙四十一岁生日的家宴上，为他送寿诞的礼物。

桂十六还告诉他说，夫人正在家中画一幅《麻姑献寿》的着色画轴，在大人生日的宴席上当面献给孙大人。

就在此时，孙蕙忽然打发人来请蒲松龄，说是有要事商量。他连忙放下手中的《唐宋诗词各百首》，便去了孙蕙的书房。见蒲松龄来了，他已备好了今年的西湖龙井，给他斟了一杯，便说起了让他头痛的烦心事：

捕捞鲈鱼的季节还未到，就有人前来索要鲈鱼了，他扳着指头说道："扬州太守已派人守候在官塘，要刚捕捞的鲈鱼五十尾，装进水桶，连夜送往京城，不得有误！"

除此之外，告老还乡的御史古右元，派人来说，他只要二十尾鲈鱼，要去慰问杭州的总兵大人！

掌管运河漕运的提督府，也派大管家来到了宝应县……

这些前来索要鲈鱼的人，都是惹不起的主儿！他们各有各的后台，若得罪了他们，宝应的七品小官，就得吃不了兜着走！

蒲松龄听了孙蕙吐的苦水之后，思索了一会儿，说道："树百兄，小弟有个一劳永逸的办法，既可免了官塘鲈鱼之扰，又不会得罪各路的神仙！"

孙蕙听了，连忙问道："是何办法？"

蒲松龄："开塘放鱼！"

孙蕙听了，大吃一惊！

蒲松龄见身边无人，便低声说出了他的办法。

孙蕙听了，脸上渐渐露出了笑容。

4

官塘放生的消息传开后，众多民众围在旁边看热闹。

孙蕙一乘小轿，来到城外的官塘旁边，他转头对陪同而来的蒲松龄点了点头，蒲松龄取出宝应县衙开塘放鱼的公告，大声念了一遍，又让衙役将公告贴在官塘的石墙上，公告下面，还盖着宝应县的大印！

告示是他连夜撰写的，内容是——

圣上诏谕天下，民乃社稷之本，造福百姓，乃官吏之职。本县官塘，乃朝廷之塘，亦是百姓之塘，所养之鱼，非为官吏独享之物。开塘放生，乃民心所向，若有异议，可上书庙堂……

蒲松龄刚刚说完，孙蕙点头示意。

蒲松龄向一旁的衙役们大声喊道："开塘放生——"

官塘的闸门打开了，养在塘中的鲈鱼，便随着塘水，游进了河流和湖泊……

那些前来索要鲈鱼的人，只好灰头土脸地走了！

事后，孙蕙问蒲松龄："文告上说，官塘放生鲈鱼，符合朝廷诏谕，有依据吗？"

蒲松龄笑了笑，反问道："难道朝廷有旨，官吏可独享鲈鱼美味吗？再说，君王都自诩爱民如子，哪个人吃了豹子胆，敢上书质问朝廷？"

孙蕙听了，连连点头。他十分欣赏自己幕僚的胆识。

宝应县塘鲈鱼放生以后，孙蕙又让蒲松龄撰写了《放生池碑记》，刻在石碑上，以警示后人。

5

在运河上流窜作案的案子，经过审讯，已经结案，孙蕙根据大清的律条，判处首犯汪为水死刑。待报刑部核准，秋季处决。对其他从犯，一律发配充军。

蒲松龄看过卷宗之后，发现首犯汪为水是高邮人，其舅父就是高邮县的县令！外甥倚仗舅父权势，在高邮拉帮结伙，欺行霸市，包揽官司，为非作歹，竟敢在运河上打劫官船，伤害无辜！判决死刑乃天经地义之事！

但蒲松龄却摇了摇头。他建议将此案移交高邮再审。这样一来，高邮县令就接过了一个烫手的山芋。此案既不能拖延，又不能轻判，否则刑部就会问责。孙蕙听了，连连点头。

当天晚上，蒲松龄写了一份呈报刑部的公文，还有一份送交高邮县的公文。

第二天一早，捕头就率领士卒，押着犯人们去了高邮。

这样处理，可谓一举数得：一是不得罪高邮的县令。二是宝应已定了案，高邮既不能拖延，也不能改判，办成了铁板上钉钉子的铁案！高邮县令是哑巴吃黄连——有苦难言！三是也宣扬了宝应县社会治安的政绩。

自此之后，孙蕙也更加倚重自己的这位幕宾了。

第二十三章

学医造福乡邻，医著流传后世；《草木春秋》剧本，生旦净丑一起上演。

1

俗话说"秀才学医，笼里捉鸡"，蒲松龄从小除了学习"四书五经"外，对医学也十分感兴趣，经常翻阅《伤寒论》《金匮要略》等医学书籍，并且还能背诵《药性赋》："诸药赋性，此类最寒。犀角解乎心热，羚羊清乎肺肝。泽泻利水通淋而补阴不足，海藻散瘿破气而治疝何难……"蒲松龄能一口气把二百四十八味寒性、热性、温性、平性的中药，从头背到尾。所以，乡间百姓都称他为神童。

他曾把人体各部及亲属关系编成了《日用俗字》的顺口溜：

爷娘生来叫做人，发辫须鬓与囟门。骷骨下有额髅盖，唐膀以上是脖根。鼻梁在脸为中岳，耳朵与腮作近邻……脚丫上生十指甲，髋支骨连脚后跟。腋折脖脐临小腹，腔睡屁股即肛门……姊妹娣姑为父党，两姨姑舅亦尊亲。女有公婆和妯娌，男有哥嫂与联姻。外有丈人及甥婿，内有叔侄与儿孙……

因为有了医学知识，久而久之，蒲松龄也能治疗一些小伤小病。村中乡邻，甚至外庄的百姓，平日有什么小病小伤，都来找蒲松龄治疗。他也收集了不少民间的土方、偏方、验方，分门别类，一个个汇集成册：

伤风者，口服大葱须和生姜片煮水加红糖发汗。

咳嗽者，白萝卜和鸭梨切碎熬水，加入蜂蜜分服。

腹泻者，两头带皮大蒜，火中烧烂，水煮后空腹服用。

尿频者，生韭菜籽研磨成粉，白水冲服。

腰痛者，海盐炒煳后局部外敷。

湿疹者，豆腐盘中的淋漓之水外涂，一日一次。

烫伤者，先降温，后外敷生鸡蛋壳内膜。

牙疼者，酒泡花椒，口含数日。

红眼者，绿茶煮水，每日冷敷数次。

……

一般患者服用后，都感到方法简单，疗效不错。

2

随着治病的名声传出去，向蒲松龄讨药方的人越来越多，单靠这些土方偏方，总是治不了大病。于是在空余时间，他便认认真真研究起《伤寒论》，还背诵起传统的《汤头歌》，开始给乡亲们用中草药治病。

有一天，一个邻居淋雨后发病，服了郎中几服药后，仍然高热不退，家人前来请教蒲松龄。蒲松龄拿来药包一看，有麻黄、桂枝、杏仁、甘草，知道这是经典方药"麻黄汤"，马上让他回去问病人："得病后是发热还是发冷？"

病人回答："我得病就发烧，头昏脑涨，鼻子不透气，嗓子痛，不发冷，身子却越来越热。"

蒲松龄说："这药是治疗外感风寒用的'麻黄汤'，治发冷发汗的。而你家人得的是外感风热，不发冷，只是发热！"

"一点不假，那怎么办？"

"换药！要服治疗外感风热的药物！"

病人家属犹豫不决，因为蒲松龄毕竟不是郎中，能听他的意见吗？病人在家又继续喝了一剂原方的汤药，不但高热不退，而且咳嗽加重了！不得不让蒲松龄给他治疗试试。

蒲松龄试了试脉象，开了一方"银翘解毒散"辛凉解表，按外感风热进行治疗。服了一剂药后，体热下降了，于是连服三剂，病人就起床了！

行医期间，蒲松龄觉得《伤寒论》理论深奥，却是治病的理论基础，《药性赋》简单顺口，却没能与病症结合，于是自己将这两本书注解到一起，动笔写下《伤寒药性赋》一书，通俗而易懂，方便而易诵，对乡间的郎中大开了方便之门！

宝应县与淮安县毗邻，因为运河交通方便，淮安的盗贼不仅在本县打家劫舍，还时常到宝应县骚扰，偷窃财物，抢劫粮食。

一次，王员外家被四五个强盗——其中还有个女贼，在大白天抢去金银珠宝，孙蕙接到报案后，派刘孔集带领衙役前往破案，他们封锁交通要道，运河码头也不放过，因为王员外家人听到是淮安口音，所以特别上心去淮安的过往人员。因为这次涉案的珠宝数额巨大，而且是在光天化日下作案，上级指示限期破案。孙蕙不敢怠慢，想方设法，伤透了脑筋。蒲松龄毛遂自荐，要假扮江湖郎中，去民间访查。

3

当年的江湖郎中即"走方郎中"，也称作"铃医"，经常带着药箱和治疗工具，摇着铃铛，走街串巷，走村串庄，为底层的百姓看病治病。于是蒲松龄也背起了药箱，拿起了串铃，从白天到黑夜，重点到王员外家附近，或到路口码头摇铃行医。铃医的串铃叫"虎撑"，是走方郎中的标配，多为铜皮或铁皮制成，圆形中空，里面有滚珠，套在郎中的食指或中指上，不断摇动发声，提醒人家"我是郎中"。

接近黄昏时，在运河码头上来了一拨人，四个壮汉抬着一副担架，棉被下露出一缕长发，好似一个妇人。

"干什么的？要到哪去？"兵卒上前发问。

"内人患病，要回老家淮安！"一个矮些的壮汉说，其他三人都不直接目视兵卒。

"什么病？盖得这么严实！"

"是打摆子，怕风！"说罢，四人就要强行登船。

"慢着！"另一个兵卒连忙招呼远处人群中的蒲松龄，"那位郎中，快过来看看这位病人，水灾刚过，别是瘟疫！"

蒲松龄三步并作两步来到担架前。

"请小娘子把手伸出来，我要试试你的脉象。"

女子将右手慢慢伸出棉被外，手上戴满了珠宝首饰。蒲松龄按照寸关尺，三部九候，不紧不慢试脉，可四个壮汉急得团团转，没有了耐心，但当着几个五大三粗的兵卒，也都无可奈何。

蒲松龄切完脉后，接着说："再把左手拿出来试脉。"

棉被下的人迟迟不动。蒲松龄又说："我还要看看你的舌苔。"

还是那个矮个子说话了："郎中，还是不看了吧，内人怕风。"

兵卒不管三七二十一，猛地掀开棉被，一个吓歪的丑脸显现在大家眼前，除了脖子上、耳朵上、头发上戴满了金银珠宝外，头下枕着的也是硬邦邦的物件。

"郎中要你左手试脉，没有听见？快快拿出手来！"一个兵卒不容分说，上前一把掀起了棉被，女人不但衣服下藏着鼓鼓囊囊的东西，而且身下还压着许多来不及包裹好的珠宝。

四个男人见状要跑，哪知道刘孔集率领的兵丁早已经四面围了上来，他们只好乖乖就擒。捉贼捉赃，五个贼人不得不认罪伏法。

蒲松龄为破案立了一大功！开庆功宴时，孙蕙还请来了当地的戏班唱戏庆贺。

4

蒲松龄自从做了孙蕙的幕宾，虽有案牍之劳，也有不少开心时刻。宝应和高邮都属扬州管辖，这里喜闻乐见的是香火戏和花鼓戏，也就是后来扬名四海的扬剧。音乐曲牌众多，角色有生、旦、净、丑等，重视丑、旦的表演，形成基本的喜剧风格。孙蕙是位思想开放的文人，除了重视诗词歌赋以外，特别喜欢戏剧歌舞，听戏就成了他不可缺少的生活内容。

花鼓戏开台了，台上只有一张桌子和两把椅子，主要伴奏乐器为大筒、唢呐和堂鼓。上来一个女旦，手拿纱巾，穿戴衣着和后来的京剧大同小异，戏衣样式也有衣、蟒、靠、帔、褶子、云肩等，因为唱词都是方言，蒲松龄听不懂，刘孔集就在一旁为他解释剧情。

"留仙兄，这些旦角常用的风摆柳、撒芝麻、车窝子、丢媚眼、冷噤子等戏中术语，我也不甚了解，大都是表演民间底层人的有趣生活。"

有一次，在高邮，一个香火戏的戏班来孙蕙的后花园演出，剧目是《鸿雁传书》。

蒲松龄因为公务忙碌，开演好久才到场观看。只见一个旦角在台上咿咿呀呀清唱，半天也不换人。蒲松龄因为听不太明白当地的方言，心想，这个也许是苏武的夫人在家思念丈夫吧？女旦的行腔清丽婉转，韵味醇厚，台下不断发出叫好声。其中有句大白话，蒲松龄让当地的幕僚为他翻译出来：

"鸿雁呀，你果真能传书与那薛郎，你就飞落下来。"

"什么？薛郎是谁？"

"留仙先生，你饱读诗书，连王宝钏苦守寒窑十八年，苦盼的丈夫薛仁贵都不知道吗？"

"这不是在唱苏武的故事吗？"

"哈哈！我们这里的《鸿雁传书》，唱的是王宝钏盼夫早归，听到空中鸿雁鸣叫，自己撕下罗裙，咬破指尖写血书，请鸿雁为信使，捎去对丈夫的思念。"

"哦！原来不是苏武的鸿雁传书。"蒲松龄大梦初醒。

"留仙兄，听不懂扬州的戏剧了吧？这个旦角唱的还是独角戏呢！"旁边的孙蕙打趣地说道。

"我孤陋寡闻，只认为鸿雁传书是苏武牧羊的故事。"

"世上不但有鸿雁传书，还有'青鸟传书'哩！"

"对！对！那青鸟是西王母的使者。"

女旦继续唱道："见鸿雁飞落在树荫，对我不住叫连声。我把铲刀来放稳，也免得鸿雁起疑心。"台上王宝钏放下铲刀，人造的大雁也缓缓落下……

蒲松龄听不清，看不明，别人看得声情并茂，他却坐得辗转不安，只得悄悄地溜号了。

5

蒲松龄既在宝应看了花鼓戏，又在高邮瞧了香火戏，这些地方戏曲虽然听不明白，却撩起了他写作剧本的想法。因为他曾经写过一个《清肺汤》的小剧本，把十二味中药组成的方剂，拟人化地组合在一起，既兴趣斐然，又便于记忆。

蒲松龄的剧本《草木春秋》，亦称"药性梆子腔"，断断续续写了许多年，全剧共十回，药物拟人化，演绎为生、旦、净、丑，剧情跌宕起伏，人物个性突出，想象丰富奇特，把六百余味中药的药性、功用、相似、相反等形象地做了不同程度的介绍。这是他利用戏剧艺术普及医药知识的形式，恐怕前无古人后无来者。剧中的人物有：

神农——皇帝

甘草（老生）——国老

菊花（小旦）——女儿

栀子（小丑）——家人

巴戟、甘遂、芫花、海藻（花脸）

第一回　栀子斗嘴

第二回　陀僧戏姑

第三回　蛇妖出现

第四回　石斛降妖

第五回　灵仙平寇

第六回　甘府投亲

第七回　红娘卖药

第八回　金钗遗祸

第九回　番鳖造反

第十回　甘草和国

6

蒲松龄一生写神鬼妖狐，完成了我国古典文言小说的巅峰之作——《聊斋志异》。他也几乎用了一生，研究医学，收集土方、偏方、验方，六十七岁时，编写完成上下两册四十部的《药祟书》，对农村常见病多发病的治疗，起到诊疗手册的作用。

蒲松龄有渊博的医学基础知识，所以在他的《聊斋志异》中，写了不少生动有趣的故事，让人看了爱不释手。

故事《花姑子》也涉及医学。书生安幼舆救过一只香獐子。后来碰到一位美女，原来是一只修炼成精的母香獐子，安幼舆心痴，不吃不喝患了相思病，最后昏厥病危，花姑子拿麝香把他抢救过来。香獐子就是麝，雄性的腺囊中能分泌出麝香。中药麝香性味辛、温，入心脾二经，自古就是名贵的中药材，有醒神、活血止痛、催产、强心、抗菌消炎等作用。它治疗各种原因所导致的闭证神昏；可以治疗血瘀经闭、跌打损伤，或疗疮恶毒等疾患；也可以用来治疗久病的活血通络。

中国的中成药"环心丹""麝香保心丸"，日本的"救心丹"中，都有麝香这种"软黄金"。所以花姑子用麝香让爱人起死回生，并不是蒲松龄凭空捏造的。

安公子后来又双腿麻痹萎缩，花姑子用白酒泡制"蛇血酒"治疗，因为白花蛇也是中药，入肝经，有祛风、通络止痉的作用，民间多用它治疗风湿偏瘫，效果颇佳。

原来，安幼舆救下的獐子，就是花姑子的父亲，最后结局是有情人终成眷属。

7

《云萝公主》的男主角是安大业，他母亲做了个梦，说："儿子当得公主为妻。"果然，天上圣母的云萝公主下嫁给他，二人都喜欢围棋，当然安大业不是云萝公主的对手。

云萝公主说："我们俩假若以棋友而交往，可相聚三十年；假若以床第之欢而交往，只能有六年的相聚时间。你取哪一条？"

安大业说："六年以后再说吧！"

云萝公主说："我本来就知道你是不能免俗的，这也是运数。"

一日，安大业抱着云萝公主，忽然觉得比往日沉重，感到惊异。

云萝公主指着肚腹笑着说："这里头有一个俗人的种了。"

过了几天，云萝公主经常皱眉头，不想吃饭，说："近来胃口不太舒服，很想吃点人间的饮食。"

安大业于是给她备下很好的饮食，云萝公主从此吃饭，如平常人一样了。

不久，云萝公主说："我的身体单薄瘦弱，不能承受生孩子的劳苦。婢子樊英身体很强壮，可以让她代孕替我。"

"代孕？"安生不明白这个新词是什么。

"对！"神仙自然会预知未来。

樊英为他们生下了儿子，起名"大器"，不吃母乳，雇乳娘喂养。

后又生了一子，自然也是代孕。云萝公主举起孩子说："这个孩子是个豺狼，立刻扔掉！"做父亲的却不忍，就把他留了下来，取名叫"可弃"。

后来，云萝公主走后再未返回。而可弃长大后，不但气死了父亲，还刀伤了哥嫂，可谓"人的命，天注定"，凡人不信不成！

蒲松龄的《聊斋志异》中还有一篇《荷花三娘子》，描写了三百多年前的剖腹产手术。

宗生在野地里见到一个女子，女子长得非常秀丽，心里很喜欢她，于是两人无限欢爱，极其亲热，这样过了很多日子。

一位西域来的僧人说："这是个狐狸，它的道业还很浅，容易捉拿。"

于是写了两道符交给家人，并嘱咐说："回去找一个洁净的坛子，放在床前，用一道符贴住坛口；当狐狸一蹿进去，就赶快在上面盖上一个盆，再把另一道符贴到盆上，然后把坛子放进开水锅用烈火猛煮，不多时它就会死去的。"

家人回来按照僧人的吩咐办妥了。

听说宗生病了，半夜女子来探病。她从袖子里摸出一些金橘，刚要到床前，忽听到坛子口"嗖嗖"一声风响，就把女子吸到坛子里边去了。家人突然跳起来，迅速盖上盆子并贴上符，想放进锅内去煮。宗生看到满地的金橘，想到以前两个人的感情那样好，心里既悲伤又感动，急忙叫人把她放了。

于是揭了符拿掉盆。女子从坛内出来，极为狼狈，跪到地上说："我多少年修行的道业将要成功，就因为一时求欢，几乎化为灰烬！您真是个仁义之人，我誓必报答您。"

狐狸走后，宗生病情更重，家人去集市为他购买棺材，在路上遇到了一个女子，对家人说："宗相公是我的表哥，这里有灵药一包，劳驾你送给他。"

宗生知道是狐狸来报答他。吃了这药后，果然病愈。他心里非常感激狐女，希望能再见到她。

一天夜里，狐女又来，她说："分别以来，心中总感到无法报答您的大恩大德。现在为您找到了一个好伴侣。"

宗生问："是个什么人啊？"

她说："明天辰刻，您早一点去南湖，见到有采菱角的女子，其中有个穿白绉纱披肩的。如果分辨不清她的去处，就察看堤边，发现一枝短秆红莲花隐藏在叶子底下，您便采回来，点上蜡烛烧那花蒂，就能得到一位美丽的妻子；同时还能使您长寿。"

第二天，宗生果然采到红莲花拿回家中。他把红莲花放到桌子上，将蜡烛芯剪了，点上火要去烧花蒂，一回头，莲花变成了一位绝代佳人。

莲女披一件纱帔，远远就闻到一股香气。她自称荷花三娘子，两人恩爱有加，白天黑夜都不分开。莲女怀孕九个多月后，计算应当要分娩了，就走进房内，嘱咐宗生把门关紧，禁止别人叩门。自己竟然用刀从肚脐下割开，取出一个男孩，又让宗生撕下一块绸缎把刀口包扎好，过了一夜就痊愈了。

过了六七年，莲女伤心地对宗生说："有聚必然有散，这本来就是常事。儿子有福相，你也能活百岁，还再求什么呢？"

宗生一听就哭了，知道她要走了。

莲女说："我本姓何。倘若蒙你思念，抱着我的旧物呼唤'荷花三娘子'，就能见到我。"说完挣脱出身子，说了声"我走了"。

宗生惊叹时，她已飞天而去……

于是，每逢想念她的时候，宗生就抱着披肩呼唤："荷花三娘子。"披肩就立即化成莲女，面带笑容，喜上眉梢，犹如真的一样，只是不说话罢了。

第二十四章

鸿雁传书，高邮有两个版本；文游台上诗人吟诗，古驿站里役夫流泪。

1

蒲松龄到宝应县任孙蕙的幕宾，忙忙碌碌已到了年底，过了春节就是二月二龙抬头的日子，在江浙一带，流行着二月二食用一种龙食的习俗，也叫作"撑腰糕"。

"撑腰糕？不就是用糯米粉做成的糍粑吗？并无特别之处，为什么吃了它后能强身壮腰呢？"孙蕙问当地的幕僚。

"老爷，糯米甘温能暖肾脏，对于肾虚尿频者有治疗作用。我们江浙一带，百姓都把它当作龙食！"

孙蕙听了，点了点头。

每逢节日，孙蕙都要大摆筵席，有众多幕宾，也有他们的家眷，还有不少亲朋好友。

今日，桌上摆满了高邮鸭蛋、金华火腿、湖广糟鱼、宁波淡菜、东海螃蟹、福建龙虱、杭州醉虾、天目山笋、大同酥麻花、杭州咸木榉、云南马金囊、北京琥珀糖、青州蜜三刀等糕点和菜肴。

接着又摆了四碟剥果：一碟荔枝、一碟风干栗黄、一碟炒熟白果、一碟羊尾笋嵌桃仁。

还摆了四碟小菜：一碟醋浸姜芽、一碟十香豆豉、一碟莴笋、一碟椿芽。几坛绍兴的状元红，大家猜拳行令，好不热闹！

饭后，众人喝茶时，孙蕙发话说："留仙兄，我出一谜面，你猜猜可好？"

蒲松龄答道："请出！"

"'鸿雁传书'打一地名。"

"噢！大概是高邮吧？"蒲松龄思索了一下，说道。

"正是。"孙蕙笑着点了点头，这时，侍女过来为每人斟上茶，他端着茶杯点头继续说，"高邮州的知州佟有信被罢官了，慕天颜布政使让下官'兼署'高邮，过些日子，就要去高邮赴任。"

"恭贺树百大人！此乃顺理成章，大人才干有目共睹，早应如此。"蒲松龄既是恭维又是诚挚地说道，其他在座的幕宾也都纷纷站起来祝贺。

2

康熙十年（1671）三月二十八日，孙蕙与一众幕僚来到了高邮。

当年的黄河不断改道，康熙年间，黄河从河南进入江苏以北，然后经过淮阴等地流进黄海。

高邮在太湖附近，又位于大运河旁，因黄河连年决口，这里也是连年水灾，民不聊生，社会秩序混乱。孙蕙刚到任，既要救灾安民，又要惩恶扬善，上上下下忙得不亦乐乎！起草榜文告示、文牍公案，自然都是蒲松龄的工作，因为他是孙蕙最得力的助手。

战国时期，秦王嬴政在此筑高台，置邮亭，故取名高邮。

一日，公务忙完，孙蕙邀蒲松龄等一众幕僚一同游览高邮。众人先登上当地称为泰山的东山，东望水田，西览湖天，好一派南国风光。

当地一位师爷建议到"文游台"一游。

孙蕙说："《高邮州志》载：苏轼游高邮，与当地秦观等人，在泰山庙后面的庙台纵论诗词。广陵太守得知后，特题写'文游'匾额，赞颂这次文豪聚会，于是，此庙台便称为'文游台'。"

"孙大人学富五车，所说一字不差！"众人跟着拍马屁说。

"下官到此地履任，焉能不了解此地的山川地貌，风俗人情？"孙蕙回答道。

"极是，极是！大人来鄙县任职，实是百姓之福，亦是我等之幸啊！"高邮的师爷媚笑着说。

孙蕙捻着胡须对蒲松龄说道："留仙先生熟读史书，对秦观的过往肯定了解不少。"

蒲松龄说："高邮的秦观，早年应考也是两次名落孙山，后来一飞冲天，成为流传千古的诗词大家。"

"秦观应考，一而再，再而三，最终成功。留仙兄也不必气馁嘛！"

蒲松龄听了，触动了心中块垒，在一旁沉思起来。孙蕙见状，为打破沉闷，说道："秦观也多亏拜苏东坡为师，才成为苏门四学士之一。"

蒲松龄听罢来了兴致，滔滔不绝地说起来：

"当年苏轼从密州调往徐州，秦观刚刚落榜，很想结识这位文坛泰斗。高邮和徐州都在京杭大运河一条线上，于是拜托孙觉和李常引荐，去徐州拜访苏轼。"

"孙觉是黄庭坚的老丈人，李常是黄庭坚的舅父，二人都是苏轼的好朋友，他们都很赏识秦观的文才。"孙蕙补充道。

见他们谈到黄庭坚，师爷争着说道："听说黄庭坚也曾来过高邮，会见秦观。"

"噢！是哪年的事？"孙蕙问道。

"这个，这个……"当地师爷回答不上了。

蒲松龄说："那是秦观见到苏轼之后的事了，黄庭坚途经高邮，秦观与之唱和，称黄庭坚为'江南第一等人物'；黄庭坚称赞秦观为'国士无双'。"

"还是松龄先生博览群书！"师爷说。

蒲松龄对当地师爷的打岔并不介意，他继续说道："秦观去徐州见苏轼，带了孙、李二人的推荐信和自己的数百首诗词，苏轼看了十分赏识秦观的才华。"

孙蕙说："还记得秦观的那首《别子瞻》吗？'我独不愿万户侯，惟愿一识苏徐州。'"

那是苏轼和秦观在徐州的第一次见面。秦观太敬仰苏轼了，他把苏轼比作"天上麒麟"。

第二年，秦观又去了徐州，正逢水灾之后，苏轼建了一座"黄楼"，他应苏轼之邀，写了《黄楼赋》，苏轼赞他"有屈原宋玉之才"。

秦观的《黄楼赋》没有苏辙的《黄楼赋》出名！苏辙的赋，由苏轼书写，刻在石碑上，成为绝品，一直流传后世。

北宋元丰七年（1084）仲冬时分，苏轼莅临高邮，秦观惊喜万分，邀孙觉、王巩相会于城东岳行宫后面的土山上，登高望远，载酒论文，留下"四贤雅集"的风流佳话，后来此地就建成了千古留名的"文游台"。

王巩是苏轼的同榜进士，是其一生的知己，乌台诗案也同受牵连。元丰元年（1078）四月初夏，在王巩的精心安排下，秦观完成了执弟子礼，苏轼接纳了这个弟子，成为苏门四学士之一。还亲自陪同他游览了徐州风景名胜。

回到官邸，孙蕙写诗《文游台》一首："文游台畔引青萝……"以纪念这次"文游台"之游。

蒲松龄也写了一首《泰山远眺》："苍茫云水三千顷，烟雨楼台十万家……"不过，他写的不是五岳中的泰山，而是高邮的泰山。联想到自己的故乡山东，自己别妻离子，泰山只能远眺，远方游子一时感慨万千。

3

高邮地势低洼，如同土生土长的秦观笔下所写：宝应高邮好似一个大锅底。这里湖泊广阔，而且多不胜数，常以"三十六湖"称之，有邵伯、黄子、新城、艾陵、大石、白茆、蔚塞、朱家、瓮子、赤岸、石湖等名称，不过经过连年水灾，湖水彼此相连融为一体，最后形成了烟波浩渺、横无际涯的"高邮湖"，后被誉为中国第六大淡水湖。

邵伯湖就在高邮城外，周边是郁郁葱葱的芦苇荡，一望无边，中央的湖面似镜子一般明亮，湖水清澈透明，一旦浩荡的湖风吹起，仍然可以卷起波浪，这在蒲松龄的老家是看不到的。这些幕僚或公干，或游玩，经常乘船来往于湖面。水乡的风光令人心旷神怡，比起北方的山山水水更别有韵味。

有一天，蒲松龄公务乘船回城，适逢黄昏，夕阳西下的湖面，金光闪闪。远处水天一色，帆影点点，近处一只只白鹭，时而翩翩起舞，时而追逐嬉戏。蒲松龄让船夫停下，没了欸乃之声，湖上的画面，活脱脱一幅绝顶的江南水墨画。突然，一队白鹭从船上空飞过，蒲松龄立马记起来宋代诗人丘葵的那首《白鹭》诗：

众禽无此格，玉立一闲身。

清似参禅客，癯如辟谷人。

绿秧青草外，枯苇败荷滨。

口体犹相累，终朝觅细鳞。

蒲松龄在船舱中饮酒赏景，竟忘记了时间，待到离船登岸时，不料城门已关，呼叫半天，仍然无人理睬，无奈，他只得返回船上休息。

这一夜，蒲松龄在船上辗转难眠，突然想起了南宋朝的文天祥。

大约四百年前，元军元帅伯颜进军皋亭山，离临安城仅仅三十里，文天祥被任命为右丞相去元营议和，他视死如归，义正词严，拒不投降，并痛骂叛徒奸臣！结果被伯颜扣押在元兵的大营。

太皇太后更换了右丞相，第二天送上降表称臣，完完全全投降了！繁荣的南宋，便走到了尽头！

只当了一天丞相的文天祥，被迫北行去了元朝大都，乘船到镇江后，一行十二人终于逃跑成功。他们逃跑途中九死一生，好容易天刚亮时来到了高邮城下，不料宋将李庭芝误听文天祥已经叛变，缉拿文天祥的文书就悬挂在城门上。一行人不敢自投罗网，只能雇船驶向泰州，然后由泰州再南去通州，去寻找新登基的小皇帝。

文天祥南逃中有过十七次死亡的险境，了解历史的蒲松龄记忆犹新，所以对同样关在城门外的蒲松龄来说，不能进城，实在是一桩憾事。

蒲松龄想到这里，翻身起床，点上船家的油灯，取出随身携带的笔墨纸砚，借用文天祥在《正气歌》中的诗句，赞扬文天祥生前死后，一身浩然正气，写下了对英雄人物万世敬仰的文字：

公生为河岳，没为日星，何必长生乃为不死哉！或以未能免俗，不作天仙，因而为公悼惜；余谓天上多一仙人，不如世上多一圣贤，解者必不议予说之傎也。

写完后，意犹未尽，又高声朗诵：

人生自古谁无死，
留取丹心照汗青。

4

孙蕙这个人，喜欢诗词歌赋，也喜欢妙龄美女，经常与宾客一起饮酒唱曲，观看梨园歌舞，生活可谓潇洒自在。一天，宝应县的诗友王式丹来高邮拜访蒲松龄，孙蕙听说后，马上设宴款待，并招来当地剧班，演了扬州剧《柳毅传书》。

孙蕙一边看戏一边说："我们在'鸿雁传书'的地名所在，观赏着'柳毅传书'的歌舞，岂不妙哉！"

蒲松龄接过话说："对，对！鸿雁传书，高空邮信。"

孙蕙："当年苏武出使匈奴被扣留，因为不投降而被发到北海去放羊，多年音信杳无。后来汉朝的使者探听到了真实消息，他面见匈奴单于，说汉朝皇帝在上林苑射中一只大雁，雁足上绑着一封书信，写明苏武在北海牧羊。单于大惊，只好释放被扣留了十九年的苏武。"

蒲松龄说道："'鸿雁传书'的故事流传了千年，为后代人留下了坚贞不屈的榜样。"

土生土长的江浙秀才王式丹说："我们这里也有个'鸿雁传书'的故事，而且主人公是个蒙古人。"

爱听故事的蒲松龄立即放下酒杯，他急不可耐地催他快些讲来。

王秀才不紧不慢地说："你知道贾似道吧？"

"南宋的蟋蟀宰相，谁人不知道？"

"那是开庆元年，忽必烈亲征鄂州，宋理宗派贾似道指挥鄂州保卫战。这时鄂州地区发生了瘟疫，蒙古兵不适应江南气候，正在歇兵待战时刻，蒙古大汗蒙哥又死于钓鱼城，为了争夺汗位，忽必烈准备班师撤退。"

"这段历史我也知道。"抽起旱烟锅的蒲松龄说道。

"恰恰也在此刻，贾似道派亲信宋京到忽必烈帐中求和，条件是'愿割长江为界，岁奉白银绢匹各二十万'，这正中忽必烈的下怀！他一面答应议和，一面撤兵返回漠北，争夺汗位去了。

"贾似道趁敌军撤退之机，让人追打几个殿后的士兵，便厚颜无耻地谎报'诸路大捷'。"

蒲松龄补充说："一点不假！忽必烈即位蒙古大汗后，任命郝经为国信使，派人来找贾似道，要求兑现他的承诺。私自割地赔款求和，是欺君瞒上的不赦大罪！哪敢公开？于是，贾似道命令手下扣押了郝经，在真州一扣就是十九年，忽必烈也一直寻找了郝经十九年。"

"真州与高邮接壤，相距也就二百里路。"一旁的孙蕙说道。

王式丹接着说："郝经也学苏武的办法，在帛上书写：'霜落风高恣所如，归期回首是春初。上林天子援弓缴，穷海累臣有帛书。'书信系在大雁足上放飞。在开封一带猎雁者得到此书，献给了元世祖忽必烈，他方知郝经的下落在南宋的真州。"

"后来呢？"

"宋亡后，蒙古的使者郝经被释放，他被扣押了整整十九年！"王式丹继续说，"其实郝经并非无名之辈，他效忠蒙古，提出著名的《班师议》，为忽必烈执政起了很大作用。他还著有《续后汉书》《陵川集》。"

在书法上颇有功底的孙蕙说："郝经的书法艺术见解，在元代的书法领域评价还很高呢！别看他是个蒙古人。"

蒲松龄默默听着孙蕙和王式丹的谈话，说道："历史竟然重复，北国和江南都有鸿雁传书的典故，都给后代留下忠贞不贰的佳话。"

王式丹："是的，在真州关押的郝经，也是一位忠臣，只不过各为其主罢了。"

蒲松龄："既然离真州不远，我真想前去看看！当年文天祥丞相南逃时，曾路过此地，守将苗再成不相信他会投降，还请他在一幅《苏武忠节图》上题过字呢！"

"对！对！文天祥一直钦佩苏武的气节，曾赋诗：'忠贞已向生前定，老节须从死后休。'"

蒲松龄："式丹兄记得这样清楚，佩服！"

王式丹谦虚地回答:"别佩服我,因为我既佩服苏武,又佩服文天祥,所以这两位英雄的事迹,记得特别清楚。"

"所见略同,我对这两位先贤也是佩服得五体投地。"

一旁的孙蕙哈哈大笑地说:"这就叫志同道合!"

5

有一天,蒲松龄在高邮接待了宝应来访的朋友,白天游览当地的名胜古迹,晚上一起饮用王式丹带来的佳酿"乔家白",赋诗答对,好不快活!

王式丹问:"留仙兄,你来高邮,可有《聊斋志异》的新作?"

蒲松龄答道:"刚到时公务繁忙,未有空暇。后来草拟了几篇,尚未修改。"

王式丹高兴地说道:"快快拿来,让我先睹为快!"

"仅有四篇:《巧娘》《伍秋月》《于中丞》《蒋太史》。"

蒲松龄一边说,一边从书匣中取出一沓手稿,随即递给了王式丹,说道:"式丹兄,请笔正!"

"岂敢!我今天可有眼福了,第一个拜读大作,何其有幸!"

"过誉!过誉!"蒲松龄也掩不住心中的兴奋,因为这四篇新作,在高邮还没给别人看过,王式丹是第一位读者。

王式丹急不可耐,匆匆先读了《巧娘》,说道:"这一篇很有意思,小伙子是个隐睾,故事既有鬼,又有狐!"

蒲松龄说道:"这是我淄川的朋友高珩,在广东听说的故事,详细地名他也忘了。我在这里碰到一位广东人,也讲了一个类似的故事,于是就把它写了下来。"

"留仙兄真是个有心人啊！"

蒲松龄："我的另一篇《蒋太史》，是真有其人。蒋太史记得自己前世是个和尚，他一生笃信佛教，一心出家。晚年告假还乡时，走到高邮，就不想走了。"

"哈哈！所以你来高邮后，就想写写他？"

"是的！他从高邮转道去了四川峨眉山，最后在伏虎寺病逝。"

"前生今世，他都与佛结缘。"王式丹点头说道。

"太史来生，也是佛。"

蒲松龄："《于中丞》和《伍秋月》两篇，都是来高邮后听人讲的。前者是于成龙在高邮破案的两个故事，篇幅不长。"

"篇幅不长，故事却精彩！"

"式丹兄对拙作很上心啊！"

"那是自然！《伍秋月》也是高邮的故事？"

"对！"

"伍秋月是个女人的名字吧？"

"不错！是高邮人王鼎和伍秋月的人鬼恋的故事。"

"你笔下的女鬼，都是绝代佳人啊！"

"'食色性也'，不是佳人，怎么会让男人心生淫欲？"

"是这个道理。"

"伍秋月带王鼎来到阴间，让他看到阴间官府中的差役和阳间一样，索贿强暴，仗势欺人，这些皂吏该杀！"

"看来这一篇更有意思。"

"王兄回去仔细看，差错之处帮我修改，不必客气。"

"有鬼狐为伴，我今夜恐怕难以入睡了。"

6

历数中国古代的经济，以宋代最为发达，北宋时期以京城汴梁为中心，修建了通往各路、府、州、县的官道，全国联网，官员和百姓出行十分方便。官道设路标"堠子"标记里程，中国古代的驿站是以邮政为主，驿站方便住宿饮食和车马更换。

设驿站自然要有邮差，朝廷设"递铺"，接通信邮递工作，那时的"递铺"根据距离、时间和经费分了三种：近距离或慢邮属于步递；远距离或快递称马递；最快最贵的属于急脚递，就是昼夜不停地接力传送，大都是用于皇帝诏书、国家公文或战事急报，普通百姓是不能用的。因为国家和百姓都可以通过"递铺"传递书信邮件，所以不但强化了人文交流，也促进了经济发展，大宋朝的的确确是大中华的骄傲。

明洪武八年（1375），高邮知州在高邮城南门外建盂城驿，此外还有向南、北、东的十五个急递铺，与此形成完备的邮驿网。这是当时大运河上最繁华的驿站之一。明清时期，这里是粮食的中转库和集散地，也是沿海食盐的中转站和集散地。经大运河南下的北方物产，由大运河北上的南方货物，都在盂城驿中转。再经南北河运往各腹地，促成南北东西的物资交流。

盂城驿北临高邮护城河，南至馆驿巷，西起南门大街，东临南海子河畔。蒲松龄受孙蕙委派，管理盂城驿驿务，因为那是个名胜古迹，于是，要带领王式丹前去参观。

听说蒲松龄他们要去盂城驿参观，桂十六在孙蕙一旁撒娇，也要去看看这个地方，孙蕙拗不过她，只好点头同意。

"我和式丹兄前往，女眷去好似不太方便。"蒲松龄小心翼翼地说道。

"无妨！她还是跟着你学习诗词的弟子呢！"孙蕙说道。

"对！弟子要随时随地跟先生学习。"桂十六在一旁笑着说道。

"好吧！幸而式丹兄也不在城外留宿。"蒲松龄无奈答应，他其实是担心顶头上司孙大人对她不放心。

7

盂城驿建筑规模宏大，坐北朝南，一进大门穿过门厅，迈过石阶，就是正厅，蒲松龄介绍说："正厅又称皇华厅，为五开间明代建筑，其功能是传达政令的场所，也是驿站的管理中心。"

王式丹抬头一看，屏门上方悬挂"皇华厅"匾额，下方为"明高邮州城图"，于是上前仔细观看，兴奋地说道："这还是明代的地图呢！"

"王兄再看看这副对联。"蒲松龄指着地图两旁说道。

王式丹边看边念道："消息通灵会心不远，置邮传令盛德留行。"

正厅主要悬挂有驿、马、船统计表，值班表，分工职责表。王式丹在一旁翻阅着《邮骚律》，蒲松龄在一旁继续介绍："此厅专为接待官员所设，东房为签房，办理公文之处。"

出了皇华厅，过了天井，来到后厅，屏门上方悬挂"驻节堂"匾额，两侧楹联分别是：

过客相逢应止宿，征途到此便为家。

梅寄春风劳驿使，葭怀秋水托鸿邮。

蒲松龄说："后厅又称驻节堂，是盂城驿的精华所在。"

"不错，一看图案雕刻，就知道精细剔透。"

"这是接待四方宾客的地方，中间三间是酒宴餐厅。"

桂十六忙问："东西两房作什么用？装饰得古色古香的，很是豪华。"

"这是按孙大人的要求，给达官贵人准备的寝房。"

蒲松龄和王式丹都会心地点了点头。出了驻节堂，左边是驿丞宅，右边是驿卒舍，还有传递文书的批单室。

再向北走，就进了后院。

蒲松龄站住说："后院还有送礼房五间、库房三间、厨房十间。另外还有一座牌楼照壁，三层的钟鼓楼，值更守夜，站岗瞭望。北边还有十几间监房。"

"那座漂亮的小楼是什么所在？"桂十六问。

"那是一座后建的秦邮公馆，孙大人来时都歇在此处。"

桂十六非要上去看看，蒲松龄犹豫不决，用眼神示意王式丹，王式丹说："我累了，就不看了吧！"

"好吧！"蒲松龄用手一指，说道，"东南方还有饮马池塘，一间马神庙，十二间马厩和马夫住房。"

"盂城驿规模实在不小啊！"

"因为嘉靖三十六年（1557），倭寇侵犯沿海时，高邮城南、北、东三门外被烧毁了无数房屋，盂城驿几成废墟，许多建筑都是后来补建的。"

三人转了一大圈，便回到皇华厅喝茶休息。

8

茶饮了两杯，就说起了官场的腐败无法抑制！过路的抚台、州官、县令对驿站肆意盘剥，而小小驿站经费有限，根本满足不了各级官员的要求，于是便对驿吏非打即骂，尤其手下的那些家丁，狗仗人势，更是狐假虎威，仗势欺人！蒲松龄拿出他写的一篇文章递给了王式丹。

王式丹接过一看，题目是《高邮驿站》，于是不自觉地念了起来："头站一到，家丁四出，鸡犬不宁……夫船有供应矣，而又勒索马匹；廪给有额规矣，而又勒索折乾。稍不如意，凶焰立生，轮鞭绕眶，信口喷波，怒发则指刺于睛，呵来则唾及于面。"

蒲松龄说："这是在下看不过眼，心中愤慨写的随笔，只是记录一二而已！"

"当年乾隆下江南，据说两次路过盂城驿，又是何等的排场？"

"那是皇帝到此，银子铺地，官员巴结，当然不是现在这般模样！"蒲松龄继续说道，"现在是入不敷出，拮据得很哪！"

王式丹问道："留仙兄，刚才看到后院还有十几间监房，是作何用？"

"我刚来时也有这个疑问。后来才知道，那是关押囚犯的地方。"

"驿站还关押囚犯？"

"对！你知道什么是'役夫'吗？"

"知道一些，我朝的服刑罪人，安排他们进行劳役作为刑罚。"

"一点不假，狱外通过劳役来惩罚罪犯，役夫都是轻罪的犯人，安排到驿站惩罚。我来之前的驿丞，还要经常对役夫打板子哩！"

"现在没有了？"

"听老驿卒说，当年的役夫很惨，上上下下都不把他们当人看。干最累的活，吃不饱，穿不暖！对驿卒没有'孝敬'，就让他们戴着手铐和脚镣去要饭！"

"来往官员及狗腿子打骂驿卒，驿卒就把气发在役夫身上，整日里鬼哭狼嚎，甚至摧残致死！"

"怎么能这样？都是下人，没有一点悲悯之心吗？"桂十六有些心疼。

蒲松龄长叹了一声。

"你没有写写这些屈鬼冤魂？"王式丹问道。

蒲松龄说："我准备写部《醒世姻缘传》，把民间听来的因果报应之类的故事汇集在一起。"

"那肯定又是一部巨著，老弟我拭目以待了。"

"子曰三十而立，我今年三十一岁了！当下岁考是第一要务，谈狐说鬼，仅为消遣而已！"

9

盂城驿常年有南来北往的官员白天黑夜熙来攘往，终年累月忙忙碌碌。蒲松龄经过考察后发现，表面繁荣的盂城驿，其实面临着诸多问题，水灾后的驿站更是缺马缺夫缺银两，经营十分困难。调查之后，他为孙蕙代写了一篇上报扬州知府的呈文，请求朝廷多拨一些银两给盂城驿。知府上报了朝廷，却如泥牛入海，直到孙蕙高升，再也没有了下文。

　　"当官要为民做主"，蒲松龄虽然一生未曾有过一官半职，但是只要有机会，他总是想方设法为地方，为普通老百姓争取利益。孙蕙案牍中的书信文稿呈文，一多半都是蒲松龄的笔墨！

　　乡愁，是游子们解不开的情结，蒲松龄经常在梦中回到淄川，与刘氏和家中的孩子在一起。蒲松龄随孙蕙在江南生活了一年，孙蕙上调了，他却要归家了。

　　离开了能够诗词唱和，出诗答对的顶头上司；离开日日夜夜一块打交道、相互支持理解的同僚刘孔集等朋友；离开年轻貌美，好学可人的桂十六；离开风景如画，秀色可餐的大江南……蒲松龄彻夜难眠，在他的诗中记录下了他的人生旅途：

　　　　　漫向风尘试壮游，天涯浪迹一孤舟。
　　　　　新闻总入狐鬼史，斗酒难消块磊愁。
　　　　　尚有孙阳怜瘦骨，欲从玄石藏荒丘。
　　　　　北邙芳草年年绿，碧血青磷恨不休。

第二十五章

高邮的古墓、古墩和古柏林中藏着太多的故事；告别江南，回来享受天伦之乐；一位有情有义的苦命女子，到底去了何处？

1

孙蕙兼任高邮县令后，蒲松龄也在高邮结交了不少乡绅名流，从他们那里也听到了许多奇闻趣事。有人告诉他一个当地流传的故事：

高邮有三十六个大小不一的湖泊，有一天傍晚，人们发现，在新开湖的湖面上忽然浮出了一只大蚌蛤，张开双壳，像一只小船在湖面上漂浮着，露出了一颗西瓜大的珍珠，放射着明亮的光彩，像一轮新月，照亮了湖面和天空。

当人们跑到湖边去观看时，蚌蛤便合上蚌壳，不一会儿就沉到了湖底。

当地传说，老蚌吐珠，高邮将有才子出世！

也就在这天晚上，在一只船上，一位孕妇生下了一个男婴：他就是高邮的才子、苏东坡的四学士之一的著名诗人秦观。

他还听一位衙役说过，在射阳湖畔，汉代的古墓连绵十里，名叫"九里十二墩"！在土墩之间，还生长着数百棵古柏！到了夜间，这些古墓常有绿色的鬼火飘动。他有些好奇，曾去过数次，还和当地的老者闲聊过，有时也独自坐在古墓旁边，想象着鬼魂从古墓中爬出来，讲述他的前世今生。

他还在《宝应县志》上，看到过一则传闻：

宝应东乡三家庄，甲寅夏，雷震一牛，背有字，若火烙印，曰李虎七世身，楚楚可辨。

因他非常痛恨奸贼恶吏，便写成了一篇《秦桧》，收录在他的《聊斋志异》中。

他在高邮的公务较少，在办完公事之后，也常光顾茶坊酒肆，因为在那里能听到一些新奇的民间传说和故事，成了他写《聊斋志异》的素材来源。

2

蒲松龄在宝应和高邮两地生活了一年，写出了以江南为背景的短篇故事，有《晚霞》《王道》《聂小倩》《梦狼》《巧娘》等短篇小说。

有天晚上，吃过晚饭后，孙蕙和蒲松龄品茶时，看了蒲松龄已修改整理出来的一些故事，便意味深长地对他说道："留仙老弟的才华学问，一定会在举业上更上一层楼。"

蒲松龄听了，知道他是在提醒自己，应继续参加乡试，早日踏上仕途。

其实，蒲松龄近时常常梦到与李希梅、张笃庆等友人在一起读书对诗，在柳泉乘凉听人讲故事，场屋里的妻子和几个孩子：这是游子的一种乡愁。

于是，他当夜以参加乡试为由，向孙蕙请辞。

孙蕙同意后，特意安排了一次盛大的辞行宴会，除了主人夫妇和桂十六外，还有刘孔集等同僚八人，大家欢聚一堂，直到子夜方散。

3

第二天一早，他就起了床，收拾好自己的行李，孙蕙等人一直将他送到高邮城的北门，彼此才挥手告别。

当他骑上自己的枣红马，还没走到三里亭，忽听有人喊道："先生——"

他回头一看，原来是桂十六从后边追来了！他连忙下了马，等候在路边。

桂十六跑到他跟前时，已大声喘气，额头上还有一层细小的汗珠，便问道："你怎么——"

桂十六一边用手帕擦拭着汗水，一边笑着说道："我想再送先生一程。"

蒲松龄手牵缰绳，二人缓缓走着。桂十六边走边说："小女子感激先生的教诲，不知何时才能再见到先生。"

蒲松龄心中也有许多话想说，但又不知说什么才好，只说了一句言不由衷的话："好好听孙大人和夫人的话，多读些前人的好诗词。"

桂十六低声说道："小女子记在心中了！"

二人慢慢走了一会儿，桂十六再次说出了自己的身世。

她是孙蕙买来的小妾，为避人耳目，改名桂十六。因尚未告知山东老家的父亲和大夫人，故而尚未行纳妾之礼。

蒲松龄听了，心中的疑团终于解开了！

送君千里，终有一别。蒲松龄上了马，朝前走了一会儿，见她仍然站在那里，不住地挥着手……

他心中有些不舍，但还是狠了狠心，向枣红马抽了一鞭，马儿朝前奔驰了起来……

从江南回山东，蒲松龄走的还是他来江南的那条山路，虽然遇上了大雨，但也没耽误行程，老马识途，过了青石关，终于到了山东地界！

他先去了淄川城的孙府，看望了孙蕙的老父亲和大夫人，还给他们送去了孙蕙写的家信和江南特产。孙家人围着他问长问短，好像是孙蕙回来了，对他十分热情。

蒲松龄也向他们介绍了江南的风土人情和所见所闻，还告诉他们，孙蕙任官期间，治水救灾，爱民如子，受到百姓们的拥戴和上司的赏识。

孙蕙的大夫人主持家务，她一边吩咐人准备饭菜，一边问着孙蕙能吃惯江南的饭菜吗，是不是生过疾病，想不想家等，蒲松龄一一告诉了她。不过，桂十六的事，他未吐露一字！

4

饭后,已是日落西山了,他辞别了孙家,借着一缕晚霞,匆匆上路了。

当他走到蒲家庄的场屋时,天已完全黑了。他看到窗口里还亮着灯光,便将马匹拴在树上,刚要叩门,也许家人已听到了马嘶之声,忽听有人喊了起来:"父亲回来了!"接着,大门开了,蒲箬第一个跑出来,一下子扑进了蒲松龄的怀中!紧接着,刘氏领着孩子也出了大门,一家人簇拥着他进了家门。

他取出从江南带来的糕点,一边让孩子们吃着,一边抚摸着蒲箬的头,笑着说道:"一年不见,长高了!"

全家团聚,才是真正的天伦之乐,其乐融融!

5

自从分手之后,蒲松龄和桂十六也就断了信息。

十多年后,蒲松龄在毕家坐馆教书时,高珩前去绰然堂看望他时,说了一件事:

孙蕙在福建任上满期后,便回到淄川,在家中养病。此时的桂十六,已恢复了自己的名字"顾青霞"!

孙蕙病故后,大夫人将他的几个小妾全部放出门去,让她们自谋生路去了。

顾青霞也离开了孙家，但她没有离开淄川，她在城外租屋独居，每天身穿素服、素鞋，脸上不施粉脂，每隔七天，便去孙蕙的墓前烧香祭奠。过了第七个七天，也就是七七四十九天之后，她就不见了。

她是一位有情有义的女子。

有人说，她已削发为尼，去了一座尼姑庵中，在青灯木鱼的陪伴下，打发着余生。

也有人说，她在回江南之后，已客死他乡。

有一天，塾馆放假，学子们跟随家人踏青去了，他在回家的途中，路过一户人家时，看到院子里有盆牡丹，花苞将开未开，十分鲜艳。

他蓦然想起了顾青霞，在江南的院子里，也有一盆牡丹，由于无人打理，它已枯萎了。顾青霞便早晚给它浇水，不久，枯枝上长出绿色的新叶，不久就含苞待放了！

牡丹开花了！她领着蒲松龄去看时，见花瓣绽开，花色光彩照人，十分艳丽。

蒲松龄笑着对她说道："你是这棵牡丹的救命恩人。"

顾青霞听了，脸上的笑容，灿若牡丹。

当他回塾馆再次路过这户人家时，见牡丹花已经谢了，凋零的花瓣，落了一地！

他触景生情，便吟哦了一首《伤顾青霞》：

吟声仿佛耳中存，无复笙歌望墓门。

燕子楼中遗剩粉，牡丹亭下吊香魂。

　　蒲松龄为不少朋友写过诗词，但为这位命运坎坷的异性朋友，却写了诗词六十七首之多。可见顾青霞在他心目中的分量了。

　　顾青霞信任他，像个小妹信任自己的兄长；而蒲松龄呢，同情她，关注她，却对她的命运心有余而力不足，感到有一种内疚和自责，但又难以言表，他将发自内心的感受，都倾注在诗词中了。

　　这首诗，是他为顾青霞吟诵的最后一首诗。

第二十六章

毕家的藏书楼是一座文化金矿；住进绰然堂的第一天，就挖了个《祝翁》的故事。

1

康熙十八年（1679），蒲松龄再次去济南参加乡试，不料又是名落孙山。这是他第六次乡试落榜！

回到蒲家庄后，他放下行李，便抱起了蒲筠，这是他刚满两岁的小儿子。乡试不中，又家大口阔，为了全家七口人的生计，第二天，他就扛起锄头到地里干活儿去了。

此时正是晌午，他面朝黄土背朝天地锄着谷垄中的杂草，大汗淋漓，又腰酸背疼，便不由得吟哦起来：

锄禾日当午，汗滴禾下土。

谁知盘中餐，粒粒皆辛苦。

他似乎觉得，李绅的这首《悯农》诗，就是为他而作的，仿佛李绅就站在自己的身边。李绅写此诗时，二人的境遇有些相似，都是乡试未中，也都道出了农夫的疾苦。

其实，二人的人生之路完全不同。

李绅的祖父是唐高宗的宰相，其父亦是四品官员，是货真价实的官二代！他家境优越，又勤奋好学，令同龄人羡慕不已。

其父在任所病故后，他只好随母亲迁到了润州（今无锡）生活。第一次参加乡试，落榜！便回到家乡生活，后来认识了浙东节度使李逢吉，二人登上了城外的观象台，看到了烈日炎炎下劳作的农夫，他便随口吟出了这首诗：

春种一粒粟，秋收万颗子。

四海无闲田，农民犹饿死！

李逢吉听了，连连称赞："好诗！好诗！"

李绅诗情大发，接着又吟哦了这首《悯农》。

此事传到了长安后，李绅声名大噪，不但考中了进士，还与诗人李德裕、元稹并称为"长安三俊"。

自此之后，他仕途顺畅，官至宰相。但他却身陷"牛李党争"之中，且生活糜烂不堪，家中歌伎成群，甚至还草菅人命。落了个死后削去爵位，子孙不得为官的下场！

李绅说的是一套，做的却是另一套，是十足的两面派！

不过，他早期的《悯农》诗，却是流传后世，妇孺皆知。

蒲松龄永远都忘不了，那些刚刚启蒙的学童，一边摇头晃脑，一边抑扬顿挫地背诵《悯农》的模样，个个都天真单纯。但谁又会料到，他们以后会变成什么模样？

太阳下山时，他才扛起锄头，朝着场屋的袅袅炊烟走去。

2

由于干了一整天的农活，蒲松龄感到腰酸背痛，浑身无力，吃了晚饭，他洗了澡，刚刚躺在床上，便呼呼大睡起来，他觉得，这一夜是睡得最香的一觉。

第二天清晨，刘氏喊他吃饭时，已是日上三竿了，他连忙下床穿衣，吃完饭后，正要扛上锄头去锄绿豆地里的杂草时，忽然听见有人叩门："蒲先生在家吗？"

刘氏连忙开门，见一中年男子站在门前，向蒲松龄施礼后说："在下是西铺毕家的管家，今奉命前来拜访先生。"

蒲松龄觉得他有些面熟，忽然想起来了，他在王永印家坐馆时，常常看到一位穿长衫的人，站在塾馆的窗外听课，这就是他！便连忙将他迎进家中，刘氏端上了茶水。二人寒暄了几句，来人就说出来意：毕家想聘请蒲松龄去西铺的毕家坐馆，教授毕氏家族的晚辈子孙，他是主人派来的大管家。说完，便取出了主人毕际有亲笔写的聘书。

西铺的毕家，他早已听人说过，毕家是名门望族，有"三世一品""四士同朝"的美誉。主人毕际有是顺治年间的拔贡，还任过通州的知州，也就是刺史。

他在外地任官十八年，回乡后，想找一位德才兼备、品格优秀的人，来塾馆执教，使毕家的后辈们能学富五车，取得功名。经过多次挑选和推荐，终于选中了蒲家庄的蒲松龄。

也许感到太突然，蒲松龄朝刘氏望了一眼，见刘氏点了点头，他便爽快地答应了下来。

管家看到蒲松龄答应前往西铺执教，心中十分高兴，连忙站起来说道："在下这就回去禀报！"说完，向蒲松龄施了一礼，便辞别了蒲家，回去报告毕际有了。

不过，管家并未提及自己的薪酬，他自己也不好开口问，心想，也许毕家不会少于王永印家。

后来他才知道，毕家每月支付他白银十二两，不但每年四个节日都有礼品，甚至收了小麦、高粱，也都会派人送到他的家中。

3

西铺在淄川城的东边，蒲家庄在淄川城的西边，相隔三十多里。西铺是前往济南的必经之地，又是去青州、莱州、登州的必经之路，人马车辆来往不绝。物以类聚，人以群分，一些文人墨客也常在这里聚会。

蒲松龄与毕家的管家已经商定，三天后，他便去西铺坐馆。但他对教书十分敬业，第二天，他就骑着一头毛驴出发了，为的是提前熟悉毕家子弟的人数和学习的环境。

当他走到毕家的大门前时，看到管家正忙着指挥几个仆人将一箱一箱的书籍，从楼上搬到院子里，再一册一册地摆在木板上晒太阳，一可以除霉，二可以防蛀，是民间保存书籍的好办法，也叫晒书！

正在院子里忙碌的大管家见他来了，连忙迎上去，笑着问道："我准备明天去蒲家庄接先生呢，先生怎么今天就来了？"

蒲松龄连忙跳下毛驴，说道："反正闲着也是闲着，就提前来了！"

管家连忙将蒲松龄接进了大门，又派人前去禀报了主人。

不一会儿，毕际有匆匆赶来，把他迎进了绰然堂的客厅。当他知道蒲松龄提前一天前来坐馆时，心中颇为感动，连忙吩咐管家："为蒲先生接风！"

在接风宴上，蒲松龄忽然想起藏书楼的藏书，说道："在下曾经见过一些收藏家的典籍，但数量都不如这里的藏书楼！不知楼中收藏了多少册书籍！"

毕际有笑着摇了摇头，说道："这是先辈留传下来的，我也不知道藏了多少书籍，应该有五六万册吧！先生若有兴趣，就让犬子陪你上楼看看。"

散席后，大管家已将他的行李送到了绰然堂，并安排他住在宽敞的客舍中。

下午，毕际有的次子毕盛钜，便陪着他登上了毕家的藏书楼。

4

藏书楼不但藏有"四书五经"等正统的书籍，还有众多见所未见，闻所未闻的杂书，甚至还有不少手抄的戏文、曲调，其中有一册《帝京景物略》，引起了蒲松龄极大的兴趣，这部书共有八册，一百二十九篇，数十万言！他拿在手中翻了几页，好像找到了一座知识的大金矿！

后来，他借来阅读，把一些不相干的诗文等删去后，选取了一些文字简练、情节精彩的故事，然后精选了七十七篇，合计有八十三页，编成了一册《帝京景物选略》。

李希梅读过后，还为此书作过序：

景物略一册，选于柳泉，是则柳泉景物略也，余读之，幽幽曲曲，渺渺冥冥，一步一折，一折一行，乍离乍合，乍断乍续……

第二天上午，毕际有领着二十几个家族中的子侄来到塾馆，举办了拜师之礼后，便领着蒲松龄在毕府里里外外地走了一遍。

先看的，是绰然堂，绰然堂是一座上下两层的楼房，门额上写着"绰然堂"三个大字，是明代户部尚书、毕际有的父亲所写。"绰然"二字，出自《孟子·公孙丑下》："我无官守，我无言责也；则吾进退岂不绰绰然而有余裕哉？"

落款是：崇祯甲戌白阳老人题。

门前有一棵苍劲挺拔的古松，这是毕家接待来访宾客的地方，蒲松龄的客舍，就在绰然堂的楼上。

出了绰然堂，不远处就是石隐园，是一座淄川没有，济南少见的园林！

毕际有告诉他说，石隐园里的奇形怪状的石头，都是取自泉山，如一块数丈高的石头，如一位老者站在那里，便取名"丈人石"；两棵连理而生的栎树中间，有块石头，叫作垂云石；有两峰对峙，状如双鹰的巨石，取名双鹰石；还有万笏山、石梁、石舫、海岩石等奇石。这些奇石之间和池塘之畔，点缀着几座玲珑的亭台，石隐园中还生长着松柏修竹和各种花卉芳草。进了石隐园，犹如到了不食人间烟火的仙界，令人流连忘返。

蒲松龄在坐馆期间，极喜爱这座石隐园。读书累了，便在石径上走一走，在小亭上眯着眼坐一会儿，感到身心都会轻松了许多。他的许多聊斋故事，都是在这里构思而成的。

5

在坐馆教书之外，蒲松龄还根据藏书楼中的一部旧书，编选成一部《怀刑录》，又根据教习毕家子侄们的需要，编成一部《历字文》和《历代帝王考》。

还有些民间常用的歌诀、各种吉日凶日干支表，以及《三元五腊诞日期》《十殿阎君圣诞日》《看男女值年星辰宿名图》《二十八宿值日吉凶歌》，编成了两册。

张笃庆还为他的《历字文》写过跋语。

蒲松龄在西铺坐馆教书的三十多年中，他是这座藏书楼的常客，已记不清来过多少次了！这里，充实了他的知识，开阔了他的视野，也丰富了《聊斋志异》的内容。

晚饭后，毕际有亲自将蒲松龄送到绰然堂的客舍。这时，一位头发灰白的女佣送来茶水，毕际有笑着说："郑婶不是爱讲故事吗？蒲先生不但爱听故事，还爱写故事，你能讲一个听听吗？"

郑婶早就听人说过大才子蒲松龄要来毕家坐馆教书，没想到今天见到了他，便笑着说道："我就讲个我远房亲戚祝翁的故事吧！"

祝翁和老伴同庚，无子无女，二人相依为命。到了八十岁时，祝翁病故了。他到了阴间后，心中一直挂念着老伴，她孤苦伶仃，无依无靠，十分可怜。于是又回到了阳间，把老伴也领到阴间，二人相扶相携，向前走着……

　　故事虽然很短，却十分感人。他如获至宝，当夜就写出了一篇《祝翁》。

　　这是他在毕家坐馆时，写下的第一篇短篇小说。

第二十七章

塾馆开讲的第一课，讲的却是一个"三白"的故事；终于见到了文坛领袖王渔洋。

1

听说毕府的塾馆来了一位爱讲故事的教书先生，消息传开后，不但学童们都兴高采烈，他们的家长也觉得新鲜。不过，也有人有些顾虑，他真能教好自己的孩子吗？

蒲松龄开讲那一天，学童们一早就进了塾馆，窗外站着听讲的家长们，比里边的学童还多！

蒲松龄在开讲之前，先问了问学童："你们早饭吃的什么？"

"炸油条！"

"葱花油饼！"

"肉丝面条！"

"煎鸡蛋！"

"肉包子！"

……

蒲松龄说："大诗人苏东坡和他弟弟，当年吃的是三白饭！你们谁知道什么是三白饭？"

学童们听了，没人吭声。

他接着说道："三白饭，就是白米、白萝卜和白开水。"

接着，他讲了一个关于苏轼的故事。

2

宋真宗景德元年（1004），辽国军队在萧太后和辽圣宗的率领下，向南大举进攻。宰相寇準受命抗击辽军，在对辽作战中，宋真宗亲临前线督军，随寇準的军队渡过黄河，抵达了澶州的北城。宋军将士见了，振臂高呼"万岁"，声闻数十里。就在抗辽节节胜利，本该乘胜前进一鼓作气收回被辽军占领的土地时，宋真宗却派出使节与辽国议和。

最后，双方终于达成了协定：大宋每年向辽国输银十万两，丝织物二十万匹，双方结成兄弟之邦。这就是当年的"澶渊之盟"。

后来，辽国虽然觉得大宋的国力渐弱，但自己的游牧文化仍远不及大宋，尤其是在诗词歌赋上，更难与大宋相比。辽国国主心中不服，从四面八方招募了一些文学之士，还从被占领的大宋地区找来了一些人士，花费了数月工夫，拟出了数千副楹联；再从中挑选出了以为是天下绝妙的楹联，派络耶律为使节，来到汴京，准备以这些楹联为"超级武器"，向大宋显示辽国的文化实力，以提高辽国的国威！

络耶律率领四名随员，向宋神宗递交了国书之后，奏道："辽宋两国互相友好，已有多年，辽国为增进两国在诗词歌赋方面的交流，国主命微臣带来数副楹联的上联，请贵国君臣对出楹联的下联。若贵国能对出，辽国愿永为大宋下邦；若对不出，大宋则永为辽国下邦！"

宋神宗对络耶律傲慢无礼的神态和口吻十分反感，但又不便表露出来，便笑着说道："我大宋乃是礼仪之邦、诗歌之国，书籍成山，人才济济，朝野撰写、吟哦楹联已成风气，大凡宫殿、庙宇、城楼、店铺，皆有楹联，百姓家里的楹联更是数不胜数。不知贵国的帐篷和马背上是否也有楹联？贵国想以楹联难倒泱泱大宋，简直是——"宋神宗本想说"蚍蜉撼大树，太不自量"，但又改了口，"请把贵国的楹联呈上来吧！"

络耶律呈上了半副对联："陛下请看！"

侍从将楹联在龙案上缓缓展开，只见上面写着：

三光日月星

宋神宗看了，起初并不以为意，心想：辽国国主想用这五个字难倒大宋的君臣？这么浅显的楹联，恐怕山野的学童们都能对得出来！但仔细一琢磨，又不由得吃了一惊，他发现此联不但刁钻，而且暗藏玄机：三光的"三"是数量词，下面的"日月星"又都是与"光"有关的名词；对下联时，不但要字字相对、不留痕迹，还要合乎平仄、音律和意境。他琢磨过之后，觉得此联十分难对，一旦对错后果就严重了。于是，他将楹联传给了王安石，说道："请王爱卿也看一看。"

王安石看了，心里马上就有了几副下联，但似乎都不及上联，觉得没有把握，便传给左边的文臣。文臣们看过之后，又传给右边的武臣。大家看过之后，谁都不说话，因为大家都心照不宣：此联难对！

络耶律见大家都看过了，却没有人站出来应对，心中窃喜，他冷笑着说："请陛下暂将此联放在这里，明天还可以继续来对，限三天为期，微臣告退了。"

　　络耶律离开大殿之后，神宗皇帝满脸通红，他望了望满朝的文武百官，愤愤地说道："我大宋承袭春秋百家、汉唐遗风，天下多少锦绣文章！朝野多少文学俊士，你们都是士林的佼佼者，竟没有一人能对得上辽国的上联！既丢了你们的脸面，也丢了寡人的脸面，更丢了大宋的脸面！"

　　大殿中鸦雀无声，静得能听到各自的喘气声。

　　生气也好，发火也好，都于事无补，龙案上的那半副对联，三天之内非对出来不可！这是君臣们无法回避的难题。

　　宋神宗见群臣都一言不发，心中的火气更大了，他指着文臣们大声问道："俗话说，'养兵千日，用兵一时'，大宋养士众多，却没有一个人能对出区区半联！难道大宋真的要败给辽国了吗？"

　　这时，忽然听见有人喊道："陛下，微臣推荐一人，必能对出辽邦的下联！"

　　宋神宗一看，原来是校书郎文同。

　　文同不但文采出众，且擅长画竹，他家的院子里全都种上了竹子，有楠竹、潇湘竹、紫竹、方竹、罗汉竹等十余种，并把自己的书房命名为"喜竹堂"。不论春夏秋冬还是风雨霜雪，他每天都仔细观察竹的形态变化。他笔下的竹子，灵动鲜活，如同真竹。晁补之曾称赞"文同画竹时，成竹已在胸"，"胸有成竹"这个成语，说的就是这位画家。

　　文同入朝以来，为人稳重，从未出班言事，他会推荐谁呢？宋神宗连忙问道："文爱卿推荐何人？"

　　文同出班奏道："微臣推荐苏轼！以苏轼之才，定能对出下联！"

　　这时，王安石也出列奏道："陛下，臣十分赞成文大人的推荐。苏轼不但是大宋的诗坛高手，也是文坛的领袖，请他来对，必令辽使服输！"

　　宋神宗听了，紧锁的眉头松开了，脸上也有了笑容。他大声对身边的宋公公说道："速召苏轼进殿！"

　　苏轼进了大殿之后，宋神宗向他讲述了辽使要求对出下联的经过，又让他看了辽国的上联，问道："苏爱卿，你觉得如何？"

　　苏轼微微一笑，说道："微臣已对出来了！"

　　宋神宗一听，长长地舒了口气，大声说道："宣召辽国使节进殿！"

　　话音刚落，络耶律就率领四名随员大摇大摆地进了大殿，他施礼之后向宋神宗问道："是不是大宋的君臣们没能对出下联，要求服输？"

　　宋神宗听了，哈哈大笑起来，说道："在我大宋，对这种楹联，是学童稚子们的游乐，辽国的这种上联，岂能难住我大宋君臣！他环视了左右群臣之后，问道："哪位愿意对辽使的上联？"

　　苏轼出班奏道："陛下，微臣愿意。"说着，走到摆放着纸笔的龙案旁边，在君臣们的注视之下，他挽了挽袖子，挥笔写下了五个行书大字：

四诗风雅颂

　　络耶律看了，竟一时说不出话来。

　　因为"风雅颂"都是《诗经》里的诗歌体例，可称为"三诗"，而"雅"中又分"大雅"和"小雅"，合起来刚好就是"四诗"。"四"对"三"，"诗"对"光"，"风雅颂"对"日月星"，对得贴切、巧妙！

　　大家看了，都连声称赞起来。

　　宋神宗笑着对络耶律说道："使节大人，怎么样，认输了吧？"

　　络耶律便红着脸退出了大殿……

蒲松龄刚刚讲完，站在窗外听讲的毕际有带头鼓起掌来。他进入塾馆，先向蒲松龄施了一礼，又对学童们说道："先生讲的故事，是让我们刻苦读书，有了学问，才能有所出息，建功立业，光宗耀祖，记住了吗？"

学童们齐声大喊："记——住——了！"

第二十八章

西铺坐馆三十年，结交了朋友，开阔了眼界；《聊斋志异》终于定稿，却未能等来文坛领袖的序言。

1

由于毕家的声望和广泛的人脉关系，蒲松龄在这里结识了众多友人，也开阔了眼界，增加了阅历。在他的朋友之中，除了毕际有，还有毕怡庵。

毕怡庵是毕际有的侄儿，他天资聪明，颇有才华，但又不拘一格，为人豪爽。他一有空闲，便会去绰然堂的客舍，拜访蒲松龄。二人彼此信任，无话不说，十分投缘。有时聊到半夜，二人便在床榻上抵足而眠。

有一天，毕怡庵提着酒壶来到客舍，与蒲松龄两人就着一碟炒黄豆，边饮边聊了起来，当饮到微醉时，毕怡庵说自己做过一梦，梦中的情景，他从未向外人说过：

一天，他在灯下看书时，忽然听到叩门之声，开门一看，是位妙龄的女子，貌美而又多情。她告诉毕怡庵，她是修炼成仙的狐狸，因仰慕毕怡庵的才华，才在夜深人静时前来拜访。

二人越说越投机，都有相见恨晚之意，缠绵到四更时，她才恋恋不舍地告辞，还约定，明晚二更，她会再来幽会。

他想挽留她，便拉着她的衣袖不放，二人正在拉扯时，他突然醒了，原来，自己做了一个梦！

他说完了自己的这个梦，不禁笑了起来，说道："梦中若是真的，该有多好！"

蒲松龄也笑了，狐狸都能如此善良，况乎人呢！

于是，他连忙坐在灯下，将这个故事写了下来，成了《聊斋志异》中的《狐梦》。

毕公权是毕际有的从孙，听人说，他是个天生的才子，九岁就能写文章，读书非常用功，二十七岁那年便考中了举人，并撰写了一部《农家集》，他不但支持蒲松龄搜集奇人异事，也是《聊斋志异》最早的读者，还是这部书的赞助者之一。

但他自小体弱多病，活到三十九岁时，便英年早逝了。

蒲松龄认为，他若中举后再去参加院试和殿试，必能仕途顺利，前程无限！他的文才，可追李攀龙、王士祯、谭元春等文坛前辈。

蒲松龄在《聊斋志异》中《马介甫》一篇的文后，写有"此事吾不知其究竟，乃毕公权撰成之"。

可见毕公权曾极力支持过蒲松龄的创作活动。

2

在毕家坐馆时，蒲松龄还结识了一位文友袁藩，字宣四，号松篱。他对宋元的词曲有不俗的造诣，还爱好填词和收藏古玩，他于康熙癸卯年考中举人第一名，还著有《敦好长堂诗文集》多卷。

袁藩和毕际有都是《淄川县志》的主要执笔人，毕际有邀请他住在石隐园，他和蒲松龄成了邻居，二人常在一起，都热爱写作，意气相投，相得益彰。

他后来病了，需回家休养，在离开的前一天，他还为蒲松龄填了一首《临江仙》：

旦暮不曾长握手，君归似觉邻空。桃花潭水意无穷，马鸣秋树外，人望夕阳中。

卧榻呻吟三四月，尘缘不挂心胸。寄方愿与古人同，勿将多病骨，强附少年丛。

蒲松龄在《聊斋志异》中的《古瓶》和《龙》两篇小说中，都注明"故事得之于袁藩"。

3

蒲松龄还结识了淄川文坛上的泰斗唐梦赉。

唐梦赉字济武，号豹岩，是顺治年间的进士。曾任翰林院庶吉士和秘书院检讨。因上书弹劾一位给事中的贪污而受到排挤！被免官后回到淄川，以著述自娱。因主修《淄川县志》，与毕际有往来密切，常去毕家的绰然堂做客，与蒲松龄相识，他也邀请蒲松龄去他家住上几日，一起登山游览，二人互敬互慕。他虽比蒲松龄年长十三岁，且已有功名，但对坐馆教书的蒲松龄，引以为知己。他也是《聊斋志异》最早的读者之一，还为《聊斋志异》写过序文。蒲松龄在《聊斋志异》中的《雹神》中，就有如下赞语："唐太史道义文章，天下钦瞩已久，此鬼神之所以必求信于君子也。"

唐梦赉七十寿辰时，他请蒲松龄为他撰写一篇生平志，蒲松龄在文章中赞扬了他的学识和人品，也表达了他对自己的提携之恩。

4

高珩也是淄川人，字葱佩，号念东，别号紫霞道人。年长蒲松龄二十九岁，是崇祯十六年（1643）的进士，授翰林院庶吉士，入清后任过都察院左副都御史、刑部右侍郎，一生简朴，为官清廉，两袖清风。他辞官归乡后，蒲松龄前去拜访过他。还将自己一册装订的《聊斋志异》拿去，请他指教。

高珩看后，立即挥笔，写了一篇长序，对作品予以了充分的肯定。

高珩病逝后，蒲松龄非常悲痛。他对高珩的评价很高，曾赞扬他：

千里几无文献在，十年赖有典型存。

除这些同道友人之外，还有毕振叔、毕子帅、毕来仲、王如水、王长人、王乃甫、刘茂功、邱行素等友人，他们或相携登山游览，或以诗文唱和。蒲松龄不但从他们那里扩大了交际范围，也获取了创作的素材，对《聊斋志异》的创作有极大的裨益。

5

蒲松龄已经参加过六次乡试，分别是在二十岁、二十四岁、二十七岁、三十一岁、三十五岁、三十九岁。虽然连连"铩羽"受挫，但也看到了考场内外那些贪官污吏的丑恶嘴脸，以及他们背后的交易。这些见闻，都成了他笔下的故事。

康熙三十八年（1699），顺天乡试的主考官李璠和副考官姜辰英，收了五名考生一万六千两银子，被御史弹劾后，康熙帝下旨，对李、姜二人绳之以法！

康熙五十年（1711），江南乡试舞弊案，副主考官王曰俞接受了考生的贿赂，康熙下旨，不但斩杀了副主考官，连主考官也掉了首级！

蒲松龄以春秋笔法，写了一篇《叶生》，说他胸怀锦绣文章，诗词冠绝一时，却困于考场！蒲松龄以叶生之口，吐出了自己心中的块垒；他还在《神女》的故事中，借一位青衣之口说道："今日学使署非白手可以出入者！""学使之门若市！"一针见血地指出科考行贿，已成了人们心知肚明的惯例！

他还在一篇《司文郎》的故事中，写了一位双目失明的盲僧，凭着将文章用火烧掉，鼻子来嗅和手摸，就能知道写文章的人的水平，而写的一团糟的人，竟榜上有名，这样的讽刺手法，应是前无古人，后无来者！

他想起自己在参加乡试之前，朱三贵还特意到了蒲家庄，让父亲拿出五百两银子，他帮着蒲松龄去济南贿赂主考官，被父亲当场拒绝的往事，心中就有一种吃了一只苍蝇一样的恶心！

6

在西铺教书的日子里，蒲松龄已经将他的《聊斋志异》初步编辑成册了，但总觉得官场上的那些歪门邪道之类的文章，好像还少了些篇幅。他在江南做幕宾的经历，使其知道了中下层官吏的生存状态。

万陵县县令的贪虐，让百姓恨之入骨。一位姓范的秀才，因一件小事被捉去，被衙役赵其活活打死了！激起了民愤。他们请张鸿渐撰写讼状，将赵其告到县衙，谁知赵其贿赂了上司，要将张鸿渐捉去坐牢，张鸿渐只好连夜逃出了家乡。

一个有一定社会地位的文人，都能遭受如此迫害，何况平头百姓呢！

蒲松龄还在他的《王十》中，写了一个阴间的故事：

王十因贩卖私盐，被官府判刑处死。他到了阴间后，阎王爷问他：犯了何罪？

他说，他贩卖私盐，是为了养家糊口，真正贩卖私盐的人，都是有权的官员和有势的显贵们。他们是豺狼虎豹，善良的百姓，都是他们眼中的肥肉。

蒲松龄还在《梦狼》中，讲了一个大官大贪，小官小贪，小官身边的小吏也贪的故事：

淄川县令杨某，对下属衙役十分苛刻，每到升堂审案，都备下刑具，重刑重判，差役们都不敢大声咳嗽。

一天，衙役捉了一个不法之徒，审案时，犯人不服，县令十分恼火，这时，旁边的差人忽然大声喊道："你若不服，大人的大刑会要了你的小命！"

杨县令听了，心想，他怎么知道自己会用大刑？可能衙役已收了他的好处，于是，判决犯人无罪释放。

到了晚上，犯人在杨县令的窗下，放下一个包着百金的包袱！

7

有天晚上，蒲松龄一面整理最近写出来的一些故事，一面发起愁来。自己的《聊斋志异》在刻印之前，请谁为这部书写篇序呢？

请淄川的文友来写，恐分量不足；请济南的名家来写，一是拿不出太多的润笔之资，二是怕人家婉拒；至于京城的文坛名流，他更不敢高攀了！

正在这时，毕际有忽然笑吟吟地来到了他的客舍，告诉他一个好消息，淄川县令张嵋派人送来信函：京城的王士禛，三天后要来毕家，看望他的姑母，也就是毕际有的夫人！

蒲松龄听了，心中大喜，心想何不请这位大清文坛上的盟主，为《聊斋志异》撰写一篇序呢？

他将自己的想法告诉了毕际有，毕际有听了，满口答应。

8

在见到王士禛之前，蒲松龄对他的家族和他的生平已有了解。王士禛字贻上，号阮亭，自号渔洋山人，崇祯七年（1634）生于山东的新城（今桓台县），其高祖王重光，是明朝进士，官至贵州按察使参议；曾祖王之垣，进士，官至户部侍郎；伯祖王象乾，进士，官至兵部尚书；祖父王象晋，进士，官至浙江右布政使；父亲王与敕，清初的拔贡，封国子监祭酒，赠户部尚书；兄弟王士禄和王士祜，都是进士，王士禧是岁贡。

王士禛于清顺治八年（1651）中举，十二年后为进士，顺治十六年（1659）为扬州府推官，历任翰林院陪读、詹事府少詹事、都察院左副都御史、刑部尚书，著有《带经堂集》《居易录》《池北隅谈》《分甘余话》《香祖笔记》等三十六种。

王士禛因处理祖父和父亲墓地之事，经朝廷批准，已回到老家。故而写信告知了淄川县令张嵋，将到淄川毕家去看望他的姑妈。

9

三天后的清晨，毕家的管家已领着仆人们将园内园外打扫得一尘不染，午后，毕际有便率家族中的后辈们等候在大门前面，他让蒲松龄和自己并排而站。

不一会儿，看到两乘轿子从远处走来，毕际有连忙率人迎接，王士禛和县令张嵋下了轿，没等毕际有开口，王士禛连忙上前一步，向毕际有深深一揖，笑着说道："下官前来姑家拜访，姑母可好吗？"

毕际有连忙答道："她时常挂念贤侄，正在家中等候贤侄呢！"

接着又指着身边的蒲松龄说道，"这位就是在家坐馆的留仙先生。"

王士禛说道："下官早已听说先生大名，能在姑母家见到先生，亦是缘分！"说完，躬身一拜。

蒲松龄连忙还礼，说道："大人乃当今文坛泰斗，名噪天下，今日有幸见到，是在下三生有幸！"

王士禛是以晚辈身份前来看望姑母的，而蒲松龄是毕家的塾师，应与毕际有同辈，王士禛虽是朝中重臣，但仍以晚辈口吻说话，这既是礼仪，亦是一种谦逊。

接着，张嵋也向毕际有和蒲松龄躬身一拜，寒暄了几句之后，人们才簇拥着他们进了毕家的大门。

毕际有领着客人先去看望了毕夫人，之后，一行人便去了绰然堂的前厅。

因为是家宴，便未邀请外面的嘉宾，除了淄川的父母官之外，都是毕家的子弟和坐馆的老师，毕际有将王士禛让在首席，张嵋坐二席，自己和蒲松龄并排坐在王士禛的对面，其他晚辈都依次坐在末席。

作为东道主，毕际有端起杯子，站起来说道："第一杯酒，先敬渔洋大人驾临寒舍，乃寒舍的荣光！"说完举杯而尽。

接着，他又敬了父母官张嵋一杯。

在座的晚辈们也纷纷站起来敬酒，一时间，宴席不再拘束，说笑声、碰杯声此起彼落，十分尽兴。

散席后，蒲松龄刚刚回到绰然堂的客舍，住在隔壁的王士禛，乘着酒兴，前来叙谈，并说要拜读他的《聊斋志异》。

蒲松龄听了，连忙拿出自己写的一些诗词，又选出了几册《聊斋志异》中的文章，请他指教。

王士祯先看了他的诗词，又坐在灯下，阅读起了他的聊斋故事，他看得很认真，蒲松龄给他倒了一杯茶，他也未喝，说道："下官还想借一些，回去拜读。"

蒲松龄连忙又取出一些，他挑选了几册，便告辞了。

送走王士祯后，蒲松龄终于明白了他深夜来访的意思：自己拜托毕际有，请王大人为《聊斋志异》写序一事，他已告诉了王士祯，王士祯已经答应了。想到这里，他心中十分激动。

10

王士祯离开毕家之前，已将借去的聊斋故事，托毕际有还了回来，并对一些篇章进行了点评。

他还将《聊斋志异》中的《五羖大夫》《妾击贼》《赤字》《小猎犬》《张贡士》等篇，收进了他的《池北偶谈》一书。

蒲松龄写的《酖石》《庙鬼》《四十千》《王司马》等篇，写的就是王士祯家族之事。

后来，王士祯回到京城之后，二人不断有书信往来，但蒲松龄一直未见到他为《聊斋志异》写的序。

有一日，终于盼到了王士祯的一封来信，信中除了问候叙旧之外，王士祯在回信中，附了一首《戏题蒲生〈聊斋志异〉卷后》：

> 姑妄言之姑听之，豆棚瓜架雨如丝。
>
> 料应厌作人间语，爱听秋坟鬼唱时。

　　不知是回避清廷文字狱的嫌疑，还是别的什么原因，蒲松龄想要他为《聊斋志异》写的序，始终未能收到。

　　虽然如此，他寄给蒲松龄的《戏题蒲生〈聊斋志异〉卷后》的四句诗，虽不是序，亦可为序，因为它提高了《聊斋志异》的知名度，扩大了这部作品的社会影响，既朗朗上口，又让人产生联想。

　　这既是文字的魅力，也是名人效应。

　　事后，蒲松龄回信了一首《次韵答王司寇阮亭先生见赠》：

　　　　志异书成共笑之，布袍萧索鬓如丝。
　　　　十年颇得黄州梦，冷雨寒灯夜话时。

　　他辞馆回家后，有一天，西铺毕家派人送来讣告：告知王士祯已驾鹤西去！他泣不成声，悲恸欲绝，立即代毕际有写了长篇悼文，泪水将纸页打湿，字迹模糊，他不得不铺纸重书！

　　写完悼文后，他夜间做了一梦，又梦见了这位师长兼文友的知音，便披上衣裳，伏在桌前，一口气写了四首七律，其中一首是：

　　　　昨宵犹自梦渔洋，谁料乘云入帝乡。
　　　　海岳含愁云惨淡，星河无色月凄凉。
　　　　儒林道丧典型尽，大雅风衰文献亡。
　　　　薤露一声关塞黑，斗南名士俱沾裳。

第二十九章

草亭设茶，恳求行人留下奇人异闻传说，小孙子成了他收集故事的得力助手。

1

蒲松龄撒帐回到家中后，和孙辈在一起，是他最开心的一件事。在六个孙子中，他尤爱长孙蒲立德，他聪明好学，常常坐在爷爷膝盖上听故事，一听就是大半天！不但爱听故事，还学着写故事，写得虽然稚气，字句不顺，但也十分认真，有时，还成了他收集故事的小助手。

有件事，他记忆犹新。有一年的夏季，天气热得出奇，地里的庄稼蔫头耷脑，官道上少有行人，只有柳树上的知了有一声无一声地叫着。

蒲松龄手里摇着蒲扇，和蒲立德来到柳泉，坐在泉边的草亭中，坐在石磴上擦着汗水。

"爷爷，我去提水！"说着，他就拿着瓦罐去了柳泉。

他提着满满一罐水走回草亭，熟练地用火镰打着火，点上柴草烧了起来，还笑着对爷爷说："爷爷，我都十三岁了，该起个号了。"

蒲松龄一听，笑了起来："还小呢，再过几年，爷爷给你取个好听的。"

"爷爷，我自己取了一个号。"

"哈哈，你自己取了一个？快告诉爷爷。"

"我叫东谷！"

蒲松龄一怔，眼睛不禁一亮："德儿，你说说，为啥取东谷作号呢？"

"爷爷，你看！"蒲立德指着柳泉东面的峡谷，说道，"柳泉的水从东谷流过，柳泉在先，东谷在后。爷爷叫柳泉，我是爷爷的孙子，当然就叫东谷了！"

"哈哈……"蒲松龄高兴地大笑起来，他笑得流出了眼泪，"好一个东谷！德儿，你取得好！就叫东谷吧！东谷，好哇！一个人真有学识，就要虚怀若谷。"

蒲立德得意地在壶下添了把柴火："爷爷，我还给自己取了个字呢！"

"噢？快说给爷爷听。"

"我的字叫毅庵。爷爷，你写的《狐梦》真好，我都背下来了，故事里那个毕怡庵，太有意思了，我喜欢他，就叫毅庵。我长大了也学爷爷写'聊斋'，爷爷，你说行不？"

蒲松龄紧紧把他抱在怀里，激动得声音都有点颤抖了："好，好，好！我的好孙子，你就叫毅庵吧！"

水开了，"咕嘟咕嘟"地冒着热气。蒲立德忙将水倒进了大茶壶里。

2

官道上过来了两个人，一看就知道是远道而来的客商。两匹马热得嘴里吐着白沫，一见柳泉，顿时有了精神。便旋风似的跑过去，拼命地喝起来，差点儿把主人摔下来！

蒲松龄忙招呼道："过路客官，来草亭喝碗茶吧！"

客商进了亭子，蒲立德忙双手端过一碗茶，客商一饮而尽，连说："好茶，好茶！"

蒲立德自豪地说："这是我爷爷自己做的桑菊蜜饯茶，又防暑又解渴。"

客商连连点头："再来一碗！"

客商一连喝了三碗，把手伸进怀里："小公子，多少钱一碗？"

蒲立德忙摆手道："不要钱！"

客商惊异地看了蒲松龄一眼。

蒲松龄问道："先生从哪里来？"

"陕西。"

"先生走南闯北，经多见广，有没有好听的故事？"

"故事，什么故事？"客商不解地看着蒲松龄，"你莫非是专写鬼神狐妖故事的蒲留仙？"

蒲松龄双手一拱："正是在下。"

"啊呀！蒲老先生，您的大名如雷贯耳，在下久慕其名。我家在登州府。先生的聊斋故事我看过，写得太好了！"

"过奖了，先生贵姓？"

"在下姓金，排行第三，人称金三。听人说聊斋先生设茶听故事的美德，今日一见，果然如此，幸会幸会呀！"

蒲松龄笑道："先生过誉了，请先生讲个故事吧！"

"有一个故事挺有意思，在陕西大人孩子都知道，但不是鬼神狐妖。"

"先生请讲！"蒲松龄已是急不可待了。

蒲立德急忙又给金三满上一碗茶："您再喝一碗，多讲个故事，我和爷爷最爱听故事啦！"

金三看着蒲立德，笑道："怎么你也想写'聊斋'？"

蒲立德认真地点点头。

"好，有志不在年高！蒲老先生后继有人啊！"金三竖起拇指夸道，"我这人不会讲故事，不过喝了这桑菊蜜饯茶，不留下个故事交不了差！那就讲一个吧！"

金三喝了一口茶，就说了起来：

陕西有个人在外地当官，家眷一直没有搬去。他老家遭了兵祸，几年不通音讯。兵祸平息了，他派人去找其家眷，只见方圆百里没了人烟！他悲恸欲绝，派人四处打听家人下落。他手下有一个老随从，死了老伴，就到人市上想买一个，正赶上大兵平乱凯旋，捉回了许多妇女，在市上出卖，就像卖牛马一样！

这个老随从见一个老太太穿戴很干净，和善，价钱又低，就买了回来。

不料那老太太认出他是她儿子的随从。那随从大吃了一惊，忙禀报老爷，那当官的一看，果然是他母亲，母子抱头痛哭起来。他很感激那个老随从，给了他钱，让他再去另买一个。

这次钱多了，随从想买个年轻点的，他见一妇女三十来岁，长得也漂亮，就买了下来。谁知这妇人也认得他，问他是不是她丈夫的护兵。随从惊得连话都说不出来了！忙领她去见老爷。那当官的一看，果然是他的妻子，夫妻俩又抱头大哭！一天之内母妻重聚，他高兴极了，给了随从一百两银子，让他娶妻。

"战乱胜过天灾，灾难啊！"蒲松龄感慨道。

"先生，这位官老爷姓啥，叫啥名？"蒲立德听得入神，忙问道。

"我忘了，反正这事是真的！在陕西，人家说得有鼻子有眼的。"

3

蒲立德在一旁听得津津有味，非要赖着客人再讲一个故事。客人推脱不掉，只好坐下，又讲了一个故事：

有一年秋天，在前往济南府应试的路上，一位姓卜的考生，结识了两个赶考的书生，他们便结伴同行。

这两个书生，一个姓王，另一个姓李，都是锦鞍骏马，衣冠楚楚，一看就知道是富贵人家的子弟。王、李二人见卜先生年龄不小，骑着一头精瘦的小毛驴，穿着一身半旧的蓝粗布衣服，样子十分寒碜，就有些瞧不起他。二人言谈之间，处处冷落卜先生，而卜先生却一点也不在意。

傍晚，他们同在一个客店里过夜，第二天天还未明，三人便匆匆上路了。因起得过早，以致走了十来里路程，天色仍没放亮。厚厚的云层将天空遮蔽得严严实实的，没有一点星光。四周一片漆黑，难辨路径。只有路边的溪水伴着秋虫的鸣叫声，在轻轻地流淌着。

王、李二人感到无聊，便商量着对诗来提提精神，解解闷儿。二人斟酌再三，决定以"早起五更有感"为题赋诗一首。

李生道："王兄，我这里占先了：'行行复行行'，请续！"

王生道："李兄，我这里也有了：'十里天未明'如何？"说完乐得手舞足蹈，差点从马背上滚下来。

只对了两句，往下便对不上了。二人抓耳挠腮，搜肠刮肚地想了许久。无奈江郎才尽，怎么也想不出下两句来。

卜先生想象着他俩的窘态，不禁暗自好笑，便道："二位仁兄，我与你们续上下两句如何？"

二人连忙答应了。

卜先生摸了一下驴屁股，遂吟道："不见青山色，只闻绿水声。"

两个书生闻听，不禁咂嘴叹赏："妙极！妙极！仁兄大才，科考势必夺魁！"

黑暗中，卜先生微微笑了笑，没有言语。他抖了抖缰绳，不紧不慢地向前走去。

蒲立德听了，乐不可支，赶忙用笔将诗句抄录下来！他向爷爷说道："爷爷，那个卜先生，别不是你吧？他们把蒲先生听错了，听成了卜先生？"

"小孩子瞎说！"

"啊呀，天不早了，我得赶路了。蒲老先生，多谢您设茶招待，后会有期！"客官起身告辞。

蒲松龄忙起身拱手道："应该是我感谢你才对，你的故事讲得太好了，以后再从此地路过，别忘了再给我留下个故事！"

送走客商，蒲松龄还沉浸在故事中。他忙收拾了一下，匆匆领着长孙回到家里，铺下纸，一口气写出了聊斋故事中的《乱离》。他放下笔，长长地舒出一口气，捶了捶僵直的腰。

4

有一天，蒲立德抱着一沓书稿，来到蒲松龄面前，说道："爷爷，你看，这是我写的'聊斋'。"

蒲松龄又惊又喜，看了一篇，又看一篇，一连看了五六篇。虽然字里行间充满了奶腥味，幼稚可笑之处到处可见，可这足以显露出他的才华。特别是那篇《问天地》，写得有气势，很有文采。

蒲松龄看着看着，不禁读出声来："天者，乃众人所戴之天；地者，乃众人所踞之地。抬头问天，为何同戴一天，却有人吃香喝辣，有人咽菜吃糠？有人绫罗绸缎，有人破衣烂衫？俯首问地，为何同踞一地，有人骑马坐轿，有人步履蹒跚？"

"好！"蒲松龄提起毛笔，在上面写了一个"好"字，将蒲立德揽进怀里，在他脸上亲了一下。蒲立德被爷爷的胡子戳得发痒，"咯咯"直笑。

蒲立德也确实不负爷爷的期望，他一生著作颇丰，有《三字经注解》一册，《东谷文集》四卷，《东谷诗集》二卷，《修志备采》二卷，《道书汇通》四卷，《家政汇编》四十卷。

当然，这是后话。

第三十章

七十一岁考成岁贡生；三才子酒礼再次聚首；中秋节四代团圆，
却又老孤失伴。

1

蒲松龄从西铺撤帐回到家中后，家中已是儿孙满堂了，家有土地
五十余亩，住房十余间，每个儿子都有自己的住房，他们还盖起一座"磊
轩"，让他在里边读书写作。他在儿孙绕膝颐养天年的日子里，除了
精心整理他的《聊斋志异》外，还有三件事，让他难以忘怀。

第一件，他七十一岁高龄时，参加了最后一次考试，获得岁贡生
的身份。

按大清的规定，秀才通过乡试，中了举人是正途；贡生出身者，
经铨选也可取得任官资格。

贡生又分五类：一类是拔贡；二类是乡贡；三类是优贡；四类是
恩贡；五类是岁贡。在这五类中，岁贡的地位和待遇是最低的。

前四类可以经过选拔后，授予不同的官职，而岁贡也可凭资历获得，
考中者可向县令支取二十九两银子，还有一套贡服。

蒲松龄是在青州府参加岁贡考试的。他考中后心情颇佳，还在青

州住了三天,游览了城内城外的一些历史古迹,还写了《青州杂咏五首》,其中一首是:

行李萧条马首东,山川寥廓霸图雄。

重城连亘规模远,想见当年大国风。

2

第二件,是参加了全县的乡饮酒礼。

有一天,他正在磊轩中整理修改《聊斋志异》的文稿,忽然听见大街上传来净街的锣声,接着蒲箬进了家门,告诉他说:"淄川县令吴大人来了!"

蒲松龄连忙起身迎接,刚到门口,见县令已下了轿子,来到了门前,他朝蒲松龄躬身一拜,笑着说道:"留仙先生近来可好啊?"

蒲松龄连忙还礼,说道:"托大人的福,在下身子尚可。不知大人光临寒舍,有失远迎,请大人勿怪。"

二人进屋后,按主客坐下,蒲箬连忙送上了热茶。

吴县令说:"先生的人品学问兼备,又获朝廷恩赐岁贡,可喜可贺!"接着,他从随从手中接过一份大红的请柬,双手递给蒲松龄,说明了来意,"今年的乡饮酒礼,下官恭请先生为介宾,敬请先生大驾光临!"

乡饮酒礼,是春秋时期士大夫向诸侯推荐贤良之士的一种仪式,承袭下来,就成了各地方对品德学问的贤良之士进行表彰的礼节仪式。

按照惯例,每县都要选出三位德高望重的老者为宾、介宾和众宾,是全县百姓的代表，也是对一个人最大的肯定和敬重！

蒲松龄听到这里，连连摆手，说道："感谢大人的美意，老朽实不敢当！"

县令说道："先生的文章，不但平民百姓爱读，连当今大文豪渔洋先生都赞不绝口！先生不敢当，何人敢当？"

蒲松龄还想再次推让，不想县令接着说道："'郢中三友'，又可在乡饮酒礼上再次聚首了！"

听到这里，他心中十分激动，连忙吩咐几个儿子："快把我窖藏五年的老酒，搬出来！"

吴县令向随行人员招了招手，他们端来了食盒，打开食盒，将酒菜摆满了桌子……

3

十月初一，是乡饮酒礼的日子。这天一大早，儒子堂的院子里，已安置好了桌椅，桌子上摆放着酒罐、酒爵等，周围站满了看热闹的人群。

乡饮酒礼的主持人是毕盛钜。

当蒲松龄和李希梅、张笃庆鱼贯走到孺子堂的大门时，吴县令率领的名流绅士们迎了上去，举行过三礼之后，主持人向三位来宾点了点头，大声说道："淄川县乡饮酒礼，现在开始！"

吴县令向前一步，向宾客躬身一拜，宾客还礼后，各自落座。

主持人向众人介绍了来宾的人品德行后，请吴县令宣读律令。

宾客们连忙站了起来。

吴县令："举行乡礼，非为饮食。朝廷素有规章，崇尚礼教……

为臣者尽忠，为子者尽孝。长幼有序，尊老爱幼，礼义廉耻，诚信重诺……"

吴县令照本宣科念完了律文后，主持人把酒爵高高举起，大声说道："第一爵酒，祝三位长者福如东海，寿比南山！"

放下酒爵后，乐工开始奏乐，在琴瑟声中，孺子堂中的人们跟随主持人高声唱着：

> 呦呦鹿鸣，食野之苹。
> 我有嘉宾，鼓瑟吹笙。
> 吹笙鼓簧，承筐是将。
> 人之好我，示我周行。
>
> 呦呦鹿鸣，食野之蒿。
> 我有嘉宾，德音孔昭。
> ……

蒲松龄转身望了望李希梅和张笃庆，想起当年在郢中诗社时的青春年华，不禁心头一热，低声吟哦了一首诗：

> 忆昔狂歌共夕晨，相期矫首跃云津。
> 谁知一事无成就，共作白头会上人。

乡饮酒礼结束后，蒲松龄刚刚到了家中，刘氏忽然问他："有人叫我刘孺人，是你给我改的名字？"

蒲松龄笑着说道："因为我成了岁贡，你也沾了光，就成为刘孺人了！"

刘氏说："我就是刘氏、箸儿他们的娘、德儿他们的奶奶，也是你的老伴！"说完，不由得笑了起来。

是啊，老伴老伴，人老了的同伴！也是金不换的同伴！

4

每年都过中秋节，今年的中秋节，蒲松龄一家四代欢聚一堂，过了一个团团圆圆的佳节。

这天的下午，儿子们便将桌椅搬到了院子里，儿媳们将梨子、苹果、柿子、红枣、甜瓜、莲蓬等瓜果洗净，摆在了桌子上，几个孙儿还搬来了十五盆盛开的菊花，红的、白的、紫的、黄的各种花色开得正艳，花香四溢。

暮色四垂时，天高气爽，一轮皓月从东边天际冉冉升了起来，村庄和山峦都披上了一层银光。蒲松龄和儿子们坐在南席；刘氏和媳妇们坐在北席，几个小重孙在两席之间跑着、闹着、说着、笑着，一派欢乐祥和的节日气氛。

几个最小的晚辈，围在刘氏身边，听她讲月亮上的故事，她笑着说道："谁知道月亮上有什么，我就奖他一颗蓬蓬米！每人只许说一样！"

有的说："吴刚哥哥在上面！"他得了一颗蓬蓬米。

有的说："嫦娥姐姐在上面！"也得了一颗。

"还有一只玉兔！"

"上面有棵桂花树！"

……

刘氏将剥好的莲子米，都分给了这些天真无邪的晚辈！

这时，蒲箬领着众人站起来说："今天是中秋佳节，祝父亲母亲福如东海，寿比南山！"说完，举起酒杯，一饮而尽。

蒲箬媳妇站起来，领着众人举起酒盅，大声说道："祝双亲快乐，笑口常开！"说完，各抿了一小口。

刘氏望着她们，把一盅酒都喝下去了！

坐在旁边的蒲松龄，知道她平素滴酒不沾，往常家中有客人来，请她陪酒时，她也是以茶代酒。也许今天她太高兴了，凡儿媳孙媳们敬酒，她都抿上一小口，脸上已有了红晕。蒲松龄有些担心，低声提醒她放下酒盅，谁知她笑了起来，大声说道："这是咱家酿的黄米酒，酒劲小，你放心好了，我醉不了！"说完，又端起了酒盅。

刘氏十五岁时，就嫁到了蒲家，屈指算来，已有五十六个年头了，也就是已经过了五十六个中秋节了！从一个天真无邪的小闺女，已经熬成了满头白发的老太婆。她为蒲家含辛茹苦地忙碌着，没有一句怨言。自己常年在外边坐馆教书，她替自己尽孝，耐心照料着公婆，任劳任怨；当年进门时，家中只有他和刘氏二人，如今已有四个儿子、四个儿媳妇，六个孙子、六个孙媳妇，还有两个曾孙！一家四代二十余口。现在正是子孙满堂，她该吃了多少苦，受了多少罪！想到这里，他感到心头一热，眼眶里已有了泪花。他端起酒盅，笑着说道："你为咱们这个家，立了大功劳！我要敬你一盅。"说完，仰头喝了一盅。接着，他又从刘氏的手中抢过了酒盅，说道，"你的这盅酒，让我代你喝了吧！"说完，也一饮而尽！

月亮当头时，刘氏大声说道："端上月饼！"

儿媳们将一筐圆圆的月饼端到了桌上，先在香案前敬了月亮，又分发给每个人：院子中响起了一片笑声！

蒲松龄知道她为过节忙碌了一天，便说道："天色不早了，回房歇歇吧！"

刘氏顺从地点了点头，她在蒲松龄的搀扶下，回到了住房。

院子里的赏月活动，仍在继续着。

谁知第二天，刘氏竟发起烧来。蒲松龄试了试她的额头，觉得烫手！他连忙开了个药方，让人去抓药回来，熬了让她服下，但仍然高烧不退！他又连忙让蒲箬去淄川城，请坐诊的名医前来诊治，服了几剂药，还做了针灸，但仍然不见好转！

蒲箬说，听说济南城，有位有名的神医，可妙手回春，想去请他为母亲诊病。

蒲立德说，父亲年纪大了，去济南往返三百多里，他要替父亲去济南！

刘氏知道后，连连摇头，她低声对蒲松龄说道："我的病，我知道！只要你能在……我身边，比什么名医都好……"刚说到这里，就昏迷过去了。

蒲松龄日夜守候在她的床边。

5

连续多日，刘氏有时清醒，有时昏迷。有一天，她感到腹部有种钻心的疼痛，额头上冒出绿豆大的汗珠！她忍不住"啊"地叫了一声。

蒲松龄连忙伸手触摸，原来她右腹部有个鸭蛋大的硬块！他问："痛吗？"

刘氏点了点头,艰难地说道:"开始,虽然痛,还能忍受得了,现在,变大了,实在……忍受不住了!"

蒲松龄连忙问道:"有多少日子了?"

刘氏:"有……半年多了!"说完又昏睡过去!

蒲松龄听了,心中一惊:她的肝上长了个瘤子!这是一种绝症!顿时感到天旋地转起来。守候在外面的后辈们连忙进了房中,齐刷刷地跪在她的床前。

也许这就是回光返照,这时,刘氏睁开了双眼,朝儿孙们挨个看了一遍,脸上也有了笑容,她向媳妇们示意,想坐起来,坐起来后,她一手抚摸着孙子们的头,一手紧紧地抓着蒲松龄的手,喃喃说道:"俺要……走了!"

说完,头朝边上一歪,就闭上了眼皮!

接着,房内传出了一阵撕心裂肺的哭声……

蒲松龄永远都忘不了这一天:九月二十六日。

三天后,刘氏葬于蒲氏族人的茔地,墓前立着一方石碑:蒲松龄妻孺人刘氏之墓。

第三十一章

晚霞中的光影。

1

刘氏去世后，蒲松龄好像变了一个人。他整天坐在磊轩里，晚上看书看到大半夜不睡，看的是什么，他也记不住了，只觉得刘氏的影子在眼前晃动，还能听到她的说话声："孩子他爹，我给你熬了一碗小米红枣粥，你趁热吃了吧！"

他连忙去开门时，她却转身走了……

长夜漫漫，他总是半睡半醒，想着刘氏生前的音容笑貌，想着生活中的点点滴滴，也想起了在毕家坐馆时听到的那个《祝翁》的故事，心想刘氏到了阴间之后，怕他一个人孤单，会不会再回来，将他也领到阴间，这该有多好！心想成梦，他大声喊了一声："箬他娘，我来了！"刚喊了一句，便把自己喊醒了！睁眼一看，只有一盏跳动的油灯！他的眼泪便滚落下来了。于是，他挑亮了灯芯，拿起笔来，写了一首《悼内》：

烛影昏黄照旧帏，哀残病痛复谁知？

伤心把盏浇愁夜，苦忆连床说梦时。

无可奈何人似槿，不能自已泪如丝。

生平曾未开君箧，此日开来不忍窥。

他先后为刘氏写了六首七律、一首五古、一首七绝，表达了对刘氏刻骨的思念之情。

2

儿孙们担心他过于孤独，想让他排解心中的忧伤，便想着法子让他开心快乐。蒲筠还特意从济南请来了颇有名气的丹青高手朱湘麟，来淄川为他画肖像。

朱湘麟是江南人，长住济南，他早已听说过蒲松龄的名字，十分敬佩他的才气，便背着画箱，到了蒲家庄。

在作画之前，他和蒲松龄闲聊了整整一天，聊他的人生经历，聊他的爱好，也聊他和文朋诗友们的交往，边聊天，他边细心观察蒲松龄的眼神，和他的一举一动。第二天，又让他穿上朝廷赐给他的贡服和贡靴，端坐在椅子上。他像个小学生，让他站起来，他就站起来，让他坐，他就坐，十分听话，配合得非常默契，画家先后三易画稿。到了第三天，肖像终于画成了！不但家里人看了都说画得好，连他自己看了，也笑了起来！

他在自己肖像的上端，题写了一行文字：

尔貌则寝，尔躯则修，行年七十有四，此二万五千余日，所成何事，而忽已白头？奕世对尔孙子，亦孔之羞。

康熙癸巳自题

写完，他意犹未尽，又写了：

癸巳九月，筠嘱江南朱湘麟为余肖像，作世俗装，实非本意，恐为百世后所怪笑也。

松龄又志

写完后，还盖上了一方"蒲氏松龄"的印章，还有五方，分别是"柳树泉水图""奉天""绿屏斋""留仙松龄""留仙"。

人们应当感谢这位民间画家，他为这位伟大文学家留下了唯一一帧画像！

3

也许是蒲松龄知道自己的大限将至，过了年后，便将耗费了一生心血写出的《聊斋志异》书稿，又一篇篇一册册重新整理了之后，嘱咐儿子们一定要刻印出来。又挑选出了一些文稿，包在一个包袱里，告诉他们：包袱里的文稿，他死后，放在他的头下，当枕头，谁也不许看！

儿子们听了，连连点头答应。至于包袱里有什么，已成了一个千古之谜！

又过了二百五十多年，一场打着文化旗号的风暴，席卷了华夏大地，一群无知无畏的青少年，掘开了他的坟墓，遗弃了他的遗骸。他枕在头底下的那个包袱，已变成了一堆纸张的粉末，随风而去了。

当年，他为什么不让儿孙们看包袱里的文稿？文稿写的是什么内容？是害怕清廷的文字狱？还是另有原因，世人不得而知，已成了一个解不开的谜团。

4

在他去世之前，有一天，天气晴朗，他心情大好，说想去柳泉看看，还想在柳泉旁边栽几棵柳树！

蒲箬便领着家人，前呼后拥地搀扶着他去了柳泉。他喝了几口泉水，坐在一块石头上，看着晚辈们在泉边栽了二十多棵柳树，才心满意足地回到家中。

这一年的除夕，他为自己卜了一卦，卦象不吉！

正月初五，是蒲槃的忌日，儿孙们要去上坟，他也要去！儿孙们怕他路上劳累，劝他不要去，他竟然十分生气，斥责儿孙们有违孝道。儿孙们拗不过他，只好扶持着他去了墓地，他久久地跪在父亲的坟前，不肯起来。

大约是受了风寒，回到家中便病倒了。他忽然想起了四弟鹤龄，说是想念他，便打发人将他接来家中。二人围炉长谈，晚上抵足而眠。

就在送蒲鹤龄回到家中不久，在同一天的下午，太阳将要下山时，蒲松龄在家中，倚窗危坐而卒。

时间是正月二十二日酉时。

5

蒲松龄去世的消息传开后，蒲家庄人人戴孝，哭声一片。

送葬那一天，除了蒲氏的族人，亲戚和生前好友，连淄川县令和各界人士，也前来为他送行，送葬的人群有数里之长。

又过了数日，一位身穿白衫的中年女子，来到了他的墓前，她向坟头撒了一把金花，又点上香，烧了纸，还吹了一曲《苏武牧羊》，箫声低回苍凉，如哭如诉。待村里人再去，她已不见了踪影，只看到坟前有一堆烧过的纸灰，在晚风中纷纷扬扬地飘动着，如一群翻飞的蝴蝶。

又过了数日，有人看到一位年过花甲的尼姑，来到他的墓前，打扫了坟前的落叶后，还以衣袖拂去墓碑上的尘土。在坟前长跪不起。太阳落山后，才披着暮色离去……

尾　声

他走了，却为后世树起了一座熠熠生辉的丰碑！

1

自康熙十七年（1678），蒲松龄第三次乡试落榜后，他已渐渐明白，朝廷的"衡文取士"的科举制度，只不过是"挂羊头卖狗肉"而已！当时盛行"关节"，贿赂有方，便可以仕途顺畅，而那些无权无势的寒士，能够考中的，应是百里挑一。

到了晚年，他对功名看得已经淡漠了，对现实社会的黑暗和芸芸众生的痛楚，也有了更多的切身体会，心中积累的悲愤也越来越多，那些野史故事，给他提供了一个发泄的最好形式。

在江南幕僚生涯的所见所闻，让他写出了《途中》《青莲》等篇；当他去了西铺，坐馆教书三十年，不但有了一个读书和创作的较好环境，还扩大了交游，增长了阅历，积累了更多的创作素材。

康熙十八年（1679），已经四十岁的蒲松龄，将心中的悲愤和不平，通过《聊斋志异》这个猛烈的火山口，喷发了出来！

《聊斋志异》的第一篇，就是他的《聊斋自志》，道出了他创作的初衷。

《聊斋志异》是何时成书的？曾有不同的说法。

第一种说法认为，《聊斋志异》的成书是在康熙十八年（1679）前后，根据就是排在卷首的《聊斋自志》。

《聊斋自志》是一篇序文。按照惯例，在全部书稿完成之后，刊印之前，才会写序文，故而放在了篇首；第二种说法认为，《聊斋志异》的成书，应在他的晚年，因为其长子蒲箬在他写的悼文中提到，其父"晚年著《聊斋志异》八卷，每卷各数万言"。

其子为其父写的祭文，应当是可信的。

其实，这两种说法并不矛盾，因为《聊斋志异》中的作品，都是由众多短篇结集而成。蒲松龄在写完几十篇之后，即可编辑成册，以后继续创作，再继续编辑，如《狐梦》《水灾》等，写的是康熙二十一年（1682）的事；《姬生》写的是康熙二十三年（1684）的事；《王十》和《王大》是康熙二十五年（1686）写的，写的是淄川县令张嵋的事；《瓜异》写的是康熙二十六年（1687）的事；《外国人》写的是康熙二十九年（1690）的事；《何仙》写的是康熙三十年（1691）的事；《鸮鸟》写的是康熙三十四年（1695）的事；《夏雪》和《化男》写的是康熙四十六年（1707）的事。

这些有记载年月的作品，只占全部作品的少数，而康熙四十八年（1709）以后的作品，远远不止这些。

《聊斋志异》的最后成书，应当是在他的暮年时期。此事，在袁世硕主编的《蒲松龄志》中，亦有记载。

2

据资料载，蒲松龄的《聊斋志异》最早的版本是他的自订稿，现藏于辽宁省图书馆。手抄本流传出去之后，再经过传抄、刻印、评注、辑佚等过程，出现了较多的版本。成书后经历了四十余年，其手抄本一直收藏在家中。就在他生前和谢世之后，慕名传抄者更多。除了他亲自修订的手抄本之外，还有多种版本流传于世：

一是《聊斋志异》手抄本，共有八册，收录作品四百九十四篇；

二是影印版的《选印聊斋志异原稿》，收录作品二十四篇；

三是康熙抄本，收录四册；

四是异史本，共有六卷；

五是铸雪斋抄本，全书分十二卷，收录作品四百七十四篇；

六是二十四卷抄本，共收录作品七十四篇，共收录作品四百七十四篇；

七是黄炎熙抄本，原书共十二卷，现存十卷；

八是《聊斋志异遗稿》，共二卷，收录作品六十七篇。

在《聊斋志异》的众多刻本中，又分为以下几种：

一是柯亭刻本；

二是王金范的十八卷刻本；

三是《聊斋志异精选》；

四是步云阁刻本。

3

清嘉庆以后，《聊斋志异》已广泛流传起来，引起众多文士的重视，也成了风靡一时的畅销书。随之而来的，也出现了众多与《聊斋志异》相关的版本，例如：

一是柯守奇的批点本；

二是吕湛恩的注本；

三是何垠注本；

四是但明伦评本；

五是图咏本。

还有三部拾遗本：《聊斋志异遗稿》《聊斋志异拾遗》《聊斋志异逸编》。

还先后出版了《满汉合璧聊斋志异》、蒙文《选译聊斋志异》、维文《聊斋志异选》。

《聊斋志异》问世后，也引起了海外的重视，已先后出版二十余种不同版本的译文，分别有日文、朝文、越文、英文、法文、德文、俄文、意大利文、捷克文、罗马尼亚文、波兰文等译本。

4

蒲松龄是位多产的作家，除了《聊斋志异》之外，他还创作了许多百姓们喜闻乐见的俚曲。由于内容丰富，又通俗易懂，深受民间喜爱。如《墙头记》《姑妇曲》《慈悲曲》《寒森曲》《琴瑟乐》《蓬莱宴》《穷汉词》《丑俊巴》《俊夜叉》《磨难曲》《禳妒咒》《快曲》《翻魔殃》等作品，共有十五种，六十二万余字！

这些俚曲作品除了表现蒲松龄的理想和追求之外，也彰显了人世间的真善美，揭露和鞭挞了社会上的假恶丑。这些取材于民间的俚曲，爱憎分明，形象生动，又通俗易懂，深受底层民众的欢迎。

除了俚曲之外，蒲松龄还撰写了多卷杂著，计有：《历字文》《鹤轩笔札》《省身语录》《帝京景物选略》《宋七律诗选》《小学节要》《日用俗字》《家政外篇》《家政内篇》《会天意》《怀刑录》《庄列选略》《婚嫁全书》《药祟书》《观象玩占》等著作。

蒲松龄一生都在关注农民，他还为农家写了一部《农桑经》，《农桑经》中有七十一篇作品，其中《桑经》二十一篇，《蚕经》十二篇。

蒲松龄还有一些文章，归纳在《聊斋文集》中，共有十三卷，作品五百三十九篇。

《聊斋文集》的内容，涉及六个方面：一是天启人品；二是重赋病民；三是政策困民；四是绅吏侵民；五是钦差扰民；六是科举舞弊。

5

蒲松龄在搜集素材，创作《聊斋志异》的漫长岁月中，还创作了大量的诗词。

他的《聊斋诗集》分为五卷，加上《续录》和《补遗》，共有一千零三十九首。不过，高翰在他的《聊斋诗跋》中称：蒲松龄有诗五卷，共一千二百九十五首。

蒲松龄的诗分为古体和近体，有四言、五言、七言等，但他更擅长七律和七绝。

这些作品题材广泛，内容丰富，涉及以下方面：

一是反映社会现实的作品，如《大人行》和《记灾》等；

二是揭露科举考试弊端的作品，如《历下吟》等；

三是描绘山水田园的作品，如吟咏历史和古迹的《吟史》《淮阴》等诗；

四是赞叹山川之秀的作品，如《登岱行》和《崂山观海市蜃楼》等；

五是与友人唱和及往来贺吊的作品，如《刘子集》《赠毕子韦仲》等；

六是吟咏爱情的作品，如《采莲》《宫辞》《拟古》等；

七是咏物诗，如《紫薇花》《拟边衣》等；

八是感叹身世的作品，如《寄怀张历友》《自嘲》《寄紫庭》等。

除了诗歌之外，蒲松龄还填词一百一十九阕。他的词有小令、中调、长调，他尤喜爱长调，创作了六十一阕，最长的一阕《西施三叠》，共有二百一十三字。

《聊斋诗集》的主要内容，可概括为五个方面：

一是感叹身世，如《大江东去·寄王如水》等；

二是讽刺现实，如《沁园春·戏作》等；

三是歌颂友情，如《念奴娇·挽袁宣四》等；

四是描写景物，如《风流子·元宵节》等；

五是讴歌女性，如《山花子》等。

6

才华横溢、家喻户晓的蒲松龄，在经历了太多的坎坷和磨难后，他，永远地走了。

他怀着对真善美的孜孜追求，对假恶丑的无比憎恨，永远地走了。

但他高洁的品格和等身的著作，却为华夏文坛树起了一座熠熠生辉的丰碑，也在中华民族的文化宝库中，留下了一份无可替代的宝贵遗产。

后 记

1

拙著《蒲松龄传》之所以能得以问世，是与众多友人的大力支持和鼓励分不开的，湖北电视台的记者刘涛回淄博过春节时，去蒲松龄研究会要了两册相关的资料送来；一位蒲氏后裔——蒲新，还帮我们查了家谱，邀请我们去淄川参观蒲松龄故居；青岛市文学讲座大课堂的马承芬老师热情地帮我们打印、校对书稿；北京的徐女士先后寄来了不同版本的《蒲松龄传》《蒲松龄研究》《蒲松龄志》《蒲松龄传奇》《蒲松龄诗词论集》《聊斋杂著》等，开拓了我们的视野，提供了翔实的史料，令我们受益匪浅！我们还要感谢鄂州作家协会的李鹏先生，他在繁忙的工作中帮我们打印了最早的一部分书稿。

2

刘敬堂是电脑盲，始终靠手笔写作，多年来先后累积了几堆书稿；史在新用电脑打字查阅，亦爱好诗词，出版过《文天祥别传》《苏辙传》等历史小说，二人相得益彰。史在新是名医之后，自己也是医学科班出身，在书稿中增添了蒲松龄治病救人的故事，以及他的多册医学论著，丰富了主人公的艺术形象。

3

在三年多的写作过程中，我们也经历了很多磨难，刘敬堂八十八岁时去沂蒙山参观，不慎摔倒导致腰椎压缩性骨折，经多次专家会诊后手术治疗；史在新亦八十多岁，电脑前久坐引起腰椎间盘突出的坐骨神经痛，曾两次入院治疗。磨难也是一种生活的体验，我们虽然三易其稿，但终于实现了多年的夙愿。蒲松龄在聊斋中讲过："君无大贵，如得耄耋足矣！"我俩均已耄耋之年，不求大福大贵，"唯吾知足"是生活信条。感激蒲松龄这位先贤，他的高尚品格让我们高山仰止，他的坎坷人生让我们初心不改，拙著才终于问世。

4

拙著是小说类人物传记，作品中涉及的一些人物如朱三贵、肖伯、江达思、江芙蓉、桂十六、田秋、萧君等都是虚构人物，切勿对号入座。

作者于青岛